Einaudi. Stile Libero Big

Dello stesso autore nel catalogo Einaudi

Serie del commissario Ricciardi

Il senso del dolore
La condanna del sangue
Il posto di ognuno
Il giorno dei morti
Per mano mia
Vipera
In fondo al tuo cuore
Anime di vetro
Serenata senza nome
Rondini d'inverno
Il purgatorio dell'angelo
Il pianto dell'alba

Serie dei Bastardi di Pizzofacone

Il metodo del Coccodrillo
I Bastardi di Pizzofalcone
Buio
Gelo
Cuccioli
Pane
Souvenir
Nozze

Vita quotidiana dei Bastardi di Pizzofalcone
Giochi criminali (con G. De Cataldo, D. De Silva e C. Lucarelli)

Maurizio de Giovanni

Vuoto

per i Bastardi di Pizzofalcone

Einaudi

www.einaudi.it

ISBN 978-88-06-24526-9

Vuoto

A Valentina,
che scala le montagne

1.

Lo senti il rumore di questa carezza?

Lo so che avverti il tocco, il passaggio lieve della mia mano sull'incavo del fianco, dal basso verso l'alto affinché la leggerezza sia bilanciata dal contropelo. Lo so che senti il movimento dei polpastrelli e del palmo, anche se hai gli occhi chiusi e il mezzo sorriso che ti increspa le labbra quando capisci i miei pensieri e ascolti le mie parole sussurrate.

Lo so che anche se è solo un leggerissimo sfioramento, quasi una brezza, un lievissimo movimento di aria, pressoché indistinguibile da un respiro, in questo momento in cui hai i sensi all'erta, la pelle in attesa e tutto di te riceve quello che arriva, mi percepisci con assoluta pienezza.

Ma non è del tatto che voglio dirti, adesso. Piuttosto voglio parlarti dell'udito. Dell'immenso rumore, della deflagrazione insopportabile di questa carezza.

Potresti dirmi, se volessi rompere l'incanto con la tua voce arrochita dall'amore, se volessi spezzare il nostro silenzio che silenzio non è mai, che una carezza è una carezza. Che è un contatto, il prolungare il momento, una sottoscrizione dell'impegno che assumiamo tra noi ogni volta che facciamo l'amore. Una carezza è forse il rispetto di una promessa, la sospensione della dolcezza che differenzia il semplice sesso da questo immenso, devastante sentimento che nutriamo da quando per la prima volta ci siamo sorrisi.

E invece no, amore mio. Una carezza leggera e contropelo può essere piú forte di un uragano, piú violenta di mille bombe. Una carezza si misura in megatoni, disgrega l'aria, cambia la composizione della luce. Una carezza come questa, sul tuo fianco nudo mentre sei voltata verso di me, e il pomeriggio racconta le sue storie coi raggi che passano attraverso le tapparelle, una carezza che parte dalla sommità della coscia e percorre lenta e ferma la strada che porta alle costole e si blocca per non arrivare allusiva al seno, per dirti che è appunto una carezza che ha una sua nobiltà a sé stante e che non prelude a un nuovo respiro spezzato, a nuovi gemiti e a nuovo sudore, a nuove unghie nel cuscino e a un nuovo aggrapparsi disperato ai sensi, una carezza come questa fa tanto rumore. Tanto di quel rumore che non mi spiego come non arrivino i pompieri a sfondare la porta, come le sirene della polizia non accorrano al richiamo dei vicini preoccupati, presto, venite, non sentite che esplosione ha prodotto una carezza in quella stanza chiusa?

Questa carezza ha il suono delle cime degli alberi che accolgono il primo vento del nord, e la foresta sottostante alza gli occhi e trattiene il fiato, e agli animali si drizza il pelo sulla schiena, e perfino gli insetti smettono di ronzare, anche se il suono in sé è lieve e quasi inudibile.

Questa carezza ha il rumore del mare a settembre quando inspira, e l'acqua si ritira con un sussurro di ciottoli e sabbia, e non si sa che onda verrà dopo ma si sa che comunque sarà un po' piú fredda della precedente e di sicuro piú calda della successiva, e quel suono significherà che l'inverno incombe e avrà distanze e silenzi.

Questa carezza ha il suono dell'anima dei bambini che aspettano una piccola immensa prova, un compito o una partita di pallone o la notte di Natale, e il cuore gli batte forte in petto, e anche se gli altri non sentono niente le piccole mani sudate stringono assordate l'enormità della paura e la gioia dell'attesa.

Questa carezza ha il fragore di un ultimo respiro, quando la vita abbandona la carne e i ricordi si sfaldano nel nulla, e il peso dei rimorsi si fa man mano piú lieve, e non rimane altro che la nostalgia del futuro.

Questa carezza ha il frastuono di uno sguardo da un treno, sospeso tra quello che poteva essere e quello che invece è, con un sogno meraviglioso che è stato vicino a diventare realtà e invece resterà per sempre recluso in fondo alla scala che si inabissa nel rimpianto, una stanza umida e calda alla fine di un corridoio buio, dove pensiamo che non andremo mai piú e invece scopriamo di esserci chiusi dentro, senza una via di fuga.

Questa carezza, amore mio, ha il rumore di una perenne risacca. Del vento tra le foglie e del canto degli innamorati, della musica di un violino di notte e del pianto di un neonato. Il suono di questa carezza è necessario e disperato, per questo lo ascolti in silenzio, sorridendo a occhi chiusi come riconoscendo la nostra speciale sinfonia.

È il nostro modo molto originale di amarci, questa carezza.

È il distacco prossimo venturo, la separazione di fronte all'abisso in cui stiamo per saltare, senza sapere quello che potrà accadere.

Questa carezza ha il rumore del futuro e la risonanza del passato.

Questa carezza esclude ogni mondo e ogni universo da questo terribile, meraviglioso presente.

Questa carezza, amore mio, rappresenta la nostra unione perfetta.

E ha il rumore di tutto quello che accadrà.

II.

L'agente Ammaturo Gerardo si affacciò alla porta che dava sul corridoio. Nonostante fosse giovane, l'incipiente calvizie, la pancia che sottoponeva a dura prova le asole della divisa e i baffetti, curati ed esibiti con orgoglio, lo collocavano nella categoria degli uomini di età indefinibile.

– Qualcuno vuole il caffè? Sta uscendo adesso.

Romano fece una smorfia. Era alle prese con la verbalizzazione dell'arresto di uno spacciatore, e maneggiare scartoffie non era il suo passatempo preferito.

– Si sente, si sente, Ammatu'. Pare un bar qua dentro, la mattina.

Ottavia Calabrese lo fulminò.

– E dài, France', il ragazzo voleva farci un'attenzione, no? Grazie, Ammaturo, per me però con poco zucchero: sto diventando una balena.

Alex Di Nardo, distogliendo per un attimo lo sguardo dalla rivoltella smontata che stava pulendo, i pezzi disposti con ordine sul ripiano della scrivania, scoppiò in una risata beffarda.

– Seh, una balena. Ma se sei diventata bonissima da quando hai cominciato finalmente a vestirti da femmina anziché indossare quei sacchi che mettevi prima. E non me la conti giusta: da che mondo è mondo, se una donna cambia stile di abbigliamento qualcosa le è successo.

Ottavia stava per ribattere (anche se il fatto che fosse arrossita era già una risposta), ma comparve l'ispettore Lojacono.

– Ah, bene. Ci siamo tutti. Nessun dorma.

Gli occhi obliqui, gli zigomi alti e l'espressione serafica rendevano sempre difficile capire se stesse scherzando o no; la sua figura magra, slanciata e atletica gli impediva comunque di passare inosservato.

Romano grugní:

– Non tutti, Loja'. Palma ha chiamato per avvisare che era atteso dal questore, e il Principino non si è ancora presentato.

Lojacono sedette alla sua scrivania, mormorando:

– Io infatti intendevo quelli operativi, i capi capeggiano, quindi non operano, e quanto a Serpico, se posso scegliere se è meglio averlo o non averlo...

Sull'ultima sillaba si materializzò Marco Aragona. Portava una giacca imbottita dalla vivace fantasia mimetica, con una tinta dominante violacea. Si piantò a gambe larghe sulla soglia, sfilò gli occhiali azzurrati con un gesto teatrale che credeva ormai famoso, ma che al contrario nessuno notava, e declamò:

– Sempre a parlare di me, insomma. Capisco di essere un tipo speciale, ma fatevi una vita, ragazzi. Lo dico per voi.

Romano lo fissò allibito.

– Oh, ma come ti sei combinato, stamattina? Che è quel giubbotto?

L'agente ammirò con amore il proprio indumento.

– Ecco, ora sono certo di aver scelto bene. Mi credi? Quando l'ho preso, ed ero indeciso tra quattro o cinque modelli, mi sono detto: avrò la sicurezza che è l'articolo giusto nel momento in cui Francesco Romano, l'essere piú anonimo e triste dell'universo, lo criticherà. Per quanto costa è un vero sollievo.

Romano era a bocca aperta; cercò il conforto dei colleghi.

– Ne', *guagliu'*, ma lo vedete pure voi o no? Pare un militare daltonico, con quell'affare.

Alex lo squadrò per un attimo e corrugò la fronte.

– Ti chiederei in prestito quella specie di occhiali da sole che tieni, per risparmiarmi la vista, ma fanno schifo pure loro.

Aragona sorrise neanche avesse ricevuto un complimento.

– Perché siete persone grigie, ecco perché. Guardati, una ragazza senza un fidanzato, senza una storia d'amore, senza niente: perciò sei fissata con le pistole. Che sono un succedaneo del pene, come è noto.

Lojacono lo fissò basito.

– Succedaneo? E tu sai cosa vuol dire?

L'agente scelto gli indirizzò un sorriso soave.

– No. Ma accostato alla parola «pene» credo significhi che, non avendone uno da maneggiare, una maneggia la pistola.

Alex, rimontata la rivoltella, la soppesò sul palmo, pensosa.

– Quindi potrei sbatterti il succedaneo in fronte, cosí, per simmetria, cazzata per cazzata.

Ottavia ritenne opportuno cambiare discorso; indicò la scrivania vuota alla propria sinistra e si rivolse ad Aragona:

– Marco, sai qualcosa? Hai notizie?

L'atmosfera mutò all'istante, e un'aria di imbarazzata malinconia calò sulla sala agenti.

– Sono stato là fino a tardi, ieri sera. Ogni tanto arriva qualcuno e ti caccia, ma io sono sempre riuscito a rientrare. Dorme per la maggior parte del tempo.

Lojacono, a bassa voce, domandò:

– Ma tutto bene, no? Mica c'è... insomma, pericolo di vita?

Aragona si strinse nelle spalle.

– Non si sbottonano, in verità. L'emorragia è stata provvidenziale, e soprattutto è stata una fortuna averlo trovato in tempo; ancora non so perché mi sia venuto di passare da lui quella sera, è come se mi avesse chiamato.

Romano annuí.

– È vero, la risposta al quesito che ci siamo sempre posti: ma Aragona che ci campa a fare?

Marco gli lanciò un'occhiataccia.

– Intanto, se non fosse stato per me, adesso Pisanelli l'avremmo perso. Invece l'hanno operato, anche se sarebbe stato meglio farlo tempo fa, e magari si salva pure.

Ottavia disse, addolorata:

– Sí, ma come sta? E quando potremo andare a trovarlo? Mai possibile che non lo possiamo vedere, che non...

– Mammina, è in terapia intensiva. Hanno accesso solo i parenti e per poco tempo al giorno; lui è sedato, dorme. Appena lo sposteranno in reparto, quando si normalizzerà la situazione...

Lojacono intervenne:

– E a te com'è che non ti fermano? Mica sei un parente, tu.

Aragona si era tolto l'orripilante giubbotto e lo stava appendendo all'attaccapanni con grande cura.

– Mi sono spacciato per il figlio. E siccome sono l'unico qui che ha l'età per sostenere la parte, continueremo cosí.

Ottavia obiettò:

– Ma Giorgio un figlio ce l'ha!

– Sí, ma sta chissà dove al Nord e nessuno di noi ha il numero. Magari, il Presidente, nemmeno ha piacere che sappia cosa è accaduto: sostiene sempre che non si devono dare preoccupazioni alle persone alle quali si vuole bene. Mi sono trovato là, e quando mi hanno chiesto chi fossi mi è venuta questa cosa, e non l'ho piú smentita.

Alex annuí.

– Mi costa ammetterlo, ma Serpico ha fatto bene. Appena sarà consentito ci alterneremo, cosí non sarà mai solo.

Romano brontolò:

– Dici piuttosto che nel momento in cui si renderà conto che lo può visitare solo Aragona, Pisanelli guarirà all'istante pur di non vederlo piú.

Prima che Marco potesse ribattere giunse nella sala il vicequestore con funzione di dirigente del commissariato, Luigi Palma. Fregandosi le mani con aria infreddolita esordí:

– Signori buongiorno, pare che stia arrivando l'inverno. Scommetto che tra poco piove pure.

Poi, alzando la voce:

– Ammatu', ci sta ancora caffè? Una bella tazza, per favore, cosí mi riscaldo.

Ottavia gli sorrise.

– Ciao, capo. Tutto bene in questura?

– Sí, insomma, qualche rottura di scatole e qualche novità, mo' vi racconto. Notizie di Pisanelli?

Aragona rispose, pronto:

– Eh, capo, sta ancora in intensiva. Io, rinunciando al mio tempo libero e alle serate che potrei avere, perché al contrario di questi disadattati, ho una vita, femmine, amici eccetera, passo da lui tutti i pomeriggi e vi assicuro che è forte. Secondo me tra qualche giorno lo trasferiscono e potete andare a trovarlo.

Palma annuí.

– Bene, prima è meglio è. Comunque il questore mi ha detto che pensano di dislocare qui qualcuno in via provvisoria, per sostituirlo.

Aragona scattò.

– Sostituirlo, perché? Si ripiglia, no? Che deve occuparsi ancora delle sue manie: i suicidi che si fanno suicidare eccetera.

Anche Ottavia replicò:

– Ma sí, capo, che bisogno c'è di sostituire Giorgio? Forse pensano che stia peggio di come sta, invece migliora, vero?

Palma scosse il capo.

– Ma certo che migliora! Si risolverà tutto. Però non è una cosa brutta che il questore pensi che non possiamo fare a meno di un uomo, se ci pensate. Significa che ci ritengono pienamente operativi, al punto da non poter diminuire l'organico nemmeno di un'unità; del resto anche la mia promozione a vicequestore è un segnale forte.

Romano, a bassa voce:

– Sí, ma Pisanelli non è un giovanotto. Non vorrei che avessero riserve sulla sua ripresa, e non lo lasciassero rientrare al lavoro. Non mi piace, 'sta cosa.

Palma sbottò:

– E non deve piacere a te! È una disposizione, mica posso dire no, grazie, Pisanelli o c'è o non c'è, è la stessa cosa, aspettiamo lui!

Ottavia intervenne, conciliante:

– È giusto il ragionamento, capo, per carità. È che noi siamo affezionati a Giorgio, e ci dispiacerebbe se non dovesse riavere il proprio posto.

Aragona saltò su.

– Oh, non lo dite nemmeno per scherzo, il Presidente torna eccome, e ricomincia a rompere le palle coi delitti dei vecchietti come lui. Rientra, rientra. È solo fermo un momento ai box, perché quel deficiente non ha rivelato a nessuno che teneva un tumore alla prostata e ci stava rimettendo le penne, ma adesso è risolto, l'hanno operato e…

Palma si strofinò una mano sul volto.

– Per carità, Arago', ti scongiuro, non cominciare pure tu. Otta', io a Pisanelli voglio bene quanto voi e figurati se lo voglio perdere. È una soluzione provvisoria. L'altra notizia è che in settimana devo andare a Roma al ministero degli Esteri: gli americani si vogliono complimentare di persona per come abbiamo risolto il caso Wood. Vorrei che qualcuno di voi mi accompagnasse, però, ché io non amo molto queste cose e…

Ottavia, d'impulso, si offrí.

– Vengo io, con te.

La proposta, cosí immediata, colse tutti di sorpresa. Alex e Romano si scambiarono uno sguardo, e Aragona commentò:

– ’Azzo, Mammi’, che velocità!

La Calabrese abbassò gli occhi come una scolaretta.

– No, manifestavo la disponibilità, eventualmente servisse. Solo se si va e si torna lo stesso giorno; non dormirei certo fuori con… Cioè, voglio dire, mio figlio può stare con mio marito se…

Lojacono ebbe pietà di lei e ritenne di intervenire per porre fine a quella sofferenza:

– È un’ottima idea. Peraltro Ottavia è l’unica di noi che se la cava con l’inglese, cosí ci evitiamo la figura dei poveracci. Piuttosto, capo, quand’è che arriva la sostituzione di Pisanelli? Sai, ci stiamo dividendo la sua parte di lavoro. Lo facciamo volentieri, ma se proprio deve venire qualcuno, che sia prima possibile.

Palma era rimasto a fissare Ottavia con un mezzo sorriso, e impiegò una frazione di secondo in piú per rispondere a Lojacono.

– Eh? Sí, sí, presto. Il questore non ha voluto anticiparmi il nome; so solo che non è di queste parti.

Alex, curiosa, domandò:

– No? E di dov’è?

– Del Nord, – concluse Palma. – Piemontese, pare.

III.

È tardi e c'è vento. Il solito vento tagliente che giustifica, piú della pioggia e della neve, piú del sole dell'estate, la lunga teoria di portici del corso principale.

I negozi sono chiusi, pochissima gente. L'uomo e la donna camminano svelti, fianco a fianco, le mani affondate nelle tasche del soprabito. Il vento, pensa lei, costringe a tacere. Il vento impedisce le conversazioni. Il vento sottolinea la solitudine, come un errore da matita blu nell'esistenza.

Benedetto il vento, pensa. Mentre la rabbia oscura non molla la presa sul cuore, mentre il fiato esce in piccoli sbuffi dalle labbra strette, mentre la mascella serrata guizza sulla guancia.

L'uomo le lancia occhiate oblique, quasi temesse di vederla correre in avanti all'improvviso e volesse controllare l'osservanza di un patto. Mormora:

– Senti, non siamo proprio del tutto sicuri, no? Certo, c'è quella serie di messaggi, ma li ha cancellati, quindi può sempre dire che era uno scherzo, qualcosa di… Non siamo sicuri, insomma.

La donna non rallenta il passo, non lo accelera. Il berretto di lana calato sulle orecchie, i capelli fiammeggianti che si agitano sul bavero del soprabito. L'uomo si è ormai convinto che l'ululato del vento abbia coperto le sue parole quando lei, in un sussurro, risponde:

– A te servono conferme? A me no.

L'uomo riflette. Non manca molto, ed è un po' preoccupato.

– Senti, Elsa, questo non è uno qualunque. È famoso, gli vogliono bene tutti... va in televisione, cazzo. E poi svolge un mestiere che...

D'un tratto la donna si ferma, l'uomo se ne accorge con un attimo di ritardo e deve tornare indietro.

– Il mestiere che fa, esatto. Ti rendi conto? Ogni giorno, a decine. Li tocca, li palpa, li... Impunemente. Nessuno può dirgli nulla. Lo pagano pure. E i filmati? Non li consideri?

L'uomo incassa il collo nelle spalle come se avesse preso una botta in testa.

– Ho capito, è una cosa terribile, non lo nego, ma quei video sono stati messi sul web con un altro nome, non con il suo! In un processo non servirebbe il principe del foro che certo assumerebbe lui, basterebbe un avvocato di mezza tacca per smontare l'accusa in tre secondi. Anche se hanno utilizzato il computer del suo studio. È impossibile sostenere che sia stato proprio il dottore. Darà la colpa alla segretaria, a un hacker che si è introdotto nel sistema, o a un qualsiasi...

Lei gli pianta addosso i suoi occhi verdi, di ghiaccio, senza espressione, spegnendogli le parole in gola. Poi gli chiede:

– Chi cazzo sei, un giudice? Il suo difensore? Un consulente privato? Ti ricordo che i tuoi due figli potrebbero essere suoi pazienti, se non fosse troppo caro per te. Ci pensi a quelle mani lerce e disgustose su di loro, sí? O devo fartici pensare io? Perché se vuoi ci riesco, sai.

L'uomo rabbrividisce, e non per il vento.

– Capo, io...

La donna oppone un sorriso perfido.

– Vieni qua, tesoro, spogliati, con calma. Oh, ma che bel pisellino che hai: adesso gli diamo un bacino, anzi, ora ti mostro un modo in cui...

– Capo, ti prego, basta, io non volevo...

– ... In cui lo teniamo bello caldo, vedi? Però poi anche tu devi fare lo stesso: uno scambio tra persone che si vogliono bene e che...

L'uomo alza la voce, e c'è un tono stridulo nelle sue parole.

– Basta, basta, cazzo! Ho capito, credi che non mi faccia schifo? Credi che non lo prenderei a calci per un'ora intera? Ma non è il nostro compito. Non tocca a noi. Noi dobbiamo solo...

La donna ride, e un altro brivido corre sulla schiena del collega. Com'è possibile che sia cosí bella, pensa, e al tempo stesso incuta tanta paura?

– Noi dobbiamo solo portarlo via, lo so. E avviare un processo lungo e penoso che magari si concluderà con un'assoluzione, ma che almeno, cosí sostiene il pm, lo costringerà a smettere di fare ciò che fa. Forse. Per un po'.

L'uomo è palesemente a disagio.

– Abbiamo altra scelta? Non ci sono alternative. Conosci la legge, impone che...

– Lo so cosa impone la legge, Feltri. E so anche cosa bisogna fare. Lo scopro ogni giorno, quando vesto mia figlia e la mando a scuola.

Si volta e riprende a camminare svelta. Lui la

segue, adesso un passo indietro, e non prova piú a parlarle.

Raggiungono una palazzina. L'uomo si accinge a suonare un campanello sotto una targa di ottone sulla quale è inciso *dottor Armando Bruni - pediatra - secondo piano*, ma la donna gli blocca la mano. Preme in rapida successione gli altri tasti del citofono, finché il portone si schiude con uno scatto in mezzo a un piccolo coro di «chi è?» Si avvia per la scala stretta; lui è sempre alle sue spalle.

Bussano. Sul battente una targhetta simile a quella affissa di sotto. Trascorrono alcuni secondi e si sentono dei passi; qualcuno apre.

È la prima volta che se lo trovano di fronte, dopo mesi e mesi di indagini. Mesi in cui sono affondati nella melma piú atroce del buio dell'anima, nel delitto peggiore di cui si possa macchiare un adulto: il furto dell'innocenza. La donna fissa i capelli bianchi, il volto sbarbato con cura, gli occhi azzurri capaci di ispirare fiducia; potrebbe essere un nonno dolcissimo, invece è la belva piú feroce che abbia mai incontrato.

Feltri si qualifica e spiega perché sono lí a quell'ora. L'altro non sembra spaventato. È incuriosito, piuttosto. Sorride. Dice: non c'è problema, sono a disposizione. Elsa non parla. Continua a fissare quegli occhi, verde nell'azzurro. Pensa a Vittoria, sua figlia, sul lettino della pediatra, nuda e tremante, terrorizzata dall'eventualità di una puntura, e a sé stessa che le tiene la mano.

Una signora anziana esce sul pianerottolo per scoprire chi ha suonato al suo citofono. Dal piano di sopra se ne affaccia un'altra, piú giovane, con le stesse intenzioni. Feltri cerca di chiarire.

Elsa stringe il braccio del medico. Lui avverte la presa e sbatte le palpebre: è sorpreso, ma di nuovo non mostra paura.

Mentre il collega parla con le vicine, lei lo trascina all'interno, sorridendo muta. Quello la segue, non ha scelta. Feltri lancia uno sguardo preoccupato verso di loro, ma non riesce a svincolarsi dalle lamentele delle due inquiline.

Ora sono nello studio, hanno accostato la porta, e lei lo accusa.

Lo hai fatto. Ho esaminato i filmati, uno per uno. Ho udito le loro parole, ho visto i loro volti. Lo hai fatto.

Non so di cosa parla, risponde lui. Io non ho fatto niente. Sono bravissimo nel mio lavoro, insegno all'università, ho un gran numero di pubblicazioni che…

Me ne fotto delle tue pubblicazioni, dice lei. Io ho visto le tue luride mani sulla loro carne, sporco bastardo figlio di puttana.

Ah, replica l'uomo, la storia di quei video. Mi aveva avvertito qualche amico, ma sono mani, no? Solo mani. In nessun tribunale riuscirebbero a dimostrare che sono le mie, giusto?

Qui non servono dimostrazioni. Lo so io, lo sai tu. Dimmi perché e ti lascio andare. Voglio sapere perché.

Io non ho fatto niente, signora. Ma se l'avessi fatto, e ribadisco che cosí non è stato, sa cosa le risponderei? Ecco, anche tenendo conto che lei è talmente incapace nel suo mestiere da interrogarmi ora che il suo collega non c'è, quindi senza testimoni, ebbene le direi che è piacevole. Che è eccitante accarezzare quella pelle liscia che non conosce bruttezza. Le direi che…

Feltri sta ancora spiegando alle condomine che si è trattato di uno sbaglio, che non volevano disturbare eccetera, quando sente il rumore dello sparo giungere da dietro la porta.

Imprecando a mezza voce, si precipita in quella direzione.

IV.

Ottavia spostò gli occhi dallo schermo del computer, incuriosita per le voci che arrivavano dal corridoio.

– Ma che accidenti sta succedendo?

Dopo pochi secondi Ammaturo si affacciò sulla soglia.

– Potete darmi una mano, per favore? Questi non si rassegnano a firmare il modulo e vogliono per forza parlare con qualcuno.

Alex domandò:

– Come sarebbe? Chi è che non si rassegna?

Alle spalle di Ammaturo si profilò un volto magro e lungo, munito di un grande naso sul quale stazionavano in equilibrio precario un paio di lenti spesse. L'uomo esordí:

– Si tratta di una faccenda seria. Non possiamo mica risolverla apponendo una firma sotto una denuncia raccolta da un usciere.

Ammaturo, offeso, reagí:

– Ma che usciere, come vi permettete? Io sono un agente!

Lojacono si alzò dalla scrivania con un sospiro.

– Va bene, Ammaturo, grazie, me ne occupo io. Prego, si accomodi.

L'uomo entrò nella stanza, non senza rivolgere

uno sguardo ostile ad Ammaturo, che ricambiò con l'occhio sinistro, mentre quello destro vagava tra Aragona e Romano.

– Salve, sono Manlio Rigosi, vicepreside dell'Istituto Tecnico Siani. E la signora è la professoressa Gloria Costanzo, insegnante di Matematica.

Dietro di lui comparve una donna di circa cinquant'anni, non molto alta e un po' in carne, dai lineamenti graziosi e i capelli castano scuro freschi di tinta. Lojacono rilevò che anche la capigliatura corvina del vicepreside tradiva l'intervento del parrucchiere. Forse era un'usanza diffusa tra i docenti.

– Sono l'ispettore Lojacono. Allora, mi spiega che problema c'è?

Rigosi si sistemò il nodo della cravatta con un gesto nervoso e proseguí:

– Noi, come ho già accennato, siamo qui per una faccenda che potrebbe essere molto, molto grave. E francamente quando un cittadino che paga le tasse si trova di fronte a una cosa simile, si aspetta attenzione ai massimi livelli, non certo di parlare con un usciere svogliato che ti allunga un foglio da firmare.

Dal corridoio giunse la minaccia di Ammaturo.

– Dici un'altra volta usciere e ti faccio vedere io, stronzo.

Lojacono sospirò di nuovo.

– Come il collega le ha già chiarito con garbo, non è un usciere, mestiere peraltro rispettabilissimo, ma un agente che, fra i suoi compiti, ha anche quello di raccogliere le denunce. Comunque prego, riferisca pure a me.

In modo del tutto inatteso l'uomo si girò verso

la professoressa Costanzo e la invitò a parlare. La donna si schiarí la voce, che tuttavia rimase un po' roca, forgiata dalle decine di migliaia di urla spese per calmare scolaresche.

– Vorremmo segnalare la scomparsa di una persona.

Lojacono domandò:

– Una scomparsa? Si tratta di un alunno? Da quanto...

L'uomo l'interruppe, infastidito:

– No, no, che alunno? Noi gli alunni mica li perdiamo. Mi sorprende che pensi questo. E poi, se fosse sparito un ragazzo, sarebbe qui la preside, ispettore.

Il tono bonario, da educatore, di Rigosi irritò Lojacono, che tuttavia, come al solito, non mutò espressione.

– Bene, professore. Allora facciamo cosí: o lei mi dice entro un minuto in che cosa posso esserle utile, oppure, in ossequio alla mia funzione, torno al lavoro per cui sono pagato dalla collettività e la rimando a discutere col nostro qualificato addetto alle denunce. Sono già passati dieci secondi.

L'uomo sbatté le palpebre, aprí e chiuse la bocca e assunse un'aria smarrita. La collega gli andò in soccorso.

– La persona scomparsa è un'insegnante di Lettere del nostro istituto, Chiara Fimiani.

Alex lasciò la sua scrivania e si avvicinò.

– Da quanto tempo sarebbe scomparsa, la professoressa?

Rigosi rispose rivolgendosi a lei, come se la cosa lo mettesse piú a suo agio; probabile che fosse abituato a un ambiente femminile.

– Non lo sappiamo con esattezza, signorina. Noi non abbiamo sue notizie da venerdí, quando ha terminato le lezioni e se n'è andata.

– E avreste dovuto vederla sabato?

Il vicepreside scosse la testa con vigore.

– Oh, no, no. Il sabato la Fimiani non lavora, è il suo giorno libero.

Alex e Lojacono si guardarono perplessi.

– Quindi voi non sapete da quando… E come fate a dire che è scomparsa?

Rigosi sembrava in crescente difficoltà. Continuava a lanciare occhiate alla Costanzo, quasi cercasse conferma di aver fatto bene a interessare la polizia.

– Be', oggi avrebbe avuto la seconda, la terza e la quarta ora, ma non si è presentata, e nemmeno ha telefonato per avvertire della propria assenza.

Romano, dal suo posto, chiese:

– E voi l'avete chiamata? L'avete cercata?

Rigosi distolse lo sguardo.

– Sí, certo, ma non… Il telefono risulta staccato, ed è molto strano perché la Fimiani non lo stacca mai.

Aragona, i piedi sulla scrivania e le mani dietro la testa come se si stesse godendo uno spettacolo alla Tv, intervenne beffardo:

– Lo strano caso del cellulare spento e della docente scomparsa lo stesso giorno. Magari se n'è rimasta a letto, col marito o con chissà chi, oppure si è presa un giorno di vacanza. E vi lamentate perché avremmo un usciere a raccogliere le denunce? Bravi, complimenti!

Rigosi protestò stridulo.

– Senta, se siamo qui un motivo c'è. Non prendiamo le cose alla leggera. Abbiamo riflettuto e ci siamo convinti che bisognava agire in fretta.

Lojacono disse:

– Ammetto di essere un po' confuso: a distanza di poche ore, di minuti, forse, dalla mancata presenza di questa professoressa, come si chiama... Fimiani, voi ritenete opportuno precipitarvi da noi. Si può sapere perché?

Rigosi cercò di nuovo il conforto della collega, che spiegò:

– Chiara non è in un bel momento. Noi siamo molto amiche. Parliamo, ci confidiamo. Lei... Potrebbero averle fatto del male, insomma.

Romano si alzò.

– Chi potrebbe averle fatto del male?

La donna stava per rispondere, ma il vicepreside le poggiò una mano sul braccio.

– Noi non possiamo saperlo, e sarebbe sbagliato avanzare illazioni in tal senso. Vogliamo solo avvertirvi, poi ve la vedete voi.

Lojacono si girò verso di lui.

– E no, professore. Non funziona cosí. Voi vi state assumendo una responsabilità, e dovete chiarirci quali sono i vostri timori. Allora?

L'uomo raddrizzò le spalle.

– Allora come non detto, ispettore. Noi disponiamo solo degli elementi che vi abbiamo fornito; è stato un errore venire, avete ragione. Andiamo, Gloria. Abbiamo già perso e fatto perdere troppo tempo.

La docente era incerta.

– Manlio, io penso che dovremmo...

– Non dobbiamo proprio niente, te lo assicuro. Sono cose pericolose, ne abbiamo già discusso.

Alex fissò intensamente il volto della donna.

– Cos'è che dovreste, professoressa?

Ottavia si inserí.

– Be', se non volete sporgere denuncia noi non possiamo…

Alex sollevò la mano in direzione della collega per interromperla, senza staccare gli occhi dalla Costanzo.

– Cos'è che dovreste?

L'insegnante restò incatenata al suo sguardo, l'espressione all'improvviso addolorata. Prese il cellulare, armeggiò un attimo con i tasti e mostrò alla poliziotta un messaggio ricevuto alle ore 23.38 di sabato 14 novembre, due giorni prima: *Questo stasera mi ammazza. Addio, amica mia.*

Di Nardo lo lesse ad alta voce e nella stanza calò il silenzio. Poi Lojacono parlò.

– *Questo* chi sarebbe?

La donna mormorò:

– Il marito.

V.

La bambina coi capelli rossi fa un passo indietro e guarda la valigia.

– Mamma, spiegamelo ancora.

La donna coi capelli rossi non si volta e continua a rastrellare pantaloni e maglie dai cassetti. Vorrebbe fingere di non aver sentito, ma poi dice:

– Cosa ti devo spiegare, Vicky? Non perdiamo tempo, abbiamo la macchina fra due ore e...

La bambina si gira. La sua somiglianza con la madre è impressionante, a parte gli occhi. La donna li ha verdi, duri; la figlia neri, liquidi.

– Spiegami perché ce ne dobbiamo andare.

La donna tira un sospiro e abbassa le palpebre. Serra i pugni lasciando un'impronta nella lana di un maglioncino rosa.

Risponde, di spalle:

– Ti ho già detto che non ce ne *dobbiamo* andare, tesoro. *Scegliamo* di andarcene. Ce ne *vogliamo* andare.

La bambina tace per un po', poi ribatte:

– Tu te ne vuoi andare, forse. Io no.

La donna si volta e si siede, rassegnata, sul bordo del letto.

– E va bene. Parliamo. Che c'è che non va? Non eravamo d'accordo?

La bambina è di fronte alla madre, ferma, le mani che stringono un maialino di peluche, occhi negli occhi. La donna teme che la sua piccola abbia dentro qualcos'altro, e il pensiero le trafigge la pancia.

– Tutta quella roba, gli amici nuovi, il posto che non conosciamo, il cibo, il mare... me l'hai tirata fuori dopo che hai saputo che saremmo partiti, non prima. Non è un motivo per trasferirsi, ma un modo per farmi accettare la cosa. Mica sono scema, mamma.

No, riflette la donna. Non sei scema, no.

– Mi dispiace, Vicky. Mi dispiace davvero. La mamma... la mamma ha fatto una sciocchezza; lo sai, ti è stato riferito.

La bambina replica:

– Mamma, è passato un anno. Mi hai iscritta a un'altra scuola, hai risposto a un mare di domande. Il telefono ha squillato di notte un sacco di volte, abbiamo cambiato casa, e poi l'abbiamo cambiata ancora. Quei bambini stupidi me ne hanno dette tante, e io mica te l'ho raccontato.

La donna drizza le spalle, furiosa.

– Che ti hanno detto? Ho parlato con chiunque, con gli insegnanti, con quella cretina della preside...

– Lascia perdere, mamma. Io me la cavo, non ti preoccupare. Non è questo il problema. Mi so difendere. Sono tua figlia, no?

Sí, annuisce la donna combattendo con le lacrime. Sei mia figlia. Soltanto mia.

– Perché non basta mai? Un mese fa mi dici: Vicky, ti porto a cena fuori perché finalmente la cosa è risolta, non abbiamo piú problemi. E due giorni fa mi dici: Amore, prepariamo le valigie perché ci stabiliamo per un po' in un'altra città. Che è successo? Ti hanno accusata di qualcos'altro?

La donna prende un respiro profondo. Mi dovrò abituare: undici anni e già mi mette di fronte a me stessa. Sarà sempre peggio.

– No, amore, stai tranquilla. La cosa è risolta. Tutto a posto. Solo che a volte non ti condannano da una parte ma ti condannano dall'altra. È... è complicato, insomma. Ritengono che sia opportuno, per il mio e per il tuo bene, che per un po', ma solo per un po', ci allontaniamo da qui. Il tempo che si dimentichino di noi. Ci sono persone che... Persone influenti che non credono alla nostra versione, che non condividono la decisione dei giudici. E vogliono che io sparisca.

I grandi occhi neri sotto le sopracciglia corrugate, la chioma rossa cosí simile alla sua e il viso determinato hanno un che di adulto. Le mani aggrappate al maialino no, quelle appartengono ancora a una bambina.

– Dimmi la verità, mamma: stiamo andando via per sempre? Non torneremo piú qui?

Un groppo in gola.

– Vicky, no, ma come ti viene in mente? Noi siamo libere, non ero costretta ad accettare il trasferimento, ma ho ritenuto che... che fosse meglio per ricostruire le cose. Tu potevi rimanere dalla nonna senza cambiare un'altra scuola.

La bambina serra le labbra e scuote la testa una volta sola, cosí come fa lei. In alcuni momenti le sembra di guardare in uno specchio che ha il dono di rimandarla indietro nel tempo.

– No, mamma. Io devo stare con te. Quando

non ci sono io mangi male, sei disordinata e la casa diventa un inferno. E se non ti controllo ti rimetti a fumare. Credi non mi accorga che la sera, quando sei convinta che io dorma, vai sul balcone e fumi? Sento la puzza.

La donna si asciuga una lacrima che scende ribelle. Non piangere, dannazione, si dice. Non piangere.

– Mi dispiace, amore mio. Sono stata impulsiva. Ho fatto una cosa che… Io non sono pentita, ma avrei potuto, avrei dovuto agire in maniera diversa. Non immaginavo che sarebbe finita cosí.

Inaspettatamente, la bambina sorride.

– Mamma, io non ti vorrei diversa. Sei la mamma piú bella della scuola; quando vieni a prendermi ti guardano tutti, e io mi vanto molto di te con i compagni. Qualsiasi cosa tu abbia fatto, era quella giusta, ne sono sicura.

Dunque, bella signora? Mi vuoi arrestare? Prego, accomodati. Potrai darmi un po' di fastidio, ma poi vi frego tutti: te, quel cretino del tuo collega e quel deficiente del magistrato. Ho tanti di quegli amici, io; e rimarresti sorpresa scoprendo quanti di loro hanno i miei stessi gusti, i miei stessi… passatempi. Arrestami, bella signora. In due giorni sono fuori e vi faccio un culo cosí. In senso metaforico, sia chiaro: in concreto lo sai che non mi interessa.

– Sí, amore. Non ho sbagliato. E si è trattato di legittima difesa, è risultato chiaro dal processo. Però, ecco, ci sono conseguenze che non si possono prevedere. Ma te lo chiedo di nuovo: sei certa di volermi seguire? Sei in tempo per cambiare idea. La nonna sarebbe felice di tenerti qui: non dovresti abbandonare anche questa scuola e io tornerei ogni due fine settimana. Si tratta di un breve periodo e...

La bambina sospira: sembra quasi un'anziana.

– Mamma, ascoltami. Da quando ero piccola tutti mi chiedono perché ho il tuo stesso cognome e non ho il papà. Alle recite, ai saggi. Siamo sempre state in due. Di sera non mi hai mai mollata a una baby-sitter o alla nonna per uscire a divertirti, come succede alle mie amiche. Non mi hai mai lasciata sola. Ora sono io a dover stare con te, non credi?

Silenzio. Il vento che scuote la finestra. Il vento, come quella maledetta sera di un anno fa.

– Sí, amore. Devi stare con me.

VI.

Dopo un cenno d'intesa con Alex, Lojacono sciolse l'imbarazzo dicendo a Rigosi che sí, d'accordo, il commissariato di Pizzofalcone raccoglieva la segnalazione dell'Istituto Tecnico G. Siani in merito all'assenza ingiustificata dell'insegnante Fimiani Chiara; ma che essa non costituiva una vera e propria denuncia, perché i tempi dell'irreperibilità erano troppo brevi. E per le stesse motivazioni non si riteneva che tale irreperibilità fosse ascrivibile alla responsabilità di qualcuno.

Pertanto il vicepreside era libero di andarsene, non essendoci altro che potesse (e tantomeno volesse) dire. A titolo informale, invece, e giusto per chiarire meglio i fatti, alla professoressa Costanzo Gloria era consentito trattenersi ancora, in qualità di amica, beninteso, e non di collega della Fimiani: loro avrebbero poi deciso se procedere, sempre in via ufficiosa, a una ricerca dell'insegnante scomparsa.

L'evidente sollievo di Rigosi fu testimoniato dalla rapidità con cui uscí, dopo aver ricevuto l'assenso silenzioso della Costanzo. L'uomo avrebbe anche scambiato uno sguardo ostile con Ammaturo, se la divergenza degli occhi dell'agente fosse stata interpretabile.

Lojacono chiese allora alla Costanzo di aspettare. Quindi entrò con Alex nell'ufficio di Palma e gli espose in breve la situazione, valutando con lui l'opportunità di approfondire una vicenda che, pur essendo al momento piuttosto vaga, mostrava alcuni elementi che suggerivano di non prenderla troppo alla leggera.

– Capo, la professoressa è davvero angosciata. Ha convinto il vicepreside ad accompagnarla, magari da sola non sarebbe venuta, ma in sua presenza aveva poi qualche riserva a parlare apertamente. È in ansia, basta guardarla in faccia.

Palma fece una smorfia.

– Io del fiuto vostro mi fido, Loja', ma senza una dichiarazione formale, come procediamo? Anche ammettendo che la signora di là abbia ragione, dovremmo comunque convincerla a sporgere una regolare denuncia, altrimenti non possiamo nemmeno suonare il citofono di casa della sua amica.

Alex serrò le labbra.

– C'è il messaggio, capo. Se la Fimiani non si trova piú, quel messaggio è...

Palma batté la mano sul tavolo, sollevando carte e penne.

– Di Nardo, per favore, non cominciamo. Pare che me lo fate apposta a non seguire le regole, dannazione. Noi non siamo un'agenzia di investigazioni che si occupa di corna, siamo un commissariato della polizia di Stato. Sentiamo 'sta tizia e vediamo che ci dice, ma senza una denuncia finisce qua. E sia chiaro, perdiamo tempo cosí perché non ci sta niente di serio da fare, altrimenti nemmeno questo. D'accordo?

La Costanzo venne fatta entrare, si presentò, strinse la mano a Palma e si accomodò davanti alla scrivania, curando che la gonna non rimanesse stropicciata. Aveva l'aria attenta, ma non intimorita; l'apprensione che traspariva dallo sguardo non dipendeva dal contesto in cui si trovava.

Lojacono esordí:

– Professoressa, mi pare evidente che è stata lei a convincere il vicepreside a venire qui; e lei non mi sembra il tipo che si agita per nulla. La prego perciò di dirci a cuore aperto su cosa si fonda la sua preoccupazione.

D'un tratto la donna parve rilassarsi. Era il genere di persona il cui volto, quando era percorso da un sorriso, si scrollava di dosso gli anni e rivelava la ragazzina che era stata.

– Ispettore, io sono una docente di Matematica. Mi sono laureata proprio in quella disciplina. Non sono come le tante che approdano all'insegnamento soltanto per comodo, venendo da Ingegneria, Biologia o chissà che altra facoltà. Sono razionale e poco sentimentale; di quest'ultima cosa il mio ex marito mi accusava e mi accusa ancora. Sono abituata a considerare i fattori e a metterli insieme. Ecco perché sono qui.

Alex chiese:

– E quali sarebbero questi fattori? Insomma, che è successo?

La donna la fissò, calma.

– Chiara è una donna speciale, sapete. Apparentemente serena, silenziosa, non parla mai per prima. È riservata, dolce, sempre disponibile ad ascoltare e assai poco ad aprirsi. Lavoriamo insieme da un bel po'; lei è piú giovane di me, ha compiuto quarantadue anni da poco, a ottobre. Abbiamo impiegato parecchio tempo per diventare amiche: lei chiusa e sognatrice; io, appunto, razionale. Però i tipi come noi, signorina, se entrano in confidenza vanno a fondo. Davvero a fondo.

Lojacono ipotizzò:

– Dunque vi frequentate anche fuori dalla scuola?

– Non è che ci siano tutte queste occasioni, ispettore. Io... mi sono separata un anno e mezzo fa, e ho due figli grandicelli che stanno per conto proprio; ho piú tempo libero. Chiara invece... ha un altro tipo di socialità, diciamo. Frequenta salotti importanti, circoli, teatri. Roba da ricchi.

Palma alzò un sopracciglio.

– E ci riesce con lo stipendio da insegnante? Noi col nostro non potremmo.

La Costanzo sorrise.

– Ah, si figuri noi. Ma Chiara è sposata con un uomo assai facoltoso e in vista, dottor Palma. È il motivo per cui Rigosi, il vicepreside, era terrorizzato ed è scappato via appena glielo avete consentito.

Lojacono la incalzò, curioso:

– Cioè? Chi è il marito della Fimiani?

La professoressa si voltò verso di lui.

– Marcello Baffi, ispettore. L'industriale.

Alex domandò:

– Baffi? Quello delle pentole Baffi? L'ex presidente di Confindustria?

La donna annuí.

– Proprio lui. Uno degli uomini piú influenti e ricchi della città, e di conseguenza della regione.

Uno la cui opinione conta parecchio in ogni circostanza.

Palma corrugò la fronte.

– Baffi, sí. Uno potente. Capisco che il suo collega abbia avuto un tentennamento. Ora però vuole spiegarci perché è tanto inquieta?

Il volto della professoressa si indurí.

– A Chiara la gente chiede sempre: ma che necessità hai tu di lavorare? Togli il posto a chi ne ha bisogno, quando con i soldi che hai potresti startene trecentosessantacinque giorni all'anno in Costa Azzurra, a Capri, alle Maldive. Lei sorride e non risponde, ma ci soffre da morire. Chiara ama il suo mestiere. Ama trasmettere il valore dei sentimenti attraverso la letteratura, e i ragazzi l'adorano. Organizza incontri con scrittori e poeti, porta le classi nei luoghi dei romanzi, oppure al cinema, pagando lei stessa il biglietto agli alunni che non possono permetterselo. È un'insegnante unica, non ce ne sono come lei. E non si cura delle maldicenze, va dritta per la sua strada, dà una mano a chi vuole studiare e non ne ha i mezzi. Lo sapete che ci sono famiglie che costringono i figli ad abbandonare la scuola, sí?

Palma si agitò un po' sulla sedia.

– Signo', la situazione sociale della città è pesante, e credeteci, la cosa non ci sfugge. Però noi abbiamo il dovere di combattere il crimine, e a tal fine lo stato di servizio della professoressa non è che…

– Ha ragione, vicequestore. Ma se voglio chiarirvi il motivo del mio allarme, devo anche farvi capire chi è Chiara. Pertanto, se avete pazienza io vi racconto. Altrimenti non arriviamo da nessuna parte. Altrimenti, ed è assolutamente legittimo, mi dite che non volete perdere tempo e io me ne vado.

La voce era stata pacata, poco piú di un sussurro, ma ebbe il potere di far arrossire Palma, che si scusò e, con un cenno imbarazzato della mano, invitò la professoressa ad andare avanti.

E lei parlò.

VII.

Abbiamo cominciato a sentirci in modo regolare sette anni fa. Durante un consiglio ci eravamo un po' scontrate: io volevo bocciare un allievo che era una vera capra, lei al solito trovava mille ragioni per mandarlo avanti.

Una frizione, una divergenza, roba da poco, intendiamoci. Ma sia io sia lei non siamo tipe da cedere su una posizione, e al tempo stesso non ci va che rimangano in piedi motivi di rancore.

La chiamai io, per prendere un caffè e chiarirci; lei ne fu felice e mi disse che l'avevo anticipata, che stava per cercarmi con le stesse intenzioni.

Il caffè diventò una pizza e una birra. Mio marito aveva già i giri suoi, era ben lieto che io tornassi tardi, e pure i miei figli, immagino. Lei invece dovette simulare un malessere, perché doveva andare a una festa di beneficenza col marito. Ci mise un sacco di tempo, perché lui sbraitava all'altro capo del telefono; io le facevo segno di lasciar perdere, ma lei resistette. E alla fine restò.

Chiara è strana. Sembra debole, remissiva, e in parte lo è. Ogni tanto, però, sotto la superficie emerge un carattere diverso. Su alcuni valori non transige con nessuno. Il ragazzo che volevo bocciare, mi spiegò, aveva una famiglia disgraziata con connessioni con la malavita, quella seria. Sbatterlo fuori dalla scuola avrebbe fornito al padre e ai fratelli un'ottima scusa per tirarlo dentro alle attività criminali: spaccio, scippo eccetera. Questo, chi meglio di voi lo sa, è un quartiere complicato. Io le dissi che allora tanto valeva metterci a leggere o a fare le parole crociate, se l'insegnamento aveva come solo fine tenere i ragazzi lontano dalla strada e l'apprendimento non contava niente. Rimanemmo ognuna della propria opinione, ma diventammo amiche.

Chiara sta insieme a Marcello da quando avevano vent'anni. Lui è davvero in gamba, determinato, astuto, intelligente. Sa come intessere i rapporti e come farli rendere al meglio. Non hanno avuto figli, e lui ha sempre esibito la moglie come una bandiera della sua solidità, dei suoi principî: fedeltà e rispetto. È prossimo a entrare in politica, Chiara mi ha spiegato che ormai ritiene i tempi maturi, e una famiglia unita è un presupposto necessario per avere successo in quell'ambiente.

Io l'avrò visto tre o quattro volte, in questi anni. Lei ci tiene a mantenere le distanze tra i due mondi: non vuole che entrino in contatto. Dice che nel lavoro ha bisogno di essere sé stessa e non vuole intromissioni che sarebbero inevitabili, se il marito ci mettesse il naso. L'azienda, che adesso è una delle prime del Paese, l'ha creata lui praticamente dal nulla. Il padre era un artigiano, poverissimo; Marcello ha inventato un paio di nuovi metodi di cottura, li ha brevettati e ha investito in nuovi settori. È il classico tipo abituato a prendere in pugno la situazione e a volgerla a proprio favore.

Quindi capirete che, è inevitabile, esistono due Chiara. Una è la signora Baffi, presente a tutte le feste, iscritta ai circoli piú esclusivi, sorridente e taciturna, sempre un passo dietro al brillante marito; l'altra è la professoressa Fimiani, dolcissima e gentile, pronta a farsi carico dei problemi familiari degli alunni, mai assente e in prima linea in qualsiasi attività utile a tenere i ragazzi a scuola. Però ha il carattere che ha, e io credo di essere per lei l'unica, vera amica. L'unica con cui si confida.

Ed eccoci al motivo per cui temo che Chiara possa trovarsi in serio pericolo.

Non è piú la stessa. C'è qualcosa di brutto, molto brutto che l'angustia; la conosco bene e ne sono certa, anche se lei non mi ha voluto dire niente. All'inizio, magari, era solo un'idea, una specie di cattivo pensiero, poi, giorno dopo giorno, deve aver invaso la sua intera esistenza. Pur non essendo, come vi ho specificato, un'estroversa, di solito Chiara è allegra e incline al riso, ma da qualche tempo, che io quantifico in tre, quattro settimane, è cambiata. Ora è taciturna anche con me, distratta. Perfino coi ragazzi, che assorbono tutta la sua energia, è diventata irascibile e silenziosa. Una allieva della quinta, la sua preferita perché scrive benissimo, è venuta da me per sapere cosa avesse la prof.

Io ho provato a chiederle, non per impicciarmi, sia chiaro, ma perché davvero sono preoccupata, e lei niente. Tra noi delle cose serie abbiamo sempre parlato, invece adesso inventava ogni scusa per evitare di trovarsi sola con me.

A un dato punto ho preferito rinunciare. Ho pensato che quando si sarebbe sentita pronta ad aprirsi l'avrebbe fatto. Che magari si trattava di qualcosa che prima doveva digerire, assorbire. L'ho lasciata perdere. E ho sbagliato.

Venerdí, nel tardo pomeriggio, mi ha chiamata. Parlava a bassa voce, come se non volesse essere scoperta. Balbettava che era stanca, che aveva bisogno di ascoltare una voce amica e non aveva che me. Chiara non ha fratelli e i genitori non ci sono piú; credo abbia dei cugini, ma non li frequenta. Con le persone dell'ambiente del marito ha esclusivamente rapporti formali. Ve lo ripeto, credo di essere la sua unica amica.

Le ho domandato quale fosse il problema. Ed è allora che è accaduto ciò che non era mai accaduto in sette anni di amicizia profonda, di condivisione delle difficoltà e di lotte comuni. Ha cominciato a piangere.

Piangeva, non ho dubbi, anche se non la vedevo. Aveva il respiro spezzato, tirava su col naso, non riusciva a parlare con fluidità; sarebbe scoppiata in singhiozzi, se non avesse temuto di essere udita da qualcuno.

Mi sono subito offerta di passare a prenderla per fare una passeggiata, cosí mi avrebbe raccontato. Lei, però, ha replicato agitata che non ce n'era bisogno; nella sua voce si percepiva il terrore. Non aveva paura solo per sé, anche per me.

Le ho chiesto se potevo aiutarla, e lei ha mormorato che no, era inutile. L'ho scongiurata di accennarmi almeno qualcosa, e lei mi ha risposto che era una questione terribile, che non poteva parlarne al telefono, ma che nemmeno poteva allontanarsi da casa. Poi ha aggiunto che riguardava il marito.

Allora le ho domandato cosa avesse intenzione di fare, e lei si è scusata per avermi disturbata, ma aveva bisogno di sentire qualcuno che le volesse bene. Ha detto che il giorno dopo aveva una festa importante, una cena al circolo *La Vela* sul lungomare, dove il marito tiene ormeggiata la barca. Che ci doveva andare per forza, anche se non ne aveva nessuna voglia. Che era disperata, e che quando ci saremmo riviste a scuola mi avrebbe spiegato.

Sabato, dopo una notte insonne, l'ho chiamata. Avevo bisogno di sapere che stava bene. Non mi ha risposto. Ho riprovato per tutta la mattina: niente. Il telefonino squillava, squillava fino a quando scattava la segreteria. Avrò lasciato venti messaggi. Nel pomeriggio ho preso il coraggio a due mani e sono andata a casa sua. C'ero stata solo un paio di volte, un meraviglioso appartamento al parco Paradiso, in fondo a via Monte di Dio, con una terrazza che dà l'idea di sorvolare il mare. Chiara, come vi ho detto, non tollera volentieri contatti tra i suoi due mondi, ma non ho resistito.

Ho citofonato a lungo, senza risultato. Mi sono rivolta al portiere, che però si è stretto nelle spalle: non aveva visto né lui né lei. Me ne sono tornata indietro con un senso di oppressione che non ricordo di aver mai provato.

All'improvviso, la sera, era quasi mezzanotte e mi stavo mettendo a letto con un macigno sul cuore, arriva quel messaggio che vi ho mostrato.

Ho tentato immediatamente di richiamare, ma a quel punto il telefono era staccato.

Ho insistito per tutta la domenica: sempre staccato. Quindi mi sono imposta di attendere questa mattina: in dieci anni non è mai mancata a scuola, nemmeno con la febbre alta. Non si è presentata. Allora sono andata dal vicepreside e gli ho chiesto di accompagnarmi da voi. Non è un cuor di leone, ma è un brav'uomo, e io da sola non ci sarei riuscita.

Sono convinta, assolutamente convinta che Chiara è in grave pericolo. Fate qualcosa, vi prego.

Sempre che non sia già troppo tardi.

VIII.

A un certo punto capí che era sveglio, e che stavolta non si sarebbe riaddormentato subito. Non aveva ben chiaro che ora fosse, e nemmeno come si sentisse, perché non provava un vero e proprio dolore, piuttosto un diffuso malessere, quasi l'avessero picchiato con precisione scientifica e per diverse ore.

Tra le cose che lo infastidivano c'era la luce, che peraltro non era molto forte. Girò la testa e vide un letto a qualche metro di distanza dal suo. Distingueva un volto, un uomo anziano con la bocca spalancata. Pensò: sono in ospedale, e scoprí che lo sapeva già.

Ricordò Aragona, l'ambulanza, ancora Aragona, ma con vestiti diversi, che gli parlava senza che lui riuscisse a intendere ciò che gli diceva.

Ricordò Leonardo. L'illuminazione, la consapevolezza. La penna, l'inchiostro. Leonardo, il sorriso, gli occhi pieni di bontà, il modo speciale e caro di camminare, i pranzi alla trattoria del Gobbo, le lacrime al capezzale di Carmen. Il suo migliore amico. L'omicida che per anni aveva ossessionato la sua mente di poliziotto; davanti a lui scorrevano i nomi di quelle persone depresse o malate che non volevano vivere, ma che non per questo volevano morire. Frate Leonardo, le sue omelie accorate, l'attività di confessore, una parola gentile per tutti, 'o Munaciello per il quartiere. Nella sua condizione annebbiata, richiamò alla memoria tutte le occasioni in cui gli aveva esposto la teoria del serial killer, parlandogli di quei vecchi che lasciavano biglietti anonimi e freddi, che sembravano scritti da qualcuno quando già le loro anime erano volate altrove. Leonardo, che gli ripeteva che era solo una sua fissazione, che lo esortava a non disturbare la pace di quei poveri peccatori.

Rendendosi conto di avere il respiro corto, il vicecommissario Giorgio Pisanelli cominciò a ricostruire quanto era accaduto la notte in cui aveva finalmente capito tutto, e ogni pezzo del maledetto rompicapo era andato al suo posto. E, come allora, si rimproverò per averci messo tanto, per essere stato cosí lento nel collegare le cose. Il quadro era chiaro, univoco. Impossibile sbagliarsi. Lui invece ci era cascato.

Ricordò che Carmen, ogni volta che si chiacchierava di tradimenti e di conoscenti i cui matrimoni erano finiti, e lui si mostrava sorpreso perché la gente non si accorgeva di relazioni extraconiugali durate anni, gli diceva che per proteggersi si è capaci di negare anche l'evidenza. Lo stesso era successo a lui. Eppure non poteva che essere stato Leonardo, l'uomo che nel confessionale raccoglieva pensieri e solitudini, l'unico che, senza che la cosa sembrasse strana, aveva l'opportunità di far visita a un vecchio, a un emarginato, a una vedova per portare conforto.

Tornò a quello che era accaduto dopo. A quanto si era sentito, d'un tratto, confuso e disperato piú che mai. Alla decisione di rifletterci un'ultima notte prima di avviare il processo che avrebbe condotto alla cattura del sacerdote, sulla base delle prove e degli indizi raccolti nel tempo e dell'assoluta certezza che Leonardo non avrebbe negato la propria colpa perché non era capace di mentire. Avrebbe voluto parlarne con Carmen, nel silenzio di casa, la notte stessa, per poi muoversi con decisione all'alba.

E ricordò il dolore lancinante, il bisogno di liberarsi e la consapevolezza che non ce l'avrebbe fatta a varcare la soglia. Ricordò di aver abbassato gli occhi, rendendosi conto con orrore della vastissima emorragia. Era convinto, e ne fu del tutto conscio risvegliandosi nel letto d'ospedale, che sarebbe morto là, con le chiavi in mano davanti alla porta di casa, che sarebbe rimasta chiusa custodendo la memoria della sua Carmen all'interno; per fortuna non c'era piú, altrimenti sai che paura uscire e trovarlo per terra senza vita. E aveva realizzato che Leonardo se la sarebbe cavata, e questo avrebbe significato che forse il padreterno in effetti non solo esisteva, ma addirittura approvava ciò che il suo servo in saio andava compiendo da anni.

Poi pietosamente, come spesso scrivevano nei romanzetti d'appendice che leggeva da ragazzo, aveva perso i sensi. E c'era quella serie di lampi di coscienza, quelle facce e quei posti, le luci forti e le luci fioche, il dolore diffuso.

Piegò la testa e si accorse di avere un ago in vena nel braccio sinistro, con una flebo che rilasciava goccia dopo goccia. Sospirò appena. Non aveva intenzione di curarsi, maledizione. Sapeva di avere un cancro alla prostata, e l'unica persona a esserne a conoscenza oltre a lui era, ironia della sorte, proprio Leonardo, che non poteva fare nulla perché gliel'aveva rivelato in confessione, ma che non smetteva di insistere: ti prego, fatti visitare, ti prego, lascia che ti accompagni dal medico. Avrebbe voluto gridargli: ma che cosa hai nella testa, maledetto pazzo, perché supplichi me di combattere un male incurabile e intanto ammazzi senza pietà persone che sí, magari sono depresse, ma che a suicidarsi non ci penserebbero mai?

Comunque lui non voleva curarsi, no. Voleva solo il tempo per trovare l'assassino, e diffondere la notizia della propria malattia avrebbe comportato terapie e degenze, e forse un pensionamento anticipato: in che maniera si sarebbe procurato allora i mezzi per l'indagine? Meglio consentire al cancro di andare avanti, a patto che gli permettesse di chiudere la questione. E infatti cosí era stato.

Quasi.

Si domandò perché non era morto, e sospettò che Aragona c'entrasse in qualche modo: altrimenti come mai ne rammentava la faccia nel caleidoscopio di immagini che gli arrivava dal passato piú prossimo alla mente confusa? Se era cosí, quel rompiscatole aveva alla fine deviato il corso degli eventi senza che nessuno glielo avesse chiesto. A quest'ora poteva essere con Carmen, in pace chissà dove, con la quieta soddisfazione di aver almeno risolto l'enigma prima di morire: o, comunque, avrebbe smesso col dolore, con la mancanza, con la malinconia terribile che la sera gli schiacciava il cuore. Questo sarebbe successo in ogni caso: avrebbe trovato la serenità. Non fosse stato per quel pasticcione di Aragona.

Il pensiero si costruiva con difficoltà, ma almeno adesso non si addormentava ogni due minuti. Mentre cercava di comprendere cosa gli fosse capitato in ospedale, arrivò quella che doveva essere un'infermiera, a meno che non fosse morto e si trattasse di un angelo o qualcosa del genere, perché in effetti era vestita di un bianco immacolato ed era bionda e aveva gli occhi azzurri e un sorriso luminoso. Era piú probabile che fosse un'infermiera, però, perché gli parlò con un caldo accento della città che lo confortò non poco.

– Oh, ma allora ci siamo svegliati, sí? Che dormiglione che siete, signor Pisanelli Giorgio, ci avete pure fatto un poco preoccupare, perché sono quasi dodici ore che avreste dovuto aprire gli occhi. Va bene che l'anestesia ci sta chi la piglia in un modo e chi la piglia in un altro, ma tutto 'sto tempo non è una cosa normale, in verità.

Pisanelli provò a parlare, ma gli uscí un raschio pietoso che gli suggerí che aveva sete: una inestinguibile, terribile sete. Cercò di spiegare a gesti che desiderava un bicchiere d'acqua, anzi una bottiglia d'acqua, anzi un'autocisterna di medie dimensioni, ma non riuscí ad alzare il braccio. Guardò l'arto immobile con lieve irritazione, simile a un maestro che fissa un alunno disobbediente.

– Tenete sete, eh? Ci credo! Ma non potete bere fin quando non canalizzate, mi dispiace. Se volete vi posso bagnare un poco la bocca. Ecco, sentite qua.

Avvicinò il volto e per un attimo Pisanelli immaginò che stesse per baciarlo. Poi nel campo visivo spuntò una mano enorme con una garza umida, e il vicecommissario provò uno dei piú grandi sollievi della sua lunga vita. Cercò di succhiare acqua, ma prima ancora che stringesse le labbra la mano era sparita, lasciando il posto a due allegri occhi azzurri.

– No, no. Altrimenti vomitate, e tenete i punti freschi. E poi vostro figlio si arrabbia con noi.

Pisanelli sentí una morsa al cuore all'idea che Lorenzo, il suo unico figlio, fosse tornato da Milano. Chissà che paura si era preso... E chissà in che maniera glielo avevano detto, chi gli aveva comunicato dell'emorragia, dello svenimento, dell'operazione? Di sicuro lo avrebbe rimproverato per avergli nascosto la malattia.

Sistemandogli la flebo e il drenaggio, l'infermiera continuò:

– Quello sta sempre qua, anzi mi meraviglio che oggi non si è ancora visto, poveretto, starà faticando; dice che è poliziotto in un'unità speciale, che sta lavorando a un'operazione molto complicata, ma è talmente in ansia che non riesce a rimanere lontano da voi. Certo, è un tipo un po' curioso. Si veste cosí strano... e poi non si toglie gli occhiali scuri manco qua dentro: ieri stava inciampando nel carrello, ha fatto un rumore che per poco non ha svegliato gli ospiti dell'obitorio al piano di sotto. Però è un figlio affezionato, potete esserne fiero.

Pisanelli abbassò le palpebre, contento di non avere voce. Aragona. Suo figlio era Aragona. Un incubo.

L'angelo del paradiso sorrise.

– Io comunque mi chiamo Lina, se avete bisogno di me. Qua dentro, in terapia intensiva, io e voi siamo gli unici sotto gli ottant'anni. Bisogna che facciamo amicizia.

Gli lanciò un bacio sulla punta delle dita e si dileguò canticchiando. Pisanelli pensò che forse proprio un incubo non era.

E chiuse di nuovo gli occhi.

IX.

Alla fine avevano raggiunto un compromesso.

Quando la Costanzo ebbe concluso il suo racconto, con quel modo conciso e netto di descrivere gli eventi, c'era stato un lungo attimo di silenzio. Palma rifletteva, tamburellando con la penna su un blocco dove aveva preso appunti, antico retaggio di anni passati sul campo a raccogliere testimonianze. Alex scuoteva il capo, le labbra serrate, continuando a coltivare l'impressione che sotto quella faccenda ci fosse qualcosa di serio. Lojacono, come sempre, non aveva mutato di un millimetro la sua tipica espressione da orientale che medita.

Palma, dopo un sospiro, aveva avanzato alla professoressa una proposta: lei avrebbe firmato un modulo di denuncia che non sarebbe stato protocollato, ma che avrebbe consentito di svolgere alcune indagini informali. Se dopo questo passaggio fossero emersi reali motivi di preoccupazione per l'incolumità della Fimiani, avrebbero registrato la denuncia e coinvolto il magistrato, avviando un'inchiesta ufficiale.

La Costanzo aveva accettato di buon grado, convinta com'era che, nonostante il breve tempo trascorso dalla scomparsa di Chiara, ci fosse di che allarmarsi. Aveva fornito gli indirizzi, i dati e i propri recapiti ed era andata via.

Il vicequestore si era quindi spostato in sala agenti per illustrare agli altri la situazione. Non c'erano casi urgenti di cui occuparsi, e a parte il consueto lavoro di burocrazia tutto filava liscio. Ottavia, nei minuti in cui si era svolta la piccola riunione nell'ufficio del capo, aveva già dragato il web.

– Di Baffi sappiamo praticamente tutto, è un presenzialista e compare un po' dovunque. Si capisce che si sta preparando a entrare in politica: da anni organizza una capillare opera di beneficenza con la distribuzione di generi di conforto alle famiglie povere; ci sono centinaia di fotografie scattate mentre consegna i viveri nei quartieri piú miserabili. È un bell'uomo, quarantacinque anni, sorriso aperto, aspetto rassicurante. L'azienda è molto nota, lo stabilimento è nella zona industriale nord. Ha fama di essere instancabile. La sua passione è la barca, un meraviglioso yacht che tiene al molo del circolo *La Vela*.

Palma chiese:

– E di lei, della Fimiani, che sappiamo?

Ottavia scosse la testa.

– Poco, capo; è una persona assai riservata. Al di là di sporadiche immagini col marito in occasioni di gala, non si trova granché; è una bella donna dall'aria un po' smarrita. Ha un profilo social, ma lo usa piú che altro per tenere i contatti con gli alunni e gli ex alunni che, da quanto posso intuire, l'adorano. Testimonianze d'affetto enormi. Riporta spesso brani di scrittori e di poeti. Ha quarantadue anni. Sembra molto normale, almeno a un primo sguardo.

Il dirigente si mostrò compiaciuto.

– Brava, Otta', al solito sbrighi un bel pezzo di lavoro senza alzarti dalla scrivania. Dunque, io direi di procedere cosí: Alex e Lojacono fanno un salto a casa dei Baffi, senza lasciar intuire nulla all'eventuale portiere. Poi, se emergono novità, ci risentiamo per capire in che modo muoverci.

L'abitazione dei coniugi Baffi non era lontana dal commissariato; pertanto i due poliziotti decisero di andarci a piedi. L'aria di novembre era umida e pungente, e Di Nardo e Lojacono non erano loquaci. Lungo la strada si scambiarono poche battute sull'argomento del giorno: la degenza di Pisanelli e la sua sostituzione.

Alex rifletté:

– Uno che viene dal Piemonte a Pizzofalcone: non ne capirà niente. Speriamo che abbia l'umiltà di limitarsi allo stretto indispensabile, senza intervenire troppo.

L'ispettore le rispose:

– Be', per esempio io vengo dalla Sicilia. E in generale arriviamo tutti da zone diverse, no? Mi sembra che noi Bastardi li abbiamo pagati già abbastanza i pregiudizi, per crearcene di nostri. Aspettiamo di guardarlo in faccia, il collega.

L'ingresso dell'esclusivo agglomerato dove abitavano i Baffi era all'apparenza anonimo: un cancello verde ad apertura elettronica. Appena lo si superava, però, sembrava di entrare in un altro mondo: aiuole curatissime, alberi ad alto fusto, siepi potate di fresco, il canto degli uccelli che l'assenza di traffico rendeva perfettamente udibile. Percorsero una decina di metri e si trovarono di fronte a una sbarra mobile e a una guardiola.

Dalla costruzione emerse un giovane in divisa, palestrato e tatuato, con un viso cordiale. Lojacono si avvicinò.

– Salve, siamo amici della professoressa Fimiani, vorremmo parlarle un attimo.

La scelta di non qualificarsi come poliziotti rientrava nella strategia di questa prima fase informale. Palma si era assai raccomandato in tal senso.

Il custode sorrise.

– Certo. Mi dovreste dire chi siete, però, cosí vi annuncio al citofono.

Alex rispose con voce pacata:

– Sí, lui è il papà di un'alunna della professoressa e io la zia. Di cognome Lojacono.

L'uomo annuí, senza smettere di sorridere.

– Sí, ma, adesso che ci penso la professoressa sarà a scuola. Forse è il caso che andiate là, al Siani…

Alex l'interruppe:

– Ci siamo già passati, non c'è. Ma essendo amici ci siamo permessi di fare un salto a salutarla.

Il giovane corrugò la fronte.

– In effetti stamattina non l'ho vista uscire, credevo mi fosse sfuggita. Il marito va via presto con l'autista, prima che io monti in servizio. Un attimo che provo a citofonare.

Si avviò verso l'interno. I due poliziotti lo spiarono mentre armeggiava a una console e afferrava una cornetta.

– Ciao, Tilaka, sono Arturo dalla portineria. Ci sta la signora, per caso? Due persone la cercano.

Dopo una pausa d'ascolto, l'uomo concluse:

– Va bene, li faccio salire.

Quindi si rivolse ai due poliziotti:

– La palazzina C, in fondo al viale a destra. C'è la donna di servizio, cosí appunta il vostro nome e lo comunica alla signora. Come immaginavo, non è in casa.

Percorsero il viale, sollevati per essere riusciti a rimanere in incognito. La riservatezza per ora era salva.

La palazzina era nascosta nel verde, e anche attraverso l'umidità dell'aria si ammirava una vista che quando l'atmosfera era tersa doveva essere stupenda, col mare che si offriva allo sguardo e la montagna che digradava nella penisola.

– Posto per ricchi, – commentò Alex.

Ad aprire la porta fu una domestica cingalese, in divisa azzurra; gli occhi intelligenti e curiosi non mostravano alcun timore, notò Lojacono.

– Buongiorno, c'è la professoressa Fimiani? A scuola non l'abbiamo trovata. E, giacché la conosciamo, abbiamo pensato di venire a vedere se stava poco bene.

La donna scosse il capo, serena.

– Signora non c'è. Prego, volete lasciare un biglietto o il nome? Io dico a lei appena rientra.

Lojacono e Alex si guardarono, fingendo incertezza. Poi la ragazza rispose:

– No, no, non è necessario. Siamo parenti di una sua alunna; preferiremmo parlare alla professoressa di persona. Ci sa dire a che ora rincasa?

Dalla soglia si scorgeva un meraviglioso salone, con divani in pelle disposti a raggiera davanti a una vetrata che dava sul panorama.

– Io non sa. Tornata stamattina dopo weekend libero e signora non c'è. Io credeva che era a scuola, come sempre. Mi dispiace, non sa.

Lojacono azzardò:

– Quindi stava bene quando l'ha vista l'ultima volta, sí? Non era ammalata, o…

La domestica si strinse nelle spalle.

– Venerdí sera lei bene, scriveva a computer. Mi ha salutata, nessun problema. Ma posso sapere vostro nome, cosí…

Alex prese Lojacono per il braccio e sorrise alla donna.

– Grazie, davvero, abbiamo disturbato fin troppo. Buona giornata, e arrivederci.

X.

Camminarono per un po', assorti ognuno nei propri pensieri.

Poi Alex esordí:

– Senti, Loja', ma tu credi che sia una fesseria 'sta cosa della professoressa?

L'ispettore si fermò, fissando la collega negli occhi.

– Ti dico francamente: no. Non ti so spiegare, è una questione di pelle per la massima parte, ma secondo me non è una fesseria.

Alex continuò, come ragionando ad alta voce:

– Una vita metodica, inquadrata, nessun sussulto. Poi, senza un preavviso a scuola, senza neanche confidarsi con l'amica, manda quel messaggino piú o meno a mezzanotte e sparisce dalla circolazione.

L'uomo annuí.

– Sí. E se devo essere sincero, su di me influisce l'impressione che mi ha fatto l'altra, la Costanzo. Non è un'emotiva: ci ha riflettuto a fondo prima di venire da noi, era davvero preoccupata. È una donna razionale, non il genere di persona che grida al lupo se non ne ha motivo.

La ragazza fece una smorfia.

– Sí, ma non abbiamo nulla. Stando a ciò che ha detto il capo dovremmo lasciar perdere, la Fimiani manca da meno di due giorni e il marito, l'unico che ne avrebbe titolo, non ha denunciato la sua scomparsa.

– Da lui non ci possiamo presentare senza qualificarci. L'ultimo luogo in cui pare essere stata, secondo quanto ha raccontato la Costanzo, è quel circolo... Come si chiama?

– *La Vela*. Uno dei piú esclusivi della città.

Lojacono annuí.

– E se noi andassimo in questo circolo a dare un'occhiata? Cosí, a tempo perso. Per capire come si è svolta la serata di sabato.

Alex sorrise: sembrava una tigre pronta a spiccare un balzo.

Durante il tragitto stabilirono la strategia. La riservatezza e l'attenzione alla privacy di un contesto come quello non permettevano domande specifiche a chiunque, era quindi improponibile fingere di non essere poliziotti.

Quando furono sul lungomare avvertirono un'atmosfera strana. Le barche ormeggiate ondeggiavano pigre al vento umido e leggero, emergendo da una bassa foschia che conferiva al panorama una luce che avrebbe potuto essere irlandese. Al circolo si accedeva scendendo una rampa di scale dal marciapiede che, a causa del freddo, era sgombro da ambulanti e artisti di strada. Il lunedí, considerò Alex, talvolta riesce a interpretare benissimo la sua parte.

Lojacono si avvicinò al custode in livrea sbucato di malavoglia dal confortevole ambiente riscaldato della portineria.

– Ispettore Lojacono, del commissariato di Pizzofalcone. Vorremmo parlare con qualcuno presente alla festa che si è tenuta qui sabato sera.

Prima che l'uomo potesse rispondere, arrivò un signore dai capelli grigi e l'aspetto azzimato, che si qualificò come Guido De Bustis, consigliere del circolo e che li condusse in un salottino con una enorme bacheca piena di trofei.

Lojacono si schiarí la voce e spiegò:

– Abbiamo rilevato dei movimenti sospetti di una o piú imbarcazioni in prossimità del vostro molo, tra il pomeriggio di sabato e la mattina di domenica. Poiché ci risulta che ci fosse una festa privata qui da voi, in corrispondenza delle stesse ore, vorremmo porre alcune domande.

L'uomo parve allarmato.

– Ispettore, non… Ma di che si tratta, per l'esattezza? Il nostro circolo non ha mai…

Alex intervenne:

– Stia tranquillo, siamo qui in via del tutto informale e proprio per salvaguardare il vostro circolo, a cui in questura tengono molto, da ogni contatto con la criminalità. Sa, i passaggi di cocaina sono monitorati di continuo.

L'uomo sbiancò.

– Io posso giurare che le feste presso di noi sono… Non si tratta di quel genere di feste. I nostri soci sono per lo piú anziani, non tollererebbero mai che…

Lojacono replicò:

– Non ne dubitiamo, dottore. Vorremmo solo chiederle se nella serata ha notato qualcosa, per esempio una lite, un comportamento strano da parte di qualcuno.

Il sussulto di De Bustis confermò ai due agenti di aver fatto centro. E al tempo stesso sgretolò nell'uomo ogni tentazione di reticenza, perché era chiaro che il poliziotto sapeva e stava solo cercando un riscontro che lui non poteva negare.

Il consigliere assunse un'aria imbarazzata.

– Ispettore, lei mi garantisce la massima riservatezza, vero? Perché il circolo *La Vela* è famoso per la tutela della privacy dei suoi membri. Se trapelasse che…

Alex lo rassicurò.

– Dottore, anche la nostra visita deve rimanere assolutamente segreta, ci mancherebbe. Siamo i primi a voler proteggere la vostra struttura, altrimenti saremmo venuti in via ufficiale, con le macchine e con gli agenti in divisa. Noi apprezzeremo la sua sincerità, che resterà una cosa tra noi, e lei apprezzerà il nostro rispetto.

L'uomo si passò nervoso la lingua sulle labbra.

– Intanto, signori, escludo nella maniera piú assoluta qualsiasi ingresso alla festa di persone esterne al circolo. Non è entrato nessuno, neanche per errore.

Lojacono e Alex si fissarono per un attimo. Poi l'ispettore incalzò:

– Ne è proprio certo? Quindi è stato presente per l'intera serata. E, come accennavamo prima, non è accaduto nulla di…

L'uomo sorrise, come uno studente che durante un'interrogazione intuisce il trabocchetto teso dall'insegnante.

– Ero presente eccome, ispettore. Tanto è vero che sono in grado di riferire della piazzata della signora Baffi, verso la fine della cena. Ci ha lasciati a bocca aperta.

Alex assunse un'espressione soddisfatta, come una professoressa davanti a un alunno diligente.

– Bene, ci racconti. Cosí, per avere un quadro completo.

De Bustis parlò a bassa voce, quasi stesse rivelando un pettegolezzo.

– Come vi ho anticipato, siamo rimasti tutti sorpresi: è una donna cosí riservata, avrà detto sí e no dieci parole da quando frequenta il circolo col marito; che peraltro è uno stimato industriale, anche se fra i soci c'è chi storce il naso perché non appartiene a una famiglia antica. È probabile che avesse bevuto un po': le tremava la voce. Si è messa a inveire contro il signor Baffi, che a un dato punto, poverino, rosso come un pomodoro, l'ha presa e l'ha portata via.

Lojacono si sporse in avanti, mostrando un vago interesse.

– Ah, sí? E quale era il motivo della sua rabbia?

– Mah, non saprei. Urlava frasi tipo: vergognati, vergognati per quello che fai. Abbiamo pensato fosse una questione di tradimenti, sa, è già successo. Ricordo che una volta la baronessa Marelli accusò il coniuge di...

Alex l'interruppe:

– Non ricorda altro? Come si sono allontanati? C'era una macchina che li aspettava, un taxi o...

Il consigliere scosse la testa.

– No, no. Sono usciti dalla parte del molo. Per questo posso garantirvi che non ci sono stati movimenti dal mare, quella notte. Tutti i posti barca sono occupati.

Lojacono si voltò: oltre la vetrata si scorgeva una fitta fila di imbarcazioni separate solo dai parabordi. De Bustis puntò il dito.

– Quello è lo yacht di Baffi, vedete? Avrà trovato piú comodo salire a bordo e dirimere lí la questione con la moglie.

– E dopo quanto sono andati via? – chiese Alex.

L'uomo esibí un sorriso lascivo.

– Ah, ma non si sono piú visti. Avranno trovato un accordo, almeno spero per loro. Anche perché l'indomani la barca è uscita presto, pure con quel tempaccio. Io vengo a correre sul molo ogni mattina, e ho notato che non c'era. Avranno voluto godersi l'alba. Ma vi assicuro che nessuno ha potuto attraccare al suo posto. C'è il sorvegliante. Posso offrirvi un caffè?

XI.

– La linea? È sicura?

– E ti credi che stavamo qua, se non era sicura? Certo che sí.

– Meglio essere prudenti. Come va? Sta bene?

– Benissimo, qualche acciacco di stagione, ma benissimo sta. E lui?

– Perfetto, e chi lo smuove a quello. La mattina è il primo.

– Una generazione a parte, io sempre lo ripeto. Non ne nascono piú.

– No, non ne nascono piú. Senti, ci avete parlato allora?

– Al tempo. Sono cose che vanno preparate con calma. Per ora solo contatto abbiamo preso.

– Cioè? Che intendi per contatto? Lo avete sentito, lo avete…

– Voi troppo correte. È il problema vostro, sempre lo stesso: correte. Noi abbiamo imparato da tempo che correre è sbagliato. Qualcosa ce lo avranno insegnato i vecchi, no?

– Eh, ma fino a un certo punto, però. Il tempo è denaro, lo sai pure tu, non è che se ne può perdere in eterno. Qua con il giro enorme che gli facciamo fare, a 'sta merce… E poi su gomma non mi sento piú tranquillo. Non è che le strade sono tante: puoi

cambiare una volta, cinque, dieci, ma alla fine... Il rischio ci sta, lo sai.

– Certo, certo. E per questo abbiamo ricominciato a parlare. Erano un sacco di anni che non parlavamo piú. E adesso invece siamo qua. Mi pare già un buon risultato.

– Sí, e siamo tutti contenti. Però dobbiamo dare un senso a queste parole, ti pare? Va bene i vecchi, ma noi siamo quelli che hanno studiato, l'economia la conosciamo, non è che ci possiamo mettere a rispettare le tradizioni.

– Un poco e un poco dobbiamo fare, amico mio. Un poco e un poco. E comunque ti ripeto, il contatto è stato preso. Lui avrà drizzato le antenne, lo sa come funzioniamo noi da queste parti. Starà aspettando. E piú aspetta piú immagina, piú immagina piú ha paura. La paura, lo sai, è fondamentale.

– Ho capito, avete fatto solo una chiamata. E che gli avete detto, si può sapere?

– Ah, niente.

– Niente? Come, niente? Ma non...

– Gli chiedemmo se si era ambientato bene.

– E... e significa? Noi dobbiamo organizzare...

– Muto. Stai muto, la linea è sicura, ma non serve esplicitare certe cose, no?

– Ma qua pensano che stiamo molto piú avanti, lo vuoi capire? E se non troviamo il modo di... Siete stati voi a dichiarare che tenevate a uno che...

– E infatti cosí è. Dovete solo avere pazienza, la pazienza è importantissima.

– E va bene, va bene, tanto il contatto è vostro e al limite bisognerà escogitare un'altra strada direttamente qua. Io però continuo a sostenere che si pote-

va fare altrimenti, che so, in Calabria o da un'altra parte piú sicura e...

– Di questo già discutemmo. E che ti devo dire, compa', le teste sono dure. È una regola di cortesia, no? Ci si deve incontrare dove sta chi paga: si devono guardare in faccia, dritto negli occhi, e si devono dare la mano. Cinque minuti, dieci al massimo, ma senza questa cosa niente si fa.

– La tradizione, giusto?

– Sí. La tradizione. Finché ci stanno loro, li dobbiamo rispettare.

– Va bene. Allora rassicurami, spiegami che succede ora.

– Adesso, tra pochi giorni, un'altra volta lo chiamiamo. Parliamo un poco di piú, gli facciamo comprendere bene come sta la situazione. Non ce ne siamo stati fermi, nel frattempo, abbiamo visto come funziona la vita sua, i movimenti. La famiglia.

– Ma quale famiglia? Non era solo?

– Tutti hanno una famiglia, amico mio. Tutti. È la forza di ognuno, no? Ma pure la debolezza.

– ...

– Pure la debolezza, te lo dico io. Per questo la pazienza ci vuole. Una pazienza enorme.

– Va bene. Facciamo come dite voi. Aspettiamo. Ma se...

– E d'altra parte la pazienza pure lui ce la deve avere, non ti pare, compa'? Se no non lo chiamavano come lo chiamano.

– Già. Infatti lo chiamano...

– Il Cinese. Sí.

XII.

Il neovicequestore Palma Luigi, dirigente del redivivo commissariato di Pizzofalcone e della squadra nota in tutto il territorio come quella dei Bastardi, era combattuto tra la curiosità e la preoccupazione.

A dire il vero, preoccuparsi gli veniva naturale. L'ex moglie, quando erano arrivati al redde rationem, tra le numerose accuse che gli aveva rovesciato addosso, gli aveva rinfacciato, davanti agli avvocati, che trovava insopportabile anche questo di lui: la sua tendenza ad agitarsi. Un atteggiamento che ricadeva su di lei provocandole ansia.

Sul momento aveva reagito malissimo, definendo l'attacco strumentale e cattivo; in seguito però aveva dovuto riconoscere con sé stesso che in effetti sí, prendeva le cose molto sul serio e temeva sempre il peggio. E allora? Che problema c'era? Rientrava nelle doti di un capo, no? Meglio sopravvalutare le circostanze che sottovalutarle, gli aveva raccomandato un caposquadra quand'era agente semplice. Molto meglio.

Stavolta, poi, gli sembrava che allarmarsi fosse suo pieno diritto. Aveva formato una squadra con sei disadattati che nel giro di pochi mesi avevano dimostrato non solo di non essere da buttare, come ovunque si riteneva, ma di poter diventare investigatori di prim'ordine. All'inizio l'equilibrio, nato quasi per caso, era stato piuttosto precario, ma col tempo si era consolidato in un blocco granitico di intese e confidenze, che aveva permesso di valorizzare le capacità di ciascuno (a eccezione di Aragona, ma non lo avrebbe mai ammesso davanti a terzi), ed ecco che adesso era costretto a rinunciare a un elemento con le qualità di Giorgio Pisanelli, il suo vice.

La perdita, Palma non se lo nascondeva, era importante. Pisanelli era l'ufficiale di collegamento col quartiere, la memoria storica del posto, il saggio esperto della vita e del mondo. Un punto di riferimento, un pilastro. Privarsene era possibile, ma di certo non facile.

Mentre aspettava fuori dall'ufficio del questore che la poliziotta con funzioni di segretaria gli consentisse di passare, considerò che un conto era fare a meno di Pisanelli, un altro era sostituirlo. Un nuovo elemento, che per di piú veniva da una realtà assai diversa per mentalità e consuetudini, poteva rappresentare un terremoto e alterare l'armonia costruita con tanta fatica. L'intero impianto di Pizzofalcone sarebbe stato a rischio.

Un vicecommissario che avesse preteso il pieno rispetto delle normative, per esempio, mal avrebbe tollerato la tendenza alla rabbia di Romano, l'ossessivo montare e rimontare l'arma d'ordinanza di Alex, i silenzi e l'allergia alle regole di Lojacono. Quanto ad Aragona, l'elenco di ciò che in lui poteva risultare fastidioso era troppo lungo.

Certo, rimaneva Ottavia. Su di lei si poteva fare

affidamento. Era perfetta, sensibile e intelligente, dolcissima e consapevole. E bellissima, secondo lui: ma quello era secondario. Magari il nuovo collega era affascinante e glamour, e Ottavia si sarebbe subito innamorata. Tale pensiero incrementò di parecchio la sua apprensione.

La poliziotta ricevette una comunicazione al telefono interno, gli sorrise e gli fece un cenno. Palma, dopo aver bussato, entrò.

Crispi, il questore, stava sbraitando al cellulare, come non di rado gli capitava. Sessant'anni, calvo almeno da quindici, massiccio e con una certa inclinazione alla pinguedine, dava al solito l'impressione di essere al lavoro senza sosta da due o tre giorni, e magari cosí era. In maniche di camicia, i polsini rivoltati e la cravatta allentata, si vantava di essere sempre stato un poliziotto e mai un politico. Alzava spesso la voce, ma, agli occhi di Palma, aveva il grandissimo pregio di ammettere i propri errori e di saper cambiare idea. Era soprattutto grazie a lui che Pizzofalcone, destinato a una rapida chiusura dopo lo scandalo del commercio di droga che aveva coinvolto quattro agenti della passata gestione, era invece rimasto aperto mantenendo il raccogliticcio organico di scarti degli altri commissariati. Ed era lui che, meno di un mese prima, aveva voluto la promozione di Palma per testimoniare la bontà del suo operato.

Lo invitò con un gesto a sedersi e terminò in fretta la telefonata mandando a quel paese l'interlocutore.

– Questo fesso pretende, pensa un po', che io vada a Roma per un corso di aggiornamento. Alla mia età. Dice: Crispi, bisogna sapersi rinnovare. E se io mi sto bene cosí come sono? Ciao, Palma. Ci vediamo di continuo, ultimamente.

Si lasciò cadere di schianto sulla poltrona che gemette. Si passò le mani sulla faccia. Palma attese in silenzio. Quindi Crispi disse:

– Allora, ti sei organizzato per andare nella capitale a prenderti lo zuccherino dagli americani, sí? Da chi ti fai accompagnare?

Palma, senza motivo, distolse lo sguardo e si schiarí la voce.

– Ho lasciato liberi i ragazzi di decidere, dottore. Si è offerta la Calabrese, se lei è d'accordo.

Crispi sorrise, versandosi un bicchiere d'acqua.

– Ah, la Calabrese, è in gamba. Carina. È lei che ha la disgrazia del figlio Down, no?

– No, dottore, il figlio di Ottavia, della Calabrese, è autistico. Riccardo, si chiama. Un bravo bambino, molto bello anche…

Il questore, l'espressione addolorata, commentò:

– Sí, sí. Che disgrazia, però. Una cosa cosí ti incatena per sempre. Non c'è via d'uscita.

No, pensò Palma. Non c'è via d'uscita.

Crispi riprese:

– Allora, è arrivata la sostituzione di Pisanelli. È nella stanza accanto. Ma io volevo prima parlarti un attimo, perché la situazione è un po'… particolare, ecco.

Palma drizzò le antenne. Vedere il questore in difficoltà nel reperire le parole acuí il suo già elevato livello di inquietudine.

– Dunque, Palma, l'elemento che vi è stato assegnato al posto di Pisanelli ha avuto un problema serio, tanto che è stato necessario un allontanamento dalla sede piemontese per motivi di opportunità. La cosa non dovrebbe darvi fastidio: a Pizzofalcone è un po' la storia di tutti, no?

Palma si agitò sulla sedia.

– Dottore, come le ho già accennato è idea dei ragazzi che potremmo fare da noi, aspettando il rientro del vicecommissario che di certo non tarderà. Sa com'è, gli equilibri sono delicati e...

Con una calma incredibile, Crispi lo fissò piegando appena la testa di lato.

– Palma, scusa, ricordami: quando è che ti ho chiesto, oppure ho chiesto ai tuoi, un'opinione su questo ingresso? A me pareva di averti comunicato una decisione mia. O sbaglio?

Il vicequestore sbiancò in volto, e le parole gli si strozzarono in gola.

– No dottore, domando scusa, mi dispiace di aver... io volevo solo rappresentare quello che, discutendo in sala agenti, gli altri hanno...

Crispi batté il palmo sulla scrivania, provocando la caduta di un portapenne.

– E chi cazzo te lo ha detto di discutere la questione in sala agenti, si può sapere? Cosí eserciti il comando? Che è, una cazzo di democrazia popolare?

Palma lo guardò quasi spaventato.

– N-no, dottore, no. È che abbiamo cominciato cosí e... Comunque per noi sarà un piacere accogliere questa persona, che peraltro, da quanto ho capito, è qui in via provvisoria e...

Crispi annuí sorridendo.

– Certo, in via provvisoria. Perché poi là, a casa sua, le acque si calmeranno, cosí potrà tornarsene su. E sarà un sollievo per tutti, Palma: non solo per te.

Il vicequestore avvertí un lieve pizzicore alla schiena, ma in nessun caso avrebbe pronunciato un'altra sillaba dopo quella sfuriata. Il questore sollevò la cornetta.

– Fai entrare la Martini, per favore.

Palma aprí la bocca per dire: Martini? *Quella* Martini?

Ma non ne ebbe il tempo, perché nella stanza comparve una delle donne piú belle che avesse mai visto. Le gambe lunghe fasciate dai jeans, un maglioncino di lana verde come gli occhi e una folta chioma di capelli rossi.

L'apparizione si avvicinò a passo deciso e gli tese la mano senza sorridere.

– Tu devi essere Palma. Io sono Elsa. Elsa Martini.

XIII.

Se c'era una cosa che Ottavia aveva imparato, era capire quando Palma si metteva sulla difensiva.

Forse perché le piaceva interpretarne i pensieri, valutarne le espressioni e osservarne le mani; era limpido, sincero e un po' ingenuo, e si percepiva subito, o almeno lei lo percepiva, se si trovava nell'obbligo di dire o fare qualcosa che non voleva dire o fare. In quella circostanza aveva riunito tutti nella sala agenti e continuava a tamburellare con le dita su una cartellina che reggeva in mano, lasciando vagare gli occhi inquieti ed evitando di incontrare lo sguardo degli altri.

Il suo, soprattutto.

Anche Alex aveva un'aria strana, e sembrava, al contrario, ansiosa di parlare. Lojacono fissava impassibile il vuoto, quasi stesse per addormentarsi seduto. Ottavia si domandò cosa avessero ricavato dalla visita a casa della professoressa.

Appena furono ognuno al proprio posto, Palma esordí:

– Allora, signori, sono stato convocato di nuovo in questura; oggi è la seconda volta, sta diventando una specie di abitudine che non mi diverte affatto. La ragione era la sostituzione di Pisanelli, che, come vi ho anticipato, era programmata. E infatti da questo momento abbiamo un'altra unità in servizio qui.

Aragona si tolse le lenti con un ampio gesto e scrutò perplesso la scrivania del vicecommissario, ancora deserta.

– E chi ci hanno assegnato, l'Uomo Invisibile? Va bene non far sentire la propria presenza, ma questo mi pare davvero troppo!

Palma scattò, inviperito, confermando a Ottavia il suo nervosismo.

– Arago', non fare il fesso, che quanto è vero Iddio ti butto dal terrazzo. Vedi che non è aria!

L'agente scelto rimise gli occhiali e iniziò a studiarsi le unghie della mano destra con trasporto.

Palma riprese:

– Allora, la sostituzione comincia oggi e la risorsa sta arrivando, doveva sistemare una cosa personale qua vicino. Vi voglio premettere che si tratta di un vicecommissario, quindi ha lo stesso grado di Pisanelli, e che si tratta di un elemento eccellente. Ha dimostrato il suo valore piú volte, ricevendo ben due decorazioni.

Romano emise un fischio.

– Cazzarola, allora ci mandano un poliziotto vero. Caspita, siamo stati rivalutati sul serio.

Palma alzò una mano per bloccare ulteriori commenti.

– E questa è in effetti una buona notizia. Dopodiché devo anche aggiungere che l'attribuzione è in qualche modo... in sintonia con le nostre caratteristiche.

Lojacono parve riscuotersi dal torpore:

– Cioè? In che senso, in sintonia?

Palma tossí, tirò fuori un fazzoletto dalla tasca e si asciugò la bocca.

– Caldo, freddo, caldo, freddo e uno si ammala. Speriamo che l'inverno arrivi una volta per tutte, cosí ci appaciamo. E mo' ti spiego, Loja'. In primo luogo, è una signora.

Alex spalancò gli occhi, sorpresa.

– Una donna? Con due decorazioni? Cacchio, dev'essere una tosta assai!

Palma annuí.

– Su questo non ci sono dubbi. Si chiama Martini. Vicecommissaria Martini Elsa.

Il nome cadde come una bomba nella sala agenti. Romano e Alex si guardarono. Aragona si tolse gli occhiali. Lojacono ebbe un sussulto prima di riacquistare la consueta espressione indecifrabile.

Il silenzio ebbe come sottofondo la discreta digitazione di Ottavia.

Romano mormorò:

– Capo, mica è *quella* Martini? Quella del medico pedofilo?

Ottavia lesse, a bassa voce, dal display del computer:

– Martini Elsa, trentaquattro anni, nata ad Alessandria. Il piú giovane vicecommissario del Paese. La prima decorazione l'ha ricevuta per aver sventato, da agente di pattuglia, una rapina, beccandosi pure una pallottola nella spalla sinistra; la seconda per aver arrestato un boss della 'ndrangheta che, nonostante fosse in domicilio coatto in Piemonte, continuava a gestire un traffico di stupefacenti nel Nord Italia.

Palma comprese e apprezzò che Ottavia cercasse di evidenziare gli aspetti positivi della nuova vicecommissaria. Ma era ben conscio che tutti avevano collegato quel nome a un altro evento assai piú rilevante.

Ottavia proseguí:

– Il 13 febbraio dell'anno scorso, durante un'indagine derivante da alcune denunce di pedofilia, ha fatto fuoco contro Bruni Armando, medico pediatra, sessantasette anni, che, una settimana prima, aveva ricevuto un avviso di garanzia. Con lei c'era Feltri Giuseppe, ispettore, che ha testimoniato che la Martini ha sparato perché il Bruni l'ha aggredita con un bisturi. Il cadavere è stato infatti ritrovato con lo strumento chirurgico in mano.

Romano sussurrò:

– Sí, proprio *quella* Martini.

La Calabrese concluse:

– Sottoposta a processo, condannata in primo grado per eccesso di legittima difesa, assolta in appello; la Procura non ha fatto ricorso. Procedimento disciplinare terminato senza esiti negativi. Trasferita a Torino, qui risulta ancora in servizio là.

Palma assentí.

– Bene, grazie, Otta', mi hai risparmiato il raccontino della notte per far addormentare i bambini. E insomma, si tratta di un ottimo elemento, come avete sentito, quindi...

Romano borbottò:

– 'Azzo, un ottimo elemento. Una che ha ammazzato un tizio con una pallottola in fronte...

Palma lo aggredí:

– Oh, Roma', parli proprio tu che sei qua perché stavi strozzando uno spacciatore? E tu, Alex, che hai sparato un colpo in commissariato mancando un collega di un paio di centimetri? O tu, Loja', che sei stato dislocato da Agrigento per un pregiudizio?

Aragona accennò ad aprire la bocca, ma Palma lo fulminò, inducendolo a optare per un prudente silenzio.

– Tutti, tutti voi siete stati mandati qui come scarti. E non lo siete, ne avete dato prova facendovi il culo ogni giorno, mostrando ai superiori quanto siete bravi. E proprio voi adesso volete farvi condizionare? È cosí che accogliete qualcuno che ha avuto problemi tipo i vostri?

I Bastardi distolsero lo sguardo. Palma aveva ragione.

In quel momento entrò Elsa.

L'impatto fu abbastanza forte. L'unica che aveva già visto la Martini era Ottavia, qualche minuto prima sullo schermo del computer, ma dovette ammettere che le foto non le rendevano giustizia. Aveva una figura slanciata, il fisico atletico, una chioma rosso scuro e lineamenti perfetti: era letteralmente stupenda. Non poteva passare inosservata. La Calabrese si sentí all'improvviso orribile e si domandò irritata, guardando Palma che teneva gli occhi bassi, perché diavolo una cosí non facesse la modella, lasciando la piazza libera alle comuni mortali.

I maschi reagirono ognuno in maniera diversa, Lojacono mantenendo un'assoluta immobilità. Romano aggrondando le sopracciglia. Aragona con un sorriso estatico e con l'asportazione plateale degli occhiali; gli mancava solo un filo di bava all'angolo della bocca.

Alex si appoggiò allo schienale, ammirandola compiaciuta.

La Martini passò in rassegna tutti senza soffermarsi su nessuno, e disse:

– Buongiorno. A quanto pare dovremo lavorare insieme, e speriamo sia per un periodo breve, perché ciò significherà che il vostro collega è guarito. Da parte mia darò il massimo; e non potrebbe essere diversamente, è nella mia natura. Non perdiamo tempo in presentazioni, voi di sicuro sapete chi sono e io ho letto i vostri stati di servizio. Posso essere ragguagliata su cosa abbiamo in ballo?

L'incisività e la freddezza dell'esordio colpirono l'uditorio. Romano accennò una smorfia, come a esclamare: complimenti! Alex non smise di fissarla, incantata. Lojacono non mosse un muscolo. Ottavia arrossí, stizzita. Aragona continuò a sorridere, ebete.

Palma tossí, gli occhi bassi.

– Periodo tranquillo. Ci sarebbe un'ipotesi di scomparsa, ma stiamo approfondendo.

Elsa assunse un'espressione perplessa.

– Ipotesi di scomparsa? Non capisco.

Palma si strinse nelle spalle.

– È un discorso leggermente complicato. In realtà nemmeno sappiamo se questa donna, una professoressa di liceo, è davvero sparita. Una sua collega è preoccupata perché non riesce a contattarla, ma siccome l'altra è la moglie di uno molto importante, prima di avvertire il magistrato ci stiamo informando in via ufficiosa. Anzi, aspettavo notizie da Lojacono e Di Nardo che prima sono usciti proprio per questo.

Elsa commentò:

– Insomma, Pizzofalcone è un posto tranquillo. Io non mi diverto, nei posti tranquilli.

Il vicequestore sembrò in difficoltà.

– Modestamente qua non ci facciamo mancare niente, colle'. Neanche i periodi di bonaccia.

Poi interpellò Lojacono:

– Loja', vuoi ragguagliare me e la dottoressa Martini?

Rivolgendosi sempre a Palma, Lojacono raccontò della visita senza esito a casa della Fimiani. Poi si fermò un attimo e proseguí:

– Allora ho preso un'iniziativa poco ortodossa, capo. Ho trascinato Alex, contro la sua volontà, al circolo nautico, fingendo un'indagine esplorativa per un non meglio identificato movimento di droga via mare. Volevo notizie sulla festa di sabato sera. Abbiamo scoperto che tra i coniugi Baffi c'è stata una violenta lite, in seguito alla quale lui, piú o meno all'ora in cui è arrivato il messaggio alla Costanzo, l'ha portata sullo yacht che tengono là. E non si sono visti piú. In compenso la mattina dopo la barca non c'era, mentre adesso è di nuovo al suo ormeggio.

Palma era arrossito in maniera strana: orecchie e collo erano scarlatti, mentre le guance erano di un pallore mortale. Un muscolo gli guizzava sulla mascella.

Con tono apparentemente tranquillo replicò:

– Un'iniziativa, dici. Poco ortodossa, dici. Alex non voleva, dici. È vero, Di Nardo?

Alex rispose, calma:

– No, capo. Anzi, credo che l'idea sia stata mia, per la verità.

Il vicequestore aveva cominciato ad annuire, come seguendo il flusso dei propri pensieri.

– Certo. Certo. Giusto. Perché poi in fondo che può succedere? Che qualche stronzo aristocratico socio del circolo nautico decida di parlare per esempio col questore e ci faccia sospendere tutti. O magari che un altro membro del circolo, direttore di un giornalucolo cittadino, scriva un bel paginone sui metodi scorretti della polizia.

Il tono della voce andava alzandosi. Ottavia si coprí gli occhi con la mano.

– O ancora che sia socio del circolo un cazzo di magistrato, di quelli che volevano che il commissariato di Pizzofalcone sparisse dopo lo scandalo dei vecchi Bastardi. O che il tizio con cui avete parlato riferisca la cosa a Baffi, e che questi chieda a qualche amico suo di farci chiudere all'istante! Ma siete impazziti? Che diavolo vi è venuto in mente?

Si rivolse alla Martini:

– Io spero che tu non giudichi il nostro modo di lavorare dalle iniziative fuorilegge e cretine di questi due. E se per favore puoi evitare di riferire...

Elsa gli poggiò una mano sul braccio.

– Palma, stai tranquillo. Mi sento rassicurata. Mi avevano parlato dei Bastardi di Pizzofalcone, ma temevo fossero solo leggende.

Si girò verso Alex ed esclamò:

– Ben fatto, collega. E adesso raccontatemi tutto daccapo, senza omettere alcun particolare.

E per la prima volta da quando era entrata, sorrise.

XIV.

Marinella aveva fretta. Molta fretta. E per diversi motivi.

Il primo era che l'orologio segnava le diciannove e quindici e, stando alla statistica e a meno di catastrofi nel quartiere, il padre sarebbe tornato entro trenta minuti. Il secondo riguardava il fatto che il suo orario di rientro troppo spesso coincideva con quello di Massimiliano Rossini, vicino di casa della famiglia Lojacono (esattamente inquilino del quinto piano, verticale esterna, appartamento 15B), studente e aspirante giornalista della veneranda età di anni venti, di sicuro l'uomo piú bello sul pianeta Terra, con cui Marinella era uscita una sera circa un anno prima, scatenando le ire dell'ispettore.

Il terzo, e ultimo, consisteva in questo: se il primo evento, il temuto ritorno del padre, avesse preceduto il secondo, l'agognato passaggio del principe Massimiliano, ciò avrebbe comportato per la principessa Marinella l'impossibilità di provare a parlare col suddetto principe; e ciò per la persistente, assurda gelosia del drago Lojacono che usava, in quanto drago, sputare fuoco e fiamme dalle fauci ogni qualvolta si accorgeva che la figlia, ormai quasi diciottenne, non era piú un'infante.

Poiché si dava il caso, appunto, che Marinella

fosse ormai una vera donna, dotata di lunghe gambe e seno fiorente, oltre che di una cascata di capelli neri e di due intriganti occhi a mandorla ereditati proprio dal drago, ci sarebbe voluto poco perché i sorrisi e le esigue parole che c'erano stati tra lei e il principe evolvessero infine in una relazione che, secondo i piani della fanciulla, sarebbe coronata in un lungo e felice matrimonio, destinato a durare tutta la vita e benedetto da un numero imprecisato di figli.

Per realizzare questo programma era tuttavia necessario che i due almeno ricominciassero a frequentarsi e stabilissero se e in che misura vedersi da soli. Chanel, l'esperta e navigata amica diciottenne che abitava di fronte e che asseriva di aver avuto, l'estate precedente, un focoso rapporto completo con tale Riccardo sulla spiaggia di Mondragone dove andava in vacanza, le aveva spiegato che nessuno avrebbe mai osato cercare di conquistarla finché suo padre, peraltro uomo fichissimo e decisamente sanguigno, le avesse alzato un muro di pietra attorno; e che perciò era assai meglio evitare che i due si incrociassero mentre Marinella era impegnata nell'opera di seduzione.

I tempi utili, dunque, nella migliore delle ipotesi si riducevano a un risicato quarto d'ora a sera. Inoltre il luogo dell'incontro, il pianerottolo dell'appartamento di Lojacono, dove Massimiliano transitava salendo le scale a piedi, non era il massimo dell'intimità e della riservatezza, essendo diviso con la signora Parisi, segaligna e anziana strega che viveva da sola con una quantità variabile e indefinita di gatti e cani, e la cui unica occupazione era impicciarsi nei fatti della vicina, Dio solo sapeva perché.

Tutto si traduceva pertanto in: Marinella attaccata allo spioncino, in agguato. La Parisi attaccata allo spioncino, nella perfetta replica di una scena da Guerra fredda a Berlino est. Lojacono di ritorno a casa, si sperava in ritardo. Massimiliano di ritorno a casa, si sperava in anticipo. E questo sera dopo sera, con conseguenze gravi sull'equilibrio nervoso di Marinella e ancor piú gravi sulla qualità della vita di Chanel, che si era ritrovata piú volte ad addormentarsi al telefono durante le infinite descrizioni alla moviola del passaggio di Massimiliano quando era ormai troppo tardi e Lojacono era già sotto la doccia (immagine che destava in Chanel un certo interesse).

C'era però un elemento a favore di Marinella: Massimiliano fischiettava. In realtà molto male e con frequenti stonature, che il raffinato orecchio musicale della fanciulla non mancava di rilevare, ma fischiettava. E l'eco della tromba delle scale portava la melodia alla trepidante ragazza, dandole la possibilità di realizzare il suo progetto, che consisteva nell'uscire dalla porta proprio mentre il giovane passava, fingendo di rimettere a posto lo zerbino dopo averlo rassettato.

L'esito della strategia era spesso un fallimento (un rapido saluto e magari un sorriso), in compenso lo zerbino dei Lojacono era celebre tra gli addetti alla pulizia delle scale per essere il meglio tenuto dell'intero edificio.

Inutile sottolineare l'attenzione che la giovane prestava all'abbigliamento e, in generale, al proprio aspetto; anche questo, però, rappresentava un problema, perché la complessa «architettura» andava poi smontata prima dell'arrivo del drago poliziotto, che con l'occhio clinico dell'investigatore si sarebbe insospettito nel trovarla truccata, pettinata e vestita come se dovesse partecipare al ballo delle debuttanti del principato di Monaco. Eppure mai e poi mai Marinella si sarebbe fatta vedere da Massimiliano meno che splendida.

Se il fischio di Massimiliano corrispondeva allo squillo dei trombettieri che l'avvisavano dell'arrivo del principe, non c'era invece nulla, a parte uno scatto metallico per la chiusura dell'ascensore al pianterreno, che le preannunciasse il ritorno dell'ispettore Lojacono Giuseppe, detto nella lontana patria Peppuccio, il quale per la musica non mostrava alcun trasporto.

Mentre, aggrappata allo spioncino, si stava appunto chiedendo come sarebbe andata la lotteria della serata, con il suo udito finissimo, Marinella percepí che il portone del palazzo si apriva e questo era già un miracolo dato che l'evento si verificava quattro piani piú giú e in una città che era tra le piú rumorose del mondo. La tensione dei muscoli del collo le provocava dolore, ma rimase immobile. In lei si muoveva solo il cuore che le martellava nel petto. Poi, finalmente, sentí fischiettare.

Lo sguardo corse allo schermo del cellulare: erano le diciannove e quarantatre. Un ottimo tempo. Cronometrò i minuti che il giovane avrebbe impiegato a salire in base al numero dei gradini, applicando un modello matematico creato apposta: roba da dieci in pagella. Ma sbagliò, e l'apertura anticipata del battente con lo zerbino in mano la costrinse in un'imbarazzante posizione prona per quasi venti secondi. Non riuscí a esimersi dal gettare una malevola occhiata in direzione della porta della Parisi, tirando fuori la lingua e sperando che la vecchia strega fosse lí a spiare.

Finalmente Massimiliano approdò al pianerottolo zufolando come un usignolo stonato. Al solito, Marinella, che pure aveva agognato quel momento, fu tentata di sparire, magari appiattendosi sotto lo zerbino stesso; invece sollevò il capo come per caso, sbattendo le ciglia sorpresa per quell'inattesa presenza e incrociò lo sguardo meraviglioso di lui sormontato dall'irresistibile ciuffo ribelle.

Un attimo, un fuggevole raggio di sole di sera, un fascio di luce abbagliante. Un solo attimo, cibo per la giornata successiva e materia per la telefonata notturna con Chanel. Ma quella sera l'attimo non svaní: e il raggio di sole si fermò.

Con una voce modulata quanto il cembalo del Cantico dei Cantici (qualsiasi cosa fosse un cembalo), il ragazzo disse:

– Ciao, Marinella. Che bel vestito.

Una volta recuperato il cuore che si era rifugiato tra fegato e milza (era cosí contenta che quasi lo mollava lí per la voglia che aveva di raccontarlo subito a Chanel), lei rispose:

– Questo? Grazie, Massimiliano. Lo uso per casa.

In realtà era l'unico capo elegante che possedeva, comprato mesi prima per una festa di compleanno. Ma erano dettagli. Solo dettagli.

Massimiliano continuava a fissarla. Poi, a un tratto, aggiunse:

– Senti, ma mercoledí sera hai da fare?

La mente matematica di Marinella calcolò in un lampo i minuti che la separavano dal mercoledí sera. Duemilaottocentoottanta, a essere stucchevolmente precisi.

– No. Cioè, dovrei controllare, ma credo proprio di no. Perché?

Lui annuí, come se stesse seguendo il filo di un ragionamento.

– No, sai, è che vado a vedere la partita da certi amici miei; sono tutti in coppia e io mi presento sempre da solo. Se tu mi accompagnassi, ne sarei davvero felice. Con una carina come te, la smettono di ridermi dietro.

Marinella valutò l'ipotesi di balzargli al collo e baciarlo, dando inizio alla famosa storia con matrimonio eccetera, poi pensò alla signora Parisi e desistette.

– Mi piace la partita, – mentí, non avendone mai guardata neanche mezza. – Vengo volentieri.

Lui sorrise, ridisegnandole il futuro.

– Ok, allora passo a prenderti piú o meno a quest'ora –. Poi, come a mettere le mani avanti, precisò. – Ti riaccompagno a casa quando finisce, loro abitano a nemmeno un chilometro da qua.

E fischiettando un incomprensibile motivo riprese a salire le scale, lasciandola frastornata e con lo zerbino ancora in mano.

Dopo qualche secondo il portone, quattro piani piú sotto, si aprí. Era Lojacono.

Un gatto della Parisi attaccò a miagolare. Marinella fu destata dall'incanto e corse in bagno a struccarsi.

XV.

Andarono alla scuola in tre, in un silenzio abbastanza strano perché strano era l'atteggiamento della nuova vicecommissaria.

Ci si sarebbe aspettati, perfino in un luogo per sua natura poco convenzionale come il commissariato di Pizzofalcone, che Elsa Martini si prendesse un giorno per fare conoscenza con la sedia e la scrivania; che, fosse solo per rispettare la forma, si intrattenesse a chiacchierare coi colleghi in merito alla composizione sociale del quartiere, alla tipologia dei reati piú frequenti, agli automezzi e alle forze in organico. Invece, con grande sbigottimento di Palma, che la credeva ligia a procedure nemmeno immaginabili nel suo scalcinato territorio, la Martini si era fatta spiegare la storia dell'insegnante che non aveva dato piú notizie di sé e le motivazioni per cui ci si era convinti che qualcosa in effetti non andasse, e che dietro quell'assenza, in corso da un lasso di tempo ancora abbastanza breve, ci fosse un'ombra oscura e preoccupante.

Elsa aveva poi convenuto che i dati in loro possesso non erano sufficienti per avvertire il magistrato, anche a causa del modo irrituale in cui erano stati raccolti: il rischio era di suscitare una reazione irata come quella di Palma.

Dopo aver chiesto alcuni chiarimenti a Lojacono e ad Alex, la vicecommissaria aveva manifestato l'intenzione di parlare con la Costanzo, e la volontà di capire se qualcun altro nel suo ambiente di lavoro si ponesse il problema di tale irreperibilità e in che termini. Pertanto aveva convocato i due alle otto meno un quarto dell'indomani davanti all'Istituto Tecnico Industriale Statale «Giancarlo Siani», un casermone grigio, un po' malmesso, schiacciato tra palazzi parimenti malandati nella zona in progressivo degrado urbano al limite est del quartiere.

Elsa era arrivata in anticipo. Indossava scarpe basse, jeans e un cappello di lana calato fin sulle orecchie. Una mano affondata nella tasca di un informe soprabito grigio, fumava con calma a un angolo della strada, poco lontano dall'ingresso della scuola. Alex si era presentata puntualissima e, trovandosela di fronte, aveva pensato che tanta bellezza poteva addirittura trasformarsi in una condanna; la vicecommissaria pareva ingaggiare contro di essa una lotta giornaliera, ma l'eleganza naturale e il fisico perfetto facevano sí che somigliasse sempre a una modella durante un servizio fotografico, qualsiasi straccio portasse.

Dopo pochi secondi era arrivato anche Lojacono, il respiro un po' affannoso che si tramutava in sbuffi di vapore nell'aria umida e fredda di novembre. Aveva guardato le due colleghe, poi l'orologio, come per controllare di non essere in ritardo.

Elsa era intenta a osservare i ragazzi che entravano di malavoglia, per la stragrande maggioranza maschi.

– Non vedo spacciatori. Bene.

Alex aveva commentato:

– A quest'ora non ci sono mai. Vengono all'uscita, e comunque si tengono un po' discosti.

– Dalle mie parti non si fanno certi scrupoli, credimi. Andiamo.

Varcarono la soglia dell'istituto quando ormai gli studenti erano quasi tutti dentro. L'umidità pungente, d'altronde, scoraggiava dal restare all'aperto.

Un bidello piuttosto anziano e dall'aria diffidente, seduto dietro il vetro scorrevole di una specie di guardiola riscaldata con una stufetta elettrica, chiese chi fossero. Senza perdere tempo, Elsa mostrò il distintivo e disse:

– Il preside, per favore.

Il poveretto si ritrasse in maniera visibile, come se lo avessero spinto, e per un attimo parve voler replicare. Poi incrociò gli occhi verdi che lo scrutavano sotto il berretto di lana, accennò di sí con la testa, uscí dalla sua tana e fece strada su per un'ampia rampa di scale fino al piano superiore, dove, in fondo a un corridoio, c'era un grande ufficio. Lungo i muri, le porte delle aule si andavano chiudendo, ma da quelle ancora aperte giungevano gli sguardi di allievi e docenti incuriositi da quei misteriosi visitatori.

Il bidello fece segno di aspettare e si infilò in presidenza. Dopo meno di due secondi, senza che nessuno l'avesse invitata, Elsa lo seguí con a ruota Alex e Lojacono, sempre piú perplessi. Nell'ufficio, dietro una spaziosa scrivania, sedeva una signora di mezza età con le labbra strette; portava occhiali da lettura e aveva il telefono all'orecchio.

Davanti a lei un terzetto di insegnanti rispettosamente schierato.

Elsa, senza mezzi termini, esordí:

– Buongiorno, siamo della polizia. Per favore, potete lasciarci soli con la preside?

Si era espressa con tono pacato e a voce bassa, ma era come se avesse urlato. Il bidello alzò le sopracciglia, quasi per dire: vi avevo avvertito, e fu il primo a prendere il largo, assieme a due professoresse un po' attonite. Il terzo era Rigosi, il vicepreside che aveva accompagnato la Costanzo in commissariato e che, avendo riconosciuto Lojacono e Alex, si sentí autorizzato a rimanere, sebbene il suo normale incarnato pallido si fosse di colpo chiazzato di rosso. L'uomo rivolse una muta supplica all'ispettore per fargli intendere che la preside non era al corrente della sua iniziativa di contattarla.

Lojacono a sua volta cercò e trovò gli occhi di Elsa, nella speranza di far arrivare anche a lei quel messaggio, consapevole però di quanto fosse difficile che la collega potesse afferrarlo.

La preside mormorò all'interlocutore telefonico qualcosa circa la necessità di risentirsi piú tardi e depose la cornetta con ostentata tranquillità.

– Buongiorno, signori, – disse, – a che devo il piacere di questa visita e con chi ho l'onore di parlare?

Elsa fissava la donna, senza espressione.

– Siamo Martini, Lojacono e Di Nardo, del commissariato di Pizzofalcone. Abbiamo ragione di ritenere che una vostra insegnante, Fimiani Chiara, non sia al momento reperibile, perciò vorremmo procedere ad alcuni controlli.

La preside annuí, calmissima.

– Sono la professoressa Giannini, dirigente scolastica dell'istituto. Posso sapere cosa vi induce a fare certe supposizioni? C'è stata una denuncia? Da parte di chi? A me non risulta nulla del genere, e le presenze o le assenze non credo riguardino nessun altro che me.

Rigosi aprí e richiuse la bocca, continuando a cercare l'aiuto di Lojacono, che provò a intervenire:

– Martini, noi...

Elsa, senza distogliere gli occhi da quelli bovini della preside, alzò la mano per bloccarlo e proseguí:

– Come le sarà noto, professoressa, abbiamo il dovere di sottoporre a verifica ogni ipotesi di reato anche senza regolare denuncia. Può rifiutarsi di rispondere, naturalmente; nel qual caso noi ricorreremo al magistrato per ottenere una specifica autorizzazione. E lei, ovvio, dovrà rendere conto di questa reticenza. La scelta sta a lei, ma decida in fretta, non abbiamo tempo da perdere.

Il sollievo del vicepreside fu quasi rumoroso. La Giannini, di fronte alla determinazione e all'accento settentrionale di Elsa, sbatté le palpebre e mutò atteggiamento in modo clamoroso.

– Oh, ma certo, certo che siamo a disposizione. Ci tenevo solo a sottolineare che non riveliamo informazioni riservate a chiunque, ma con le forze dell'ordine collaboriamo senza problemi. La nostra sensibilità al vostro lavoro e...

Martini la interruppe, brusca:

– Bene, grazie. Ci conferma che Chiara Fimiani continua a non dare notizie di sé?

La Giannini guardò Rigosi, e questi, con voce un po' incerta, rispose:

– Non... non è venuta nemmeno oggi. E non ha avvisato nessuno.

Elsa lo incalzò:

– Qualcuno di voi ha preso iniziative? L'avete cercata a casa, per esempio?

– Una collega che ha rapporti di amicizia con la Fimiani ci ha provato senza riuscirci.

Elsa annuí.

– Bene. Allora, se possibile, vorremmo che ci metteste a disposizione una stanza in cui ascoltare le persone. Ci servirebbe anche l'orario completo delle lezioni, con l'indicazione di quelle alle quali la Fimiani è mancata e le ultime in cui è stata presente. Inoltre gradiremmo incontrare chiunque, nell'ambito della scuola, abbia visto o sentito qualcosa di insolito negli ultimi giorni che riguardi la professoressa: visite, colloqui, litigi o incomprensioni anche per motivi futili.

La preside si alzò e fece il giro della scrivania, rivelando un'altezza inferiore al metro e sessanta e un sedere di considerevoli dimensioni, e si diresse verso la porta.

– C'è un'aula vuota: tra il decremento demografico e la dispersione scolastica abbiamo sempre meno studenti. Se vi accontentate vi faccio portare qualche sedia là. Vi cederei volentieri questo ufficio, ma aspetto alcune telefonate dal ministero e devo preparare la prima riunione dell'anno con i genitori e i rappresentanti di istituto, quindi...

Elsa tagliò corto:

– L'aula andrà benissimo. Attendo quegli orari; le farò sapere con chi abbiamo bisogno di parlare.

La Giannini cercò di riguadagnare dignità.

– Certo. Il professor Rigosi resterà con voi per aiutarvi: chiamerete tutti attraverso di lui. Dev'essere chiaro, però, che non vi sarà permesso interrogare i ragazzi.

Mentre seguivano l'uomo, Lojacono sussurrò a Elsa:

– Ti ricordo che non abbiamo una vera denuncia. Possono farci un culo cosí. Stiamo procedendo senza nessuna copertura, in maniera arbitraria.

La Martini sibilò, senza voltarsi:

– Come voi due al circolo nautico, del resto… Ma ora sarà meglio che ci sbrighiamo, perché state certi che la dolce, piccola preside è già al telefono col provveditorato, il ministero o chi diamine è che può intervenire per fermarci.

XVI.

Piú o meno nello stesso momento in cui Elsa, Alex e Lojacono seguivano le orecchie rosse di Rigosi verso l'aula deserta, il vicequestore Luigi Palma sventolava due biglietti di seconda classe premium al di sopra delle numerose teste di aspiranti passeggeri delle ferrovie dello Stato in attesa, alla stazione centrale, sotto i tabelloni delle partenze.

Non aveva chiuso occhio. E non solo a causa della sua naturale tendenza all'apprensione. I pensieri erano tanti e di segno opposto. L'arrivo della Martini, anzitutto: un personaggio indecifrabile, duro, che non aveva perso tempo a esibire il proprio carattere riottoso. Quell'abbracciare senza indugio la via dell'irregolarità, avallando in maniera implicita l'iniziativa assurda di Lojacono e Alex. Quella fisicità invadente, che spiazzava e insieme distraeva, confondendo le idee e attirando l'attenzione. Fin lí il senso di disagio che aveva provato al primo incontro era stato confermato appieno.

Durante la notte una catena di ragionamenti l'aveva condotto a soffermarsi sulla presunta sparizione della professoressa. Poche ore, un litigio, la preoccupazione di una collega: niente. Non avevano in mano niente. In un periodo normale di lavoro, in un commissariato normale, una storia simile non sarebbe neanche stata presa in considerazione. Lui invece pareva comandare un nucleo di psicanalisti convinti di saper cogliere le variazioni di temperatura emotiva nelle persone: e cosí ora si trovavano a indagare su un evento che, con ogni probabilità, non presentava nulla di anormale, interrogando a destra e a manca gente che di sicuro aveva il potere di fargli chiudere i battenti in un attimo.

Come se non bastasse, Palma non aveva neanche modo di sorvegliare da vicino quanto sarebbe accaduto in quelle ore cruciali, perché doveva andare a Roma a ricevere i complimenti dell'ambasciatore americano per aver risolto il caso del turista ferito: un esempio per l'intero Paese di come la polizia di Stato italiana si occupasse dei reati contro i cittadini stranieri. Gli avrebbero dato una targa, con annessa motivazione. Mentre il commissariato era nelle mani di una pazza killer di pediatri.

Infine, ma era la vera origine della sua ansia, il viaggio in sé. Appena un'ora e dieci all'andata e altrettanto al ritorno; poco, in fondo: però per la prima volta sarebbe stato davvero solo con Ottavia Calabrese, la sua assistente principale, la bravissima collega tanto utile per l'abilità nell'uso del mezzo informatico, l'amorevole, sfortunata madre di Riccardo, un bambino gravemente autistico.

La donna di cui si era innamorato.

Palma aveva combattuto contro quel sentimento. Una lunga battaglia che aveva reso necessario un serio lavoro su sé stesso. Aveva analizzato la propria esistenza: il suo farsi assorbire troppo dal lavoro, le molteplici incapacità dimostrate nella vita domestica, il fatto di non avere una compagna da molto tempo. Aveva cercato le cause per poterne eliminare gli effetti. Si era sentito sporco: Ottavia era una donna sposata, per di piú colpita da una disgrazia come quella del figlio. Ma non c'era stato niente da fare: vederla la mattina era per lui la cosa piú bella; salutarla la sera il momento piú difficile.

Ciò non significava che dovesse farglielo capire. In nessuna occasione aveva valicato i limiti della correttezza. Era stato affabile ma distaccato, sereno e sorridente: mai insinuante o indelicato. E pure la gentilezza e la sollecitudine di lei non erano mai state equivocabili. Erano colleghi e condividevano gli stessi obiettivi, animati da un desiderio di riscatto e redenzione che era stato fin dall'inizio una peculiarità della nuova gestione del commissariato. Magari le offriva il caffè se l'incontrava al bar, ma nulla di piú.

Ora però c'era questo viaggio a Roma. Palma non ci aveva proprio pensato che Ottavia potesse accompagnarlo, consapevole com'era delle difficoltà di lei e dei complicati incastri col lavoro del marito per la gestione di Riccardo. Quando la donna si era offerta, si era sorpreso ed era stato sul punto di rifiutare la sua proposta, come se esimerla da quel compito fosse un sistema per proteggerla.

E invece si sarebbero trovati in compagnia l'una dell'altro per una giornata intera: una circostanza che, senza ammetterlo nemmeno con sé stesso, aveva sognato per mesi, ma che adesso avrebbe volentieri evitato.

Ottavia sollevò un braccio per attirare la sua attenzione. Trattandosi di un'occasione ufficiale, indossava la divisa, e Palma considerò che mai aveva visto una donna cosí bella portare l'uniforme di servizio. Si era truccata appena; sul viso aveva una luce nuova che a lui sembrò sempre piú evidente a mano a mano che avanzava tra la folla. Quando gli fu di fronte accennò un saluto militare, sorridendo scherzosa.

– Allora, la facciamo questa gita?

I posti erano affiancati. Di fronte a loro si sedettero due turisti americani obesi, una coppia che pareva abituata a incastrarsi nei sedili e a lottare per il possesso del bracciolo intermedio. Palma e Ottavia non riuscivano a smettere di ridacchiare senza motivo, come due ragazzini.

Il vicequestore le chiese come avesse fatto con Riccardo, e lei, mentre un'ombra attraversava i suoi begli occhi neri, gli spiegò che il marito sarebbe rientrato in anticipo dall'ufficio. Tanto comanda lui, commentò poi con una punta di durezza che Palma faticò a interpretare.

Chiacchierarono del piú e del meno, imbastendo un dialogo che in realtà seguiva un doppio binario: ciò che si dicevano a parole, affrontando gli argomenti comuni, e quello che comunicavano gli occhi e i cuori, sfiorando i contorni di un giovane sentimento fragile e tenace, che non badava agli ostacoli e continuava a cantare senza sosta.

Parlarono di Pisanelli, di quanto mancasse a tutti e della voglia che avevano di fargli visita. Parlarono di Elsa, e Palma fu guardingo e Ottavia indagatrice; lui affermò la necessità di non avere pregiudizi, lei sostenne che era indiscutibilmente bella. Palma rispose che non l'aveva notato e lei fu tentata di assestargli un pugno, ma volse lo sguardo verso il finestrino. Lui restò smarrito, ed elencò una serie di perplessità sul caso della Fimiani, mentre la coppia americana si disputava biscotti e salatini, cercando la piú calorica tra le bevande del carrello.

A Ottavia la Costanzo era sembrata una persona equilibrata, quindi i motivi di preoccupazione potevano essere giustificati. Palma obiettò che se esistono delle regole è per garantire un certo tipo di rispetto della libertà degli individui, e che se la Fimiani, per esempio, aveva voluto cambiare vita e sparire, allora bisognava rispettare la sua scelta.

Lei rimase qualche istante in silenzio. Tu credi, chiese, che si possa fare?

Palma, preso dai suoi pensieri di poliziotto, non comprese subito. Cosa, si può fare? domandò poi.

Ottavia, a voce cosí bassa che lui poté udirla a stento, mormorò: cambiare vita. Andarsene, dalla sera alla mattina. Mettersi alle spalle ricordi, speranze, delusioni e silenzi. Mollare, dichiararsi inadeguati e non per questo rassegnarsi a morire un po' alla volta, impiegandoci un milione di anni.

Palma non replicò; il cuore gli batteva a mille nelle orecchie, e aveva terrore di aprire bocca perché qualsiasi cosa avesse detto avrebbe rischiato di bloccare quel discorso che gli lasciava intravedere una folle speranza.

Non è mica necessario mettersi alle spalle tutto, commentò infine. Magari si può uscire dalla strada segnata a poco a poco, con piccoli colpi di sterzo per non causare dolore o sofferenza a nessuno, ma ricominciando a sentirsi vivi. Disse che dopo la separazione si era convinto di non poter piú provare un sentimento, e aveva come riposto l'anima nel congelatore: troppo a lungo. Ma ora aveva smesso di piangersi addosso. Quanto aveva passato gli era servito a diventare l'uomo che era adesso. Un uomo che, pur con i suoi difetti, assomigliava piú di prima alla persona che da ragazzo avrebbe desiderato essere.

Ottavia lo fissava rapita, e per qualche ragione lui seppe che la sincerità e la franchezza cui si era appigliato per trovare le parole erano state la via giusta.

La donna concluse che avrebbero dovuto solo accertare che la Fimiani stesse bene, e che il resto, ne conveniva, erano scelte sue. Ma avevano il dovere di capire se era effettivamente in pericolo. Palma annuí, consapevole, in una oscura maniera, che avevano iniziato un discorso che un giorno avrebbero dovuto completare.

Ma il treno già si fermava in stazione.

XVII.

L'aula in cui avrebbero dovuto incontrare coloro che potevano fornire informazioni sulla Fimiani era uno stanzone vuoto e freddo, rischiarato da una luce livida che filtrava attraverso un finestrone opaco e sporco. In fondo c'era una vecchia lavagna, su cui si intravedevano formule matematiche e parole cancellate male.

Lojacono non avrebbe saputo spiegare perché, ma quell'ambiente gli dava i brividi. Avrebbe dovuto essere pieno di ragazzi e di risate, di carte geografiche e di matite, di banchi scarabocchiati e di chewing-gum attaccati sotto le sedie; invece era deserto, e i passi sul pavimento un po' sconnesso producevano un'eco beffarda. L'intonaco alle pareti era scrostato in molti punti; nei muri erano conficcati chiodi ai quali non era appeso piú nulla; ancora si leggevano scritte volgari o incomprensibili, nomi di studenti che, carichi di speranze, avevano frequentato quel luogo e che ormai, da chissà quanto, stavano combattendo nella giungla lí fuori.

Vuoto, rifletté Lojacono. Questo posto è vuoto. Di un vuoto piú grande di quello che sembra, piú grande di tutto. Vuoto di sogni.

Il bidello ombroso che li aveva condotti dalla preside si allontanò e tornò con alcuni sgabelli malfermi. Le due poliziotte si sedettero; Lojacono preferí restare in piedi, appoggiandosi alla parete. Rigosi si rivolse a lui e mormorò:

– Grazie di non aver detto alla preside della nostra visita, ispettore. È stata un'iniziativa... individuale. Io e la Costanzo non ne abbiamo parlato con nessuno, mentre avremmo dovuto.

Lojacono annuí.

– Lei però, professore, che ne pensa? Ha accompagnato la sua collega e ne ha in qualche modo condiviso la preoccupazione, ma cosa crede sia capitato alla Fimiani?

L'uomo arrossí come suo solito; Alex immaginò che nell'istituto lo prendessero in giro per questa caratteristica.

– Vede, ispettore, la Fimiani è una persona assai stimata e perbene. Io mi occupo degli orari e delle sostituzioni, e tutti, per un motivo o per un altro, si servono dell'intervento di qualcuno per ottenere agevolazioni, permessi, giorni liberi eccetera: lei, che con le sue conoscenze potrebbe assentarsi quando le pare, non ha mai avanzato alcuna richiesta. È una donna molto forte, ma anche dolcissima. Le vogliamo tutti bene.

– Sí, ma ancora non ci fornisce una sua ipotesi sull'accaduto.

Rigosi si passò una mano sul mento, distogliendo gli occhi da quelli a mandorla di Lojacono.

– Da un po' era cambiata. Io me ne ero accorto ancor prima che la Costanzo me ne parlasse. C'erano ex allievi che le facevano visita, e ho avuto l'impressione che alcuni di loro venissero perché convocati da lei. È una cosa strana, non trova?

Elsa ascoltava con attenzione.

– E per quale motivo li avrebbe mandati a chiamare, secondo lei?

Rigosi si strinse nelle spalle.

– Lo ignoro. Ma ne ho incrociato piú d'uno. Ho pensato fosse per una delle sue iniziative.

Alex intervenne:

– Potrebbe essere piú chiaro?

– La Fimiani ha sempre cercato di organizzare attività anche dopo l'orario di lezione, per allontanare i ragazzi dalla strada. L'evento di maggior successo è stato un ciclo di lezioni itineranti con Davide Maggioni, al quale hanno aderito parecchi studenti. Conoscete Maggioni, no?

Elsa e Alex si fissarono perplesse, e Lojacono scosse il capo.

Rigosi pareva scandalizzato da tanta ignoranza.

– Ma come? È romanziere, poeta, uno dei piú noti scrittori del Paese! Spesso è ospite di trasmissioni televisive dedicate alla cultura. Io stesso sono un suo ammiratore.

Lojacono tossicchiò imbarazzato.

– Non è che abbiamo tutto 'sto tempo per la lettura, purtroppo.

Il professore gli si rivolse disgustato.

– Ispettore, il tempo per la lettura dovrebbero trovarlo tutti. È come dire che non si ha il tempo di respirare.

Elsa tentò di riportare il discorso su un piano piú concreto.

– Quindi la Fimiani è promotrice di attività extrascolastiche… Ma gli ex allievi, quelli che passavano da lei, che c'entravano?

L'uomo si grattò la nuca.

– Be', non lo so. Forse in qualche modo li coinvolgeva.

Congedato Rigosi, Elsa fece accomodare uno alla volta i colleghi dell'insegnante scomparsa; magari, stimolati dalle domande giuste, avrebbero ricordato un particolare insolito accaduto negli ultimi giorni.

Non fu cosí.

Un professore di educazione fisica, tale Castriota, un cinquantenne palestrato che avrebbe confessato qualsiasi cosa pur di prolungare il suo colloquio con Elsa, riassunse con efficacia il poco che, a preoccupati monosillabi, aveva dichiarato chi lo aveva preceduto:

– Dottoressa, in realtà i rapporti tra noi docenti non sono strettissimi. Non condividiamo un ufficio, non trascorriamo ore insieme, non commentiamo le partite né giochiamo al fantacalcio. Ci incrociamo solo al cambio dell'ora, di corsa, altrimenti, abbandonati a sé stessi, questi Mau-Mau distruggono tutto. Oppure ci incontriamo in sala professori, se le nostre pause coincidono. Poi ci sono i consigli, ma quelli servono sostanzialmente per litigare, come le riunioni di condominio.

La Martini intervenne:

– Ma possono esserci amicizie, no? Ci si può frequentare fuori dal lavoro.

L'uomo esibí quello che, nelle sue intenzioni, doveva essere un affascinante sorriso, ma che in realtà somigliava piú a una smorfia sghemba, sgradevole conseguenza di una emiparesi.

– Eh, per quello serve un interesse, dottoressa.

E di interessante nella nostra scuola c'è davvero poco, non so se ve ne siete resi conto.

Lojacono domandò:

– La Fimiani non è interessante, da questo punto di vista?

Elsa gli lanciò uno sguardo obliquo, che Lojacono accolse inespressivo come al solito.

L'altro rispose:

– Bah, ispettore, non troppo. Sí, caruccia è caruccia; se sorridesse un po' di piú uno potrebbe pure volerle offrire un caffè. Ma è una persona triste, sempre dimessa nonostante i soldi che tiene. E poi non dà confidenza. Mi sa che a colleghe sta messo meglio lei.

I docenti che vennero dopo Castriota non fornirono elementi piú significativi, e i poliziotti cominciavano a scoraggiarsi: in mancanza di novità rilevanti, i loro sforzi si sarebbero risolti in un nulla di fatto.

Poi, all'improvviso, sentirono bussare discretamente alla porta, e comparve la Giannini accompagnata dal bidello. Elsa temette che fosse giunto il momento in cui la preside, fatte le opportune verifiche, avrebbe intimato loro di smetterla con quegli interrogatori.

La donna, invece, li sorprese.

– Chiedo scusa se vi interrompo, dottoressa. Ma il nostro collaboratore, forse, ha un'informazione che può tornarvi utile. Prego, Cuozzo, ripeta ai signori quello che ha detto a me.

L'uomo sembrava in difficoltà, e spostava di continuo gli occhi dai poliziotti alla dirigente, quasi gli servisse conforto.

– Mi chiamo Cuozzo Gennaro, e come sapete sto in portineria. Questo è un quartiere complicato, e ogni tanto, qua a scuola, qualcuno cerca di entrare o di uscire senza averne il diritto. Si deve sempre stare all'erta.

La Giannini interloquí:

– È un istituto superiore. Ci sono studenti anche grandicelli, talvolta di una ventina d'anni, ripetenti. Hanno i loro affari, e assistere a traffici illeciti nei corridoi non è raro.

L'uomo proseguí:

– Io vivo in zona e conosco quasi tutti. Negli ultimi tempi dalla professoressa veniva spesso un ragazzo che ha frequentato anni fa.

Lojacono intervenne:

– Ci hanno raccontato che la professoressa riceve spesso visite di ex allievi.

Cuozzo annuí.

– Sí, sí, certo. Ma questo… questo è un altro tipo di persona. Questo… – L'uomo esitava: la preside lo incoraggiò con un cenno del capo. – Questo è un piccolo delinquente, che ha già avuto dei guai. La Fimiani lo aveva anche rimandato, un anno.

La Giannini, un po' brusca, precisò:

– Uno dei pochissimi verso cui ha mostrato un minimo di severità. Caporosso, si chiama. Caporosso Gerardo. Rissoso, indisciplinato… non il tipo che viene a trovare una professoressa per salutarla.

Alex aveva immediatamente annotato il nome. Chiese a Cuozzo:

– Cosa intende per guai?

L'uomo sospirò.

– Un ferimento, mi pare. È un violento. Quando stava qua, almeno tre volte l'ho dovuto separare da compagni con cui aveva litigato.

Elsa domandò alla Giannini:

– Preside, ma la Fimiani le ha mai confidato di aver subito minacce?

La donna scosse il capo.

– No, dottoressa. E io continuo a credere che l'irreperibilità della Fimiani sia ancora troppo breve per temere che le sia successo qualcosa. Però, siccome Cuozzo mi ha rivelato questo episodio di cui, per inciso, non ero al corrente, – e indirizzò uno sguardo minaccioso al bidello, che abbassò la testa, – ho ritenuto di informarvi. Tutto qui. Io me ne torno in presidenza, quando andate via avvisatemi.

Poco dopo, mentre i tre investigatori stavano per lasciare l'aula, irruppe la Costanzo seguita da Rigosi.

– Ispettore, per fortuna ci siete ancora. Intanto grazie per essere venuti. Avevo deciso di non intromettermi, perché preferivo che vi faceste un'idea vostra, ma ora...

Si accorse di Elsa e si trattenne, incerta.

La poliziotta si presentò:

– Lei dev'essere la professoressa Costanzo. Buongiorno, sono la vicecommissaria Martini. Stia tranquilla, può parlare liberamente. Ci sono novità? Si è fatta viva la Fimiani, per caso?

Alex rilevò che, rispetto al loro primo incontro, la docente di Matematica pareva decisamente piú agitata. Nei suoi occhi si coglieva un'ombra di paura estrema, quasi di terrore.

– No, non si è fatta viva. E io ho provato a chiamare per tutta la giornata di ieri e anche stanotte.

Oggi avevo all'ultima ora una delle classi che condivido con lei, la quinta E. Appena sono entrata, si è avvicinata alla cattedra una studentessa, la piú brava, legatissima a Chiara, una di quelle che segue tutte le iniziative, che partecipa ai corsi fuori aula e che...

Elsa l'interruppe, secca:

– Sí, ho capito il tipo. Vada avanti, per favore.

La Costanzo deglutí.

– Ecco... la ragazza mi ha riferito che venerdí, l'ultima volta che ha fatto lezione con loro, Chiara l'ha presa in disparte e le ha detto che, se ieri non si fosse presentata, avrebbe dovuto consegnarmi una cosa appena avesse avuto una mia ora. Se invece fosse venuta, avrebbe dovuto restituirla a lei. Le ha raccomandato di non aprirla, e lei non l'ha fatto. Me l'ha data chiusa, sono stata io a...

Lojacono si avvicinò e le pose una mano sulla spalla, per rassicurarla.

– Si calmi, signora. Si calmi. Ci siamo noi. Che cosa le ha dato?

La Costanzo respirò a fondo.

– Ispettore, desidero formalizzare la mia denuncia per la sparizione di Chiara Fimiani.

Poi estrasse dalla tasca dei pantaloni una busta aperta e la porse a Lojacono.

XVIII.

Gloria cara,

non sai quanto io speri che tu non debba mai leggere le parole che seguono. Mi sembra assurdo doverti scrivere, noi che stiamo sempre insieme, noi che ci confidiamo, noi che parliamo senza sosta. Ti ho vista mezz'ora fa, e ti rivedrò tra pochi minuti, eppure mi trovo a vergare queste righe su un foglio di quaderno; lo infilerò in una vecchia busta che chiuderò con una spillatrice. La lettera di una professoressa a un'altra professoressa, redatta a scuola, mentre i ragazzi svolgono un tema e fuori novembre comincia a essere novembre, anche nella nostra città dove l'estate resiste e non muore mai del tutto.

Lo ripeto, spero tu non debba leggerla, e probabilmente sarà cosí, perché non succederà niente e le mie paure risulteranno infondate; la busta mi verrà restituita e io distruggerò il suo contenuto annullandone anche la memoria dentro di me, insieme ai brutti pensieri. Mi vergognerò un po' per essermi figurata certe cose, e ritroverò il sorriso che mi rimproveri di aver perduto.

Se questa lettera finirà nelle tue mai, invece, accadrà martedí all'ultima ora. Saranno trascorsi tre o quattro giorni senza sentirci, e facilmente per me non ci sarà piú nulla da fare. In tal caso ci sono cose di cui voglio che tu sia al corrente, amica mia. Non mi dà piacere scaricare su di te il peso di una responsabilità enorme, però qualcuno deve sapere.

Oggi è venerdí, e mi aspetta un fine settimana che sarà il piú penoso della mia vita. Da quando mi sono resa conto che qualcosa di talmente atroce, di talmente terribile poteva essere realtà sono passate tre settimane, e per una almeno non sono riuscita ad ammetterlo nemmeno con me stessa. Ho dovuto procedere a riscontri, verificare, approfondire. E non avevo altro tempo per farlo se non quello che trascorro a scuola, perché il resto era presidiato, controllato: anche ciò ho compreso in ritardo, io che sono abituata a percepirmi secondaria, accessoria. Mai avrei sospettato di essere sorvegliata con tanta attenzione. E invece sí. E non so da quanti anni. Forse da sempre.

Ma sono stata abile. Ho usato il telegrafo senza fili dei nostri studenti, quell'antico sistema di sguardi e di sorrisi che i telefonini e le chat non riusciranno mai a soppiantare, e che funziona ancora alla perfezione. Ho fatto in modo che cominciassero a chiedere in giro. Come lui si serve di professionisti, io ho usato i dilettanti. E ho vinto, perché ho scoperto tutto. Insomma, vinto per modo di dire, perché sapere quello che so verosimilmente mi ucciderà. È un paradosso, ho dedicato l'intera esistenza a combattere un nemico che, lo ignoravo, era a un passo da me.

Mio marito.

L'uomo che ho amato prima che il silenzio e il freddo tra noi diventassero una barriera insormontabile. L'uomo che ho vicino da quando ero giovanissima, l'uomo che ho aiutato a costruire un piccolo impero. L'uomo che tanti ammirano perché si batte in prima linea contro la povertà e il degrado. L'uomo che ha programmi politici importanti. L'uomo al quale molti guardano con fiducia e ammirazione.

Proprio lui è il peggiore, il piú freddo e consapevole delinquente che esista al mondo.

Non crederai ai tuoi occhi, Gloria cara: sei sempre stata tu, irriducibile comunista, a sostenere scherzosamente con me che certe fortune non si costruiscono senza sfruttare qualcuno; e io invece negavo e giuravo sul colore dell'anima del mio uomo. Eri nel giusto, e in una maniera ben piú cruda e terribile di quanto fosse immaginabile.

Non sarà qui, su questo pezzo di carta e con una grafia resa tremante dalla rabbia e dalla paura, che ti rivelerò ciò che so. Non ti racconterò di come, notte dopo notte, abbia dovuto accettare l'idea che la verità era assai peggio di qualsiasi incubo.

Non te lo dirò perché avrò un confronto con lui. Gli chiederò ragione di quello che ho capito fissandolo negli occhi: e lui non potrà mentirmi, lo sa che me ne accorgerei. Magari mi sono sbagliata, magari è una trama ordita alle sue spalle da chi si occupa di questa che viene spacciata per beneficenza e invece è ben altro. Magari ha una spiegazione e mi convincerà, e ci faremo una aperta, franca, complice risata e tutto andrà a posto. Poi recupererò la lettera dalle mani di Martina, tanto brava e ligia, e ne farò mille pezzi da cestinare insieme alle angosce che mi spaccano il cuore. Prego Dio, se esiste e mi ascolta, che vada cosí.

Ma se l'uomo che ho avuto accanto per ventisette anni, al fianco del quale ho costruito una vita, non è quello che ho sempre pensato bensí quest'altro che emerge dalla mia indagine, un orribile mostro senza pietà, significa che è capace di inaudite e perverse violenze. Che non ha scrupoli, che non si ferma davanti a niente, che non ha limiti né riserve.

Significa che sono in pericolo. Che è in gioco la mia stessa vita.

Gloria carissima, sai che non sono tipo da esagerare, che sono riservata e non molto estroversa, e poco incline alla tragedia. Mi hai anzi spesso rimproverata di minimizzare, di affrontare le vicende piú gravi col sorriso e con eccessiva leggerezza. Ma puoi intuire come lo stato di sofferenza e prostrazione in cui verso, il dolore che provo e l'ansia che ho di non riuscire ad aggiustare le cose generino uno stato d'animo difficile da descrivere. Non ho altri a cui rivolgermi: perfino chi consideravo, se non amico, almeno buon conoscente, adesso mi appare come una spia, uno che vuole assicurarsi, su incarico di lui, che io non crei problemi.

Se queste pagine, su cui oltre l'inchiostro ci sono ora anche le mie lacrime, dovessero arrivare nelle tue mani, se Martina non dovesse vedermi comparire in classe e venisse a consegnarti questa busta chiusa coi punti metallici, allora, amica mia dolcissima, temo che non ci vedremo piú. E starà a te decidere cosa fare.

Con amore, tua

Chiara

XIX.

Elsa terminò la lettura e ripiegò il foglietto. Era seduta sul bordo della scrivania di Pisanelli, una gamba incrociata sotto l'altra che dondolava nel vuoto. Somigliava a una liceale che ripete la lezione.

Alex pensò ancora una volta che mai aveva visto una donna cosí inconsapevolmente sexy. Possedeva una carica interiore che si percepiva all'istante, e il suo atteggiamento gelido, che poteva apparire supponente, era in realtà autentico distacco. La Martini andava dritta per la sua strada, niente e nessuno poteva fermarla.

Si passò una mano nella folta chioma rossa, vagando con gli occhi intorno a sé.

– Per quello che può valere, la busta era effettivamente stata chiusa con la spillatrice e la studentessa, che abbiamo sentito grazie all'aiuto della Costanzo, dal momento che la preside ci aveva proibito di incontrare i ragazzi, lo ha confermato. Aggiungendo che la Fimiani, quando l'ha chiamata per consegnargliela, sembrava avesse appena pianto.

Aragona sbuffò.

– Sí, ma poi alla fine che dice, questa lettera? Mio marito qua, mio marito là: ma muove accuse specifiche? Racconta quale sarebbe 'sta cosa atroce che lui ha fatto? Questo è uno potente, che sta sui giornali un giorno sí e l'altro pure. Mica possiamo andare da lui, bussare alla porta e dire buongiorno, siamo i Bastardi di Pizzofalcone e vorremmo perquisirle l'appartamento per controllare se c'è sua moglie.

Alex intervenne, secca:

– Arago', non fare l'imbecille piú del solito, per cortesia. Qua abbiamo una donna che da sabato sera non dà notizie, che non risponde al telefono, che a casa non c'è e che, per combinazione, l'ultima volta in cui l'hanno vista è stata trascinata via dal marito nel mezzo di una festa dove aveva dato di matto. Non è una cosa da poco.

Lojacono, dietro alla scrivania nella solita posizione buddista, commentò:

– E poi ora c'è la denuncia formalizzata dalla Costanzo, che se non altro esprime la convinzione che alla collega sia davvero accaduto qualcosa. Il tono della lettera l'avete sentito, no? È disperato, piú che preoccupato.

Aragona non era disponibile ad attribuire serietà alla vicenda.

– Sí, ma allora perché la Fimiani non parla con l'amica chiaro e tondo? Se io ho paura, addirittura temo per la mia vita, be', lascio un messaggio inequivocabile: mio marito ha fatto questo, questo e quest'altro, e può essere che mi ammazza e taglia a pezzettini il mio corpo e lo tira giú per lo scarico. Insomma, se succede, sappiate che il colpevole è lui. Invece nella lettera non dice niente di simile.

Elsa replicò, sprezzante:

– Aragona, tu hai difficoltà di comprensione della

lingua italiana. La professoressa è chiarissima, non vuole esplicitare le accuse perché spera che lui sia in grado di spiegare tutto, ma è consapevole che, cosí non fosse, significherebbe che accanto lei c'è un mostro senza pietà. E dal momento che non è tornata a recuperare la busta...

Romano decise di esprimere la propria opinione.

– Ok, va bene, la lettera è inquietante, siamo d'accordo. E pure io non ritengo la Costanzo un tipo facile da impressionare. Però esistono delle regole, e non si possono infrangere piú di tanto. Abbiamo controllato a casa, a scuola e al circolo dove si è svolta la festa. Per ulteriori movimenti dobbiamo seguire le procedure, credo.

Elsa lo fissò.

– Ah. Le procedure. E quali sarebbero queste procedure? Informiamo il magistrato? Metterà la denuncia in fondo alla pila di carte che ha sulla scrivania e chissà quando la passerà all'ufficio delle persone scomparse, che si farà dare dal marito una bella foto di cinque anni fa, in cui la Fimiani sorride in costume da bagno, da affiggere in qualche dimenticata bacheca insieme ad altre cento. Poi ci sarà qualche indagine senza grande impegno... Tanto piú che la televisione non se ne occuperà, giacché il potente e ricchissimo marito non ha interesse che si alzi un polverone su di lui.

Romano protestò:

– Ascolta...

Elsa lo interruppe, brusca:

– No, ascolta tu: il marito, che da quello che abbiamo letto non pare proprio uno stinco di santo, non fornirà aiuto agli eventuali, e sottolineo eventuali, investigatori. Anzi, utilizzerà la triste, dolorosa vicenda della moglie che lo ha abbandonato per riscuotere ulteriori consensi entrando in politica. Che ne dici, ti piace cosí?

Romano si sporse in avanti, stringendo le palpebre.

– No che non mi piace. Ma non mi piace nemmeno l'idea di essere rimandato a calci in culo dove stavo prima.

Elsa fermò il dondolio della gamba e resse lo sguardo di Francesco, sogghignando.

– Dunque badi a dove metti i piedi. Stai ben attento a non pestare una merda.

Aragona, che per ovvi motivi era rimasto colpito dalla metafora, propose:

– Secondo me dovremmo aspettare il capo. È una decisione che tocca a lui. Altrimenti si incazza e...

Elsa si voltò verso l'agente scelto.

– La conosci la parola «vicecommissario», agente Aragona? O i tuoi problemi con l'italiano non ti permettono di arrivare a tanto? In assenza del dirigente, decide il piú alto in grado. Che sono io.

Alex cercò di mediare.

– È vero, Martini, ma questo vale per l'ordinaria amministrazione. Qui si tratta di un caso particolare, non credo proprio che dovremmo muoverci all'insaputa di Palma. D'altronde torna stasera stessa. Magari passa pure in ufficio.

Elsa scoppiò a ridere.

– E voi sareste i famosi Bastardi di Pizzofalcone: una cucciolata tremante al pensiero del capo che fa la voce grossa. Be', vi dico una cosa, mi piaceva questa destinazione, speravo avessimo qualcosa in comune, e che potessimo fare il nostro mestiere senza andare troppo per il sottile. Ma avete una fama che non meritate.

Romano diede una manata sul tavolo.

– Senti, bella, io non sto qua a farmi prendere per il culo da una che ha un impiccio come il tuo sulla coscienza, hai capito? Tu di noi non sai niente! Niente di niente!

Lojacono si inserí, calmissimo:

– Sbagli, Martini. Abbiamo fatto una fatica del diavolo per rimettere insieme i cocci delle nostre carriere, e la nostra vita dipende dalla sopravvivenza di questo commissariato che volevano chiudere. Abbiamo un sacco di occhi puntati addosso, gente che sarebbe felice di vederci commettere una cazzata; solleticare i piedi al marito della Fimiani, con il potere che ha, non sarebbe una buona mossa. Vogliamo solo riflettere bene su come agire. E per il resto non è il caso di tirare conclusioni affrettate: se lo avessero fatto con te, non saresti qui.

Elsa tacque qualche secondo; era poco incline a cambiare opinione. Poi sbuffò e disse:

– Va bene, Lojacono. Allora raccontami in che modo ti comporteresti tu. Anzi, proponi una soluzione.

Il Cinese, senza alterare di un millimetro la propria espressione, rispose:

– Io contatterei in via privata un magistrato che ha lavorato proficuamente con noi in piú di un'occasione. Uno consapevole che, se lo coinvolgiamo, è perché abbiamo per le mani una faccenda importante su cui non bisogna perdere tempo.

Elsa scosse la testa, perplessa.

– In via privata? Perché, i magistrati qui si fanno contattare in via privata?

Lojacono annuí appena.

– In genere no, nella maniera piú assoluta. Ma stavolta ci potrei provare.

Aragona ridacchiò; Romano e Alex lo fulminarono con lo sguardo.

XX.

Avendo archiviato in fretta la presunta sparizione della professoressa come una questione di corna, e potendo contare sull'assenza del capo e della sua ancella Mammina in trasferta romana, Aragona mollò con leggerezza il presidio del commissariato al truce Romano e a Calamity, che in quel momento era in archivio, e uscí all'aria aperta.

Era orgoglioso che il suo giubbotto nuovo fosse una macchia di raffinato colore nel grigio della giornata. In molti si giravano ad ammirarlo e lui camminava fiero, sebbene di tanto in tanto inciampasse nella sconnessa pavimentazione urbana a causa delle lenti azzurrate che, in condizioni di luce insufficiente, perdevano funzionalità, pur conservando quell'esotico, peculiare fascino che l'agente scelto riteneva imprescindibile.

Avanzava a testa alta, lo sguardo altero, affinché il quartiere fosse ben conscio che, con Serpico in giro, l'ordine regnava sovrano. I Bastardi di Pizzofalcone stavano diventando (grazie a lui, ma concedeva che il merito fosse attribuito anche ai compagni) un vero marchio di garanzia per quell'area cosí esposta alla criminalità. Marco sentiva crescere attorno a sé la considerazione e la fiducia, che si traducevano in sorrisi e parole di apprezzamento. Era piacevole, ed era gratificante.

Certo, mancando Pisanelli i rapporti con la gente del quartiere si stavano un po' allentando, e Palma aveva espresso piú volte questa preoccupazione negli ultimi giorni, ma Aragona sosteneva che non sempre un'eccessiva promiscuità con l'utenza fosse un bene. Peraltro provava un autentico disgusto nei confronti degli immigrati, anche di quelli regolari, che, nella migliore delle ipotesi, giudicava innocui ma deficienti; degli irregolari pensava invece che si suddividessero in parti uguali tra delinquenti e conniventi dei delinquenti. Ammetteva che in talune circostanze fosse utile sapere a chi rivolgersi, ma era comunque meglio non averci a che fare. I Bastardi erano lí per imporre il rispetto della legge, non per rendersi popolari.

A essere onesti fino in fondo, non tutti tutti gli immigrati disgustavano il giovane agente. Per esempio ce n'era una di nome Irina, che prestava servizio in qualità di cameriera all'hotel *Mediterraneo*, dove lui abitava all'insaputa dei colleghi, che faceva guadagnare molti punti all'infame categoria.

Insistendo nel suo incedere marziale, senza mai abbassare il mento, con in volto un sorriso che avrebbe dovuto comunicare risolutezza e intelligenza, e che al contrario trasmetteva in chi lo incrociava l'impressione di avere di fronte un cretino, Aragona immaginò la giovane straniera cosí come l'aveva vista quella mattina, nell'atto di porgergli un doppio caffè ristretto in tazza grande leggermente macchiato. I meravigliosi occhi azzurri, il fantastico viso, la linea morbida e voluttuosa del seno sotto la targhetta che recitava, appunto, *Irina*; poetica dolce parola che, ne era convinto, aveva ispirato versi e canzoni nel lontano Paese, il Montenegro, una terra senza dubbio bellissima, dovunque cazzo fosse. Irina, alla quale lo univa una nuova complicità dopo che aveva risolto con successo il caso dei cuccioli che scomparivano dal quartiere. Irina che, ci avrebbe giurato, prima o poi avrebbe condiviso il suo letto, cedendo al fascino indiscutibile che l'agente scelto emanava da ogni poro.

Per allontanarsi dall'ufficio, anche se l'umidità rischiava di rovinargli l'elaborata acconciatura finalizzata a nascondere l'incipiente, precoce calvizie sulla sommità del capo, aveva detto che sarebbe andato a informarsi sulle condizioni di Pisanelli. Francesco Romano, secondo il suo ciarliero costume, aveva risposto con un grugnito, e quando Marco aveva ripetuto il proposito per sincerarsi che quella mente semplice l'avesse afferrato, l'altro aveva commentato, con trasudante sarcasmo, che se c'era o se non c'era per il commissariato era la stessa cosa, quindi, pur sapendo benissimo di fare un dispetto al povero Pisanelli, gli concedeva di buon grado il permesso di levarsi dalle scatole.

Poco male, rifletteva ora Aragona, procedendo con la studiata andatura elastica, determinato e soprattutto ignaro di aver pestato una cacca di cane che sarebbe stato impossibile rimuovere dalla suola scanalata delle costose sneakers che indossava. Quel gorilla di Francesco aveva il suo numero di cellulare, e se si fosse trovato in difficoltà l'avrebbe rintracciato in un attimo. Ciò lo tranquillizzava, perché, in assenza di Palma, si sentiva il suo sostituto in pectore, sebbene fosse in fondo alla scala gerarchica della squadra: non era certo con il grado che si misuravano le capacità.

Raggiunse l'ospedale e, al sorvegliante che si frappose tra lui e l'ingresso ai reparti, sbatté in faccia il tesserino da poliziotto. Poche cose gli davano la stessa soddisfazione. Aveva provato davanti allo specchio la fluidità del gesto perlomeno quanto aveva collaudato quella di togliersi gli occhiali: una vera arma segreta, un'esibizione di consapevolezza del proprio potere che lasciava annichiliti. Il tizio osservò il tesserino e il giubbotto, che gli parvero dare luogo a un'evidente incongruenza, poi scrollò le spalle e si spostò di lato.

Poco piú avanti, però, Aragona fu di nuovo bloccato, stavolta da una donna di notevoli dimensioni vestita di bianco, che gli intimò a muso duro di fermarsi. Ripeté l'estrazione del tesserino, accompagnandola con una smorfia sprezzante: nessuno osi ostacolare la legge. L'infermiera non degnò il documento del minimo interesse e, puntando un dito verso il pavimento, replicò:

– Qui, con la scarpa sporca di merda, non passa nemmeno il ministro dell'Interno.

L'agente scelto constatò la realtà del guaio; ma non era degli Aragona, stirpe di re e di tutori dell'ordine, perdersi d'animo. Sfilò la scarpa, la ripose in un angolo e si diresse verso la stanza di Pisanelli. A essere sinceri zoppicava parecchio, perché le costose calzature erano state acquistate apposta per compensare con un corposo rialzo l'ingiusta mancata elargizione, da parte della natura, di almeno sei centimetri. A un certo punto cominciò addirittura a saltellare, come il famoso Pippo della vecchia canzone (*si crede bello come un Apollo, e saltella come un pollo*), offrendo all'eventuale pubblico della terapia intensiva che si fosse messo a guardare attraverso il finestrone che affacciava sul corridoio il curioso spettacolo di un cranio con riporto e occhiali azzurrati che compariva e scompariva a intervalli regolari.

Giunto sulla soglia della camera in cui avrebbe dovuto essere ricoverato il vicecommissario vide che il letto era vuoto. Di colpo rivisse la stessa, terribile sensazione di quando aveva scoperto il corpo di Pisanelli riverso sul pianerottolo, nel sangue dell'emorragia e nell'urina: credette che fosse morto. Il materasso intonso, le lenzuola ripiegate gli suggerivano che era arrivato tardi: con una scarpa sola e in equilibrio su una gamba, Aragona si sentí smarrito e abbandonato.

Lina, l'infermiera bionda che aveva assistito Giorgio e alla quale lui aveva mentito circa la propria identità, lo riconobbe e gli sorrise.

– Oh, buongiorno! Cosa la porta da noi prima dell'orario? Suo padre sta meglio, lo abbiamo trasferito in reparto. Se vuole l'accompagno.

Poi notò il piede scalzo, sollevato da terra, e inarcò il sopracciglio.

Aragona inclinò la testa e allargò le braccia.

– Un piccolo incidente di percorso: ho parcheggiato temporaneamente la scarpa, la riprendo all'uscita.

La donna spostò l'attenzione sul giubbotto, concluse che forse non era la scarpa il problema maggiore, e fece strada.

Come scorse Pisanelli semiaddormentato nel letto, Aragona gli saltellò vicino.

– Oh, paparino bello, come stai? Ti hanno trasferito, eh? Presto ti riporto in uff... a casetta, cosí tutto torna come prima.

Il vicecommissario lo scrutò, vacuo.

– Tu chiamami ancora paparino e ti sparo con la pistola d'ordinanza.

L'agente scelto verificò che nessuno li ascoltasse.

– Oh, io per venire da te, che per inciso uno si aspetta pure un poco di gratitudine, questo ho dovuto raccontare, se no mica mi facevano entrare. Quindi un po' di pazienza. Poi a te la pistola d'ordinanza non l'hanno mai consegnata, perché all'epoca tua ci stavano arco e frecce.

Pisanelli fece scorrere sul giovane uno sguardo sconcertato.

– Cioè fammi capire, l'infermiera pensa che uno con una scarpa sola e soprattutto con questo cesso di giubbotto tamarro sia mio figlio? Dille per piacere che voglio l'eutanasia, piuttosto che fare questa figura.

Aragona si tolse gli occhiali.

– La gratitudine, è proprio vero, non è di questo mondo. E poi ammettilo che tieni una storia con la signora Lina. Lo so bene come funziona: per favore mi tocchi qua, per favore mi gratti là, e da cosa nasce cosa.

Pisanelli cercò affannosamente il campanello.

– Quant'è vero Iddio mo' chiamo il servizio d'ordine e denuncio che hai cercato di usarmi violenza! Mi crederanno subito, basta che vedano in che modo ti sei conciato per convincersi che sei un pervertito!

Aragona sogghignò.

– Insomma, sei guarito. Meglio, cosí rispediamo a casa la pazza che hanno mandato a sostituirti; è assai piú decorativa di te, ma per come lavora rischia di farci chiudere in un paio di giorni.

Pisanelli assunse un'espressione interrogativa, allora Aragona gli riferí per sommi capi di Elsa, del suo originale approccio con i colleghi e col proprio ruolo, e pure la vicenda della presunta scomparsa della professoressa. Giorgio lo ascoltò concentrato e, con un po' d'amarezza, commentò:

– Insomma, ero già dato per spacciato. Mi hanno addirittura sostituito.

Aragona sbuffò.

– Ma che dici? Per occupare il posto di un rompipalle come te ne servivano almeno due. Hanno specificato che la tizia, bonissima ma insopportabile, resta finché non torni tu. E siccome, ti ripeto, ci farà chiudere perché è una che va sparando in fronte ai sospettati di reato e conduce indagini non autorizzate, è meglio se ti alzi da questo letto in fretta.

Lina, che in quell'istante transitava nei paraggi, lo fulminò.

– Seh, se lo levi dalla mente. Suo padre non si muove finché gli accertamenti non avranno confermato la perfetta guarigione.

Aragona la guardò soave.

– Non si preoccupi, signo', qua nessuno spinge per toglierle il Presid... papà. Ve lo potete tenere quanto vi pare, cosí proseguite a fare le vostre cose tra anziani.

La donna si allontanò truce. Pisanelli prese un respiro.

– Arago', fammi la cortesia, tappati quella bocca. Ma per sempre, non provvisoriamente. Consideralo una specie di fioretto: diventa muto. Ti prego.

L'agente canticchiò:

– La verità ti fa male...

– No, mi fai male tu. Ma adesso ascoltami bene: ho da affidarti un incarico delicatissimo, che richiede la massima discrezione. Preferirei rivolgermi a chiunque altro al mondo; purtroppo, dato il mio attuale isolamento, non ho scelta.

Aragona divenne serio... cioè, finse.

– A tua disposizione: su, dimmi che ti frulla in quel cervellino in decomposizione.

– Devi correre prima che puoi al convento della Santissima Annunziata. Stai molto accorto, perché, come ti ho anticipato, si tratta di una cosa riservata ma anche pericolosa.

Il giovane si guardò attorno, circospetto.

– Pisane', ma ti senti bene, sí? Siamo sicuri che non hanno fatto troppo presto a portarti qua dalla terapia intensiva? Forse era meglio aspettare un altro po', e...

Giorgio diede un pugno sul materasso.

– Mi vuoi ascoltare una volta, una sola nella vita, porca miseria!

Lina, dall'altro capo dello stanzone, fissò Aragona, torva.

– Non lo faccia innervosire, che tiene ancora i punti.

Marco abbassò la voce.

– Che ci devo andare a fare in convento? Io non sono religioso, quelli sono integralisti e mi mettono pure paura...

– Ti devi assicurare che frate Leonardo, parroco e superiore della comunità, stia sempre là. Non ti puoi sbagliare, è piccolo e cammina saltellando come te che non hai la scarpa. È un tipo sorridente. Nel quartiere lo chiamano 'o Munaciello.

Aragona era perplesso.

– E dopo che ho verificato che sta là, questo frate Leonardo?

Pisanelli aprí la bocca e la richiuse. Poi spiegò:

– Lo devi sorvegliare. E riferire a me.

Aragona annuí.

– Giorgio, io ti rispetto. Sei una brava persona, e non hai colpa se i quattro bastardi veri ti hanno messo in mezzo insieme a Ottavia, approfittando che lei era distratta dal figlio spastico e tu sei rimbambito dall'età: ma sorvegliare un frate è davvero troppo. La rossa che hanno mandato a sostituirti come minimo mi spara. Quindi fai una cosa, esci presto e te lo sorvegli tu. Va bene?

Pisanelli stava per scoppiare a piangere dalla frustrazione.

– Primo: il figlio di Ottavia è autistico e non spastico. Secondo, io non sono affatto rimbambito. E siccome ti ho salvato il culo non una, ma due volte, per la storia dei cani scomparsi e per la vicenda del magazzino con la merce rubata, adesso mi rendi il favore. Altrimenti quando muoio vengo di notte a tirarti i piedi.

Aragona prese a mordicchiarsi il labbro, ma per quanto si sforzasse, non vedeva una via d'uscita. Mormorò un'imprecazione, si voltò e saltellò via come un pollo.

XXI.

L'aria nel bar davanti al palazzo di Giustizia, al centro direzionale, era eccessivamente riscaldata, ma la cassiera non sembrava rendersene conto, imbacuccata com'era in una sciarpa che le copriva la parte inferiore del volto.

Lojacono si diresse a un tavolino in fondo alla sala, in prossimità della vetrata, per evitare una specie di monsone che proveniva da un radiatore collocato a metà parete, e si sedette in modo da vedere l'ingresso del locale. La vicecommissaria gli si accomodò accanto, lasciando libero il posto di fronte, e cominciò a scrutarlo.

– Non dev'essere stato facile, per te, – disse all'improvviso. – Ho letto della storia di Agrigento, una bella rogna. Se sono bugie, ovvio.

Lojacono continuava a fissare la porta, gli occhi obliqui stretti come fessure.

– Non è mai facile. Ti mettono in mezzo, e dalla maldicenza non ci si può difendere. Mi avessero contestato dei fatti sarebbe stato semplice confermare o smentire. Ma un nome buttato lí durante una testimonianza, una parola in milleseicento pagine di congetture, dichiarazioni, ipotesi…

Elsa annuí, i gomiti sul tavolo e il mento appoggiato sulle mani. Lojacono considerò che assumeva spesso le posture di un'adolescente. Gli ricordava un po' Marinella, anche se fisicamente non si somigliavano affatto.

– La mia vicenda è diversa, lo sai. Però leggendo di te pensavo che abbiamo parecchie cose in comune. Siamo gli unici fuori sede, veniamo da lontano, questa città ci è estranea e abbiamo entrambi una figlia femmina. Solo che io torno su appena me lo permettono, tu invece, a quanto pare, ti sei ambientato talmente bene che sei diventato amico dei magistrati.

Lojacono non raccolse la provocazione.

– In comune? No, non credo. Venire dal Sud non è come venire dal Nord. E poi qui l'amicizia non c'entra: io e la Piras abbiamo svolto insieme alcune indagini, e lei tende a fidarsi del mio intuito anche quando non ci sono evidenze concrete a sostenerlo. Mi ascolta. L'amicizia è un'altra cosa.

Martini sorrise, incuriosita.

– Ah, davvero? Tipo quella coi tuoi colleghi Bastardi, per esempio?

Lojacono non mosse un muscolo, ma rispose a mezza voce:

– No, quella con loro è semplice comunanza di interessi. Un collega ti è amico se mette un bisturi in mano a un cadavere e fa sí che ti venga riconosciuta la legittima difesa. Non capita di frequente, però. Solo a pochi fortunati.

Un lampo d'ira attraversò il viso di Elsa, che era sul punto di reagire, ma proprio in quell'attimo varcò la soglia la dottoressa Laura Piras.

Lojacono sollevò un braccio e la salutò da lontano; lei si avvicinò. Sebbene fosse di statura piccola, quando entrava in un ambiente calamitava subito l'attenzione. Era una di quelle donne che non devono fare nulla per sedurre gli uomini; tutti erano irresistibilmente catturati dalla linea morbida del suo corpo, fasciato in un sobrio tailleur, dai suoi lineamenti sottili e dal suo sguardo penetrante.

L'ispettore, che la conosceva a fondo, lesse nell'espressione di Laura la crescente curiosità per la donna che era seduta vicino a lui. Elsa, a differenza della Piras, aveva imparato a dissimulare cosí bene la propria bellezza che, infagottata nel suo soprabito sformato, col bavero alzato e il berretto calato sulle orecchie, avrebbe potuto essere scambiata per un ragazzo. Ma quando il magistrato ebbe raggiunto il tavolo, si girò e si tolse il copricapo per presentarsi.

Lojacono avrebbe ripensato a lungo a quel primo incontro tra la Martini e la Piras. Non avrebbero potuto essere piú dissimili, la longilinea rossa piemontese e la piccola bruna sarda, eppure si riconobbero all'istante: femmine alfa, personalità forti che la vita aveva indurito ma che mai avrebbero rinunciato a sentirsi belle. Gli occhi verdi di Elsa restarono fermi in quelli neri di Laura; le mani si strinsero forti e asciutte per i secondi indispensabili alla presentazione, poi quella della vicecommissaria tornò nella tasca del soprabito e quella del magistrato sul manico della ventiquattrore.

Molto lieta. Piacere. Mentre Lojacono elencava nomi e titoli, Martini accennò un lievissimo sorriso, quasi stesse intuendo la natura del rapporto tra l'ispettore e la Piras, e Laura stirò appena le labbra, quasi si stesse chiedendo da quanto quella donna e

Lojacono si conoscessero. L'ispettore ebbe un lieve brivido e tossí. I tre ordinarono i caffè.

In breve, ma non omettendo nulla e dandole rigorosamente del lei, l'ispettore informò Laura della supposta scomparsa della Fimiani. Il magistrato ascoltò concentrata, ponendo alcune domande utili a comprenderne meglio le dinamiche. Poi, severa, disse:

– Palma è al corrente di queste iniziative?

Elsa rispose, calma:

– La mia assegnazione a Pizzofalcone è effettiva, anche se provvisoria. Il dirigente è assente per servizio e io, in qualità di vice, ho disposto sia l'intervento presso il circolo sia quello presso la scuola. La responsabilità è mia.

Lojacono la squadrò, stupito.

Piras seguí il corso dei propri ragionamenti. Quindi replicò:

– Martini, la sua fama la precede. Pizzofalcone, anche se non formalmente, è un po' sotto la mia tutela. E sebbene meno di una volta, la sua precarietà non è un argomento superato: non sono pochi quelli che, per vari motivi, vorrebbero che chiudesse. Agire in questo modo prima di aver informato il magistrato non è stata un'idea brillante. E ora pretendereste non solo la ratifica di due sopralluoghi e di una serie di interrogatori eseguiti senza autorizzazione, ma anche il permesso di procedere nell'indagine secondo strategie già decise da voi.

Elsa la incalzò.

– Proprio cosí, dottoressa. E lo facciamo perché siamo convinti che quella donna sia in pericolo, in gravissimo pericolo. Temiamo che possa essere una questione di minuti. E, con tutto il rispetto, non possiamo attendere che la burocrazia termini il suo minuetto.

Lojacono notò che la Martini aveva uno strano modo di provocare l'avversario: ne stimolava le reazioni per saggiarne la forza.

Laura puntò le pupille fiammeggianti in quelle di Elsa:

– Mi ascolti, Martini, mi ascolti con attenzione: io non so come cazzo sia abituata a operare, e francamente non mi interessa. Qui io lavoro in maniera seria, e quello che lei chiama minuetto non è altro che la conduzione dell'indagine da parte del magistrato inquirente. Se non le sta bene, si risparmi la fatica di disfare le valigie.

Lojacono valutò che fosse il momento di stemperare i toni.

– Dottoressa, la verità è che avevamo difficoltà oggettive a rintracciare Palma. Inoltre la mia collega ha riferito un'inesattezza: al circolo siamo andati su mia iniziativa e usando la massima cautela. Solo che adesso bisogna sentire il marito della donna, un personaggio che di sicuro, qualora fosse implicato nella scomparsa della moglie, come riteniamo, userà le proprie conoscenze per scrollarsi di dosso noi e chiunque possa creargli dei fastidi.

La Piras non si addolcí.

– Lojacono, non vedo perché il fatto che l'iniziativa del circolo sia stata sua dovrebbe confortarmi. E conosco Marcello Baffi, sono consapevole di quanto sia complicato avvicinarlo. Il punto è che non mi è chiaro per quale motivo non potevate aspettare Palma. Sarebbe…

Elsa tirò fuori la lettera ripiegata della Fimiani e la posò delicatamente accanto alla tazzina del caffè di Laura; non pronunciò una parola.

Laura la prese e la aprí. La lesse in fretta, quindi la rilesse con maggiore attenzione. La ripiegò e la restituí alla vicecommissaria. Rifletté, sorseggiando il liquido scuro, infine concluse:

– Sono sensazioni, lo capite, vero? Non uno straccio di prova indica che questa donna sia scomparsa contro la sua volontà. La lettera esprime preoccupazione, dolore, ma è piuttosto vaga a proposito di un pericolo incombente. Mi pare che la Fimiani fosse libera di muoversi, di fare ciò che voleva. Quanto a Baffi... non posso rivelarvi niente, ma non è un nome sconosciuto alla procura. Comunque sia: ormai è tardo pomeriggio, ed è il terzo giorno di effettiva irreperibilità della professoressa, giusto? Io preparo le carte, e domani voi andate subito dal marito a interrogarlo, cosí non perdiamo altro tempo... sempre che le vostre visite alla scuola e al circolo non abbiano strascichi. Prima però accordatevi con Palma; bisogna agire secondo le regole: se lui non autorizza, io i documenti li straccio e non ne parliamo piú.

Lojacono annuí. Elsa, invece, non intendeva rassegnarsi; si sporse lievemente in avanti e sibilò:

– E se stanotte dovesse accadere l'irreparabile? Abbiamo una denuncia formale della Costanzo, sappiamo che la donna scomparsa non è a casa e non è andata al lavoro. Cos'altro ci serve?

Lojacono si accorse del guizzo sulla mascella di Laura e cominciò a preoccuparsi seriamente. Il magistrato fece appello al proprio autocontrollo.

– Martini, lei si occupi del suo lavoro e mi lasci fare il mio. Le sto offrendo l'opportunità di saltare un paio di passaggi e di guadagnare almeno un giorno, ma soprattutto di ratificare quello che avete già fatto, riparando a due stronzate enormi. Si accontenti. Anche perché l'offerta, come si suol dire, non è negoziabile. Lojacono, ci pensi lei a informare Palma appena rientrerà. Buona serata.

E uscí.

XXII.

C'era un'atmosfera strana in ufficio, e Alex fu contenta quando finalmente arrivò la sera.

Non le piaceva starsene con le mani in mano, e al di là dell'abituale, noioso lavoro di incrocio delle denunce di furto con le notizie di rinvenimenti – autoveicoli abbandonati o merce sequestrata in abitazioni o magazzini – non c'era niente da fare. Era convinta che la Fimiani fosse effettivamente scomparsa, ma si rendeva conto di quanto fosse difficile proseguire nell'indagine senza un'autorizzazione. In ogni caso, se ne stavano occupando Lojacono e la Martini, e lei era sicura che avrebbero ottenuto il permesso di procedere: allora sarebbe venuto il suo momento. Si trattava di attendere.

Il telefono sulla sua scrivania squillò, e mentre controllava l'orologio per verificare che fossero le diciannove, un sorriso le increspò le labbra. Era puntuale, la sua ragazza. Puntualissima. Come di consueto.

Con la mente corse a chi stava all'altra estremità del filo. Ai suoi folti capelli biondo scuro lunghi fino alle spalle, agli occhi castani, alle labbra piene e morbide. Immaginò il camice bianco, con grado e nome, che le cadeva come un abito firmato, alle gambe tornite accavallate sotto il tavolo. Alla mano che stringeva la cornetta. A quelle dita, che sapevano portarla in paradiso.

Rispose pronunciando il proprio cognome in un sussurro, come adorava Rosaria Martone, primo dirigente della polizia scientifica. La donna che Alex amava con un'intensità che le appariva quasi impossibile.

– Ciao, Di Nardo, – ricambiò una voce calda e roca, accarezzandole l'orecchio, – ancora in trincea, eh? Che si racconta al fronte: vi divertite?

Un gioco, uno fra i tanti: Rosaria che sfotteva il lavoro di strada, Alex che prendeva in giro quello d'ufficio.

– Meglio che concludere la giornata puzzolente di chissà quali intrugli chimici, Martone. Siamo seri: io investigo, tu fai le analisi dell'urina.

Rosaria ridacchiò.

– Esclusivamente ai morti ammazzati. Vuoi mettere lo sfizio? Su, che hai combinato oggi?

Alex le riassunse la vicenda della Fimiani, e accennò all'arrivo di Elsa, che era la vera novità.

Rosaria ascoltò, poi disse:

– Martini Elsa, eh? Sí, certo. Il capo della scientifica di Torino è mio amico, e all'epoca esaminò il corpo del pediatra morto. Secondo lui il bisturi era stato piazzato in mano al cadavere dopo il decesso; lo si capisce dalla profondità delle impronte. Ovviamente non lo aveva scritto nel rapporto, figurati. Ma com'è? Bella?

Alex, che sapeva come Rosaria potesse diventare febbrilmente gelosa, minimizzò.

– Insomma… È piuttosto rigida e non molto disponibile al dialogo. Non è brutta, però…

La Martone l'interruppe:

– Ti rammento che in qualità di dirigente ho accesso alle cartelle informatiche, perciò non rifilarmi cazzate. La sto guardando in questo momento: è splendida. Avete parlato da sole? Sii sincera.

Alex replicò, decisa.

– Assolutamente no! D'accordo, è bella, ma fredda. Sembra antipatica e…

Il tono di Rosaria divenne sprezzante.

– Quindi lo ammetti, è bella. E come fai ad affermare che è antipatica, se non ci hai mai parlato da sola? Ricordati che, anche se lavoro in laboratorio, sono una poliziotta pure io. Non mentirmi.

Romano, a qualche metro di distanza, chiacchierava al cellulare sorridendo. Alex abbassò la voce.

– Rosaria, non mi interrogare! Ti ho detto che è qua da un giorno, che è una strana, che si fa i cazzi suoi e che si è già messa in rotta di collisione con tutti… Comunque a me non importa di lei, e in piú scommetto che non è interessata alle donne.

Il tono dall'altra parte rimase duro, ma mostrò qualche crepa:

– Perché, se lo fosse?

Alex trovava tenera la mancanza di sicurezza della compagna: attraente, forte e al tempo stesso fragile.

– Non cambierebbe nulla, avendo io la fortuna di amare ed essere amata dalla creatura piú affascinante, dolce e appassionata del mondo. Però devo ammettere che quei capelli rossi…

Nella voce della Martone, adesso, si percepiva una risata trattenuta.

– Non dimenticare mai che stai parlando con un particolare essere umano dotato di pistola d'ordinanza e di lunghe unghie molto curate. Alla rossa dagli occhi verdi potrei piantare una pallottola in fronte, e poi ridurre a brandelli il tuo bel faccino. Che te ne pare del programma?

– Be', eviterei la pallottola in fronte; noi Bastardi di Pizzofalcone siamo in gamba: scopriremmo in fretta il movente e risaliremmo all'assassino. Non vorrei essere costretta a vederti da dietro un vetro per i prossimi trent'anni. Quanto alle unghie... trattiamo: magari riesco a proporti qualche piacevole alternativa.

– Ecco, questa idea dell'alternativa mi piace assai. E per associazione di idee mi è venuta in mente la tua casetta nuova, con quel lettone comodo. Che ne pensi di stasera? Cosí ti fai perdonare.

Alex sospirò.

– Stasera no, tesoro. Ho promesso a mia zia che sarei passata a salutarla. È malata, e io sono la sua unica nipote. Non c'è modo di scansarla.

Rosaria non nascose la propria delusione e imbastí una minima insistenza:

– Tua zia? Ma se ripeti sempre che è la persona piú noiosa della terra. Su, inventati una scusa e ci vediamo, dài.

– Non posso, davvero. Sarebbe la milionesima volta. Ma se mi libero che non è troppo tardi ti chiamo.

– Giura.

– Giuro.

Alex attese una mezz'ora il ritorno di Aragona, per non lasciare l'ufficio al solo Romano, che peraltro, come lei, aveva finito il turno.

L'agente scelto rientrò con l'aria assorta, ed era una novità, perché era difficile immaginare Marco nell'atto di riflettere. Di Nardo gli domandò che avesse, e lui le rispose di essere stato da Pisanelli.

I colleghi, allora, si informarono sulle condizioni di Giorgio.

– In teoria dovrebbe stare meglio, dato che l'hanno fatto uscire dalla terapia intensiva e l'hanno portato in reparto.

Romano si massaggiò il mento.

– Quale reparto?

Aragona lo fissò torvo.

– Eh... credo il reparto «vecchi rincoglioniti», perché sotto certi aspetti l'ho trovato peggiorato, e mi preoccupa un po'.

Alex assunse un'espressione addolorata.

– Come peggiorato? Spiegati.

Marco si grattò la testa, nell'ottima imitazione di uno che rimugina:

– Boh. Farnetica. Mi ha chiesto di... vuole che vada al convento della Santissima Annunziata.

Romano annuí.

– Sí, là ci sia un monaco che è il suo migliore amico. Me ne ha parlato una volta: una specie di santo che aiuta la gente del quartiere. È stato assai vicino alla moglie prima che morisse.

– Esatto, un certo frate Leonardo. La cosa bizzarra è che mi ha detto di controllare se c'è ancora e... e di sorvegliarlo. Di nascosto.

Alex aveva preso il soprabito dall'attaccapanni.

– Va be', ragazzi, mentre voi discutete della psiche di Giorgio io scappo. Ho un impegno.

Aragona sogghignò.

– Un appuntamento, eh? Stasera si scopa! E chi è il fortunato? O sono due? Quelle come te le conosco: tutte tranquille in apparenza, poi…

Alex gli soffiò un bacio sulla punta delle dita.

– L'importante è che non ci sia tu, Arago'. Buona serata!

Scendendo le scale pensò che, in effetti, aveva davvero un appuntamento. E che aveva mentito a Rosaria.

Ma questo, invece di angosciarla, la elettrizzava. E la rendeva felice.

XXIII.

Presero il treno al volo, dopo una corsa folle che gli aveva tolto anche l'ultimo residuo di fiato. Si ritrovarono scarmigliati e piegati in due in cerca d'aria, nell'atrio di un vagone che non era il loro, scrutati da un tizio che parlava al telefono e dal controllore.

La cerimonia era andata per le lunghe: l'ambasciatore statunitense (un uomo di colore, corpulento e allegro) aveva voluto conoscere i minimi dettagli dell'operazione che aveva consentito l'arresto degli aggressori di Ethan Wood, turista americano e produttore cinematografico, figlio di Charlotte Wood, la famosa attrice e di Bill, il compianto grande regista. Poi, probabilmente soddisfacendo anche la curiosità del delegato del capo della polizia e dei tre inviati dell'ufficio comunicazione, aveva chiesto dove si trovasse Pizzofalcone, quali fossero le caratteristiche del quartiere e come fosse organizzato il commissariato.

Quindi era seguita la consegna di una targa e di due medaglie, nonché di un attestato di benemerenza. Ottavia, che padroneggiava un ottimo inglese, era stata all'altezza della situazione, rendendo superflui i due interpreti forniti dalle autorità. Questo aveva molto divertito l'ambasciatore e sua moglie, una filiforme signora che sembrava poter essere contenuta dal marito diverse volte.

Il traffico serale di Roma aveva completato l'opera, rallentando gli spostamenti con almeno due ingorghi.

C'era ancora un treno dopo quello per cui avevano la prenotazione, ma arrivava un'ora piú tardi e Ottavia ci teneva a mettere a letto il figlio. Palma, dal canto suo, non voleva che la vicesovrintendente sospettasse una sua manovra per distoglierla dalla famiglia, perciò appena erano stati in stazione l'aveva afferrata per un polso e l'aveva quasi trascinata.

Quella corsa, oltre a lasciarli sfiniti, aveva regalato loro un attimo di assoluta, inspiegabile felicità. Si erano sentiti giovani e liberi anche se non lo erano. E uniti contro ogni buonsenso.

Quando il respiro si normalizzò, i due scoppiarono a ridere senza un perché; intanto il treno prendeva velocità.

Si diressero ai posti, che però erano stati occupati da due classici viaggiatori abituali, che russavano spudoratamente. Non ebbero cuore di svegliarli, cosí decisero di sedersi altrove; e siccome due poltrone affiancate non c'erano, si sistemarono l'uno di fronte all'altra.

Furono costretti a viaggiare occhi negli occhi, senza possibilità di evitarsi; il buio che scorreva al di là del finestrino non forniva appigli per distogliere lo sguardo e nemmeno per distrarsi da sé stessi.

Parlarono della giornata, del salone in cui erano stati ricevuti, dei premi che riposavano in una sporta di tela sulla cappelliera, della simpatia dell'ambasciatore e della riservatezza dell'ambasciatrice. Ripensarono ai boriosi colleghi dell'ufficio centrale, che forse non avevano mai fatto davvero i poliziotti, e risero ricordando quando, per poco, un cameriere non aveva rovesciato il tè sulle gambe della segretaria di sua eccellenza.

Gli argomenti scorrevano lievi come la notte, e come la notte coprivano qualcos'altro che entrambi provavano, ma che non ammettevano: quel semplice, innocente viaggio a Roma, una trasferta di lavoro, era stata una trasgressione. Una piccola, innocua vacanza dalle loro realtà quotidiane, che tuttavia avrebbe potuto determinare effetti devastanti e imprevedibili.

D'un tratto Palma chiese a Ottavia che cosa avesse voluto dire. Lei sbatté le palpebre, interrotta mentre spiegava di aver imparato l'inglese durante una permanenza di dieci mesi a Londra ai tempi dell'università, e domandò al superiore a cosa stesse alludendo.

Il vicequestore era piú che certo che la donna avesse afferrato in pieno ma che tentasse di svicolare: questa volta, però, lui non lo avrebbe consentito. Con pazienza precisò che si riferiva a ciò che gli aveva chiesto nel viaggio di andata circa la possibilità di cambiare vita. Lo aveva detto in una conversazione sulla Fimiani, la professoressa che forse era scomparsa e forse no, la moglie dell'industriale Marcello Baffi.

Ottavia dapprima finse di non rammentare, sperando che Palma le concedesse una via d'uscita. Ma, di fronte allo sguardo fermo del capo, mormorò che a volte si pretende troppo da una donna. In che senso?, la incalzò lui. E chi, soprattutto?

Di colpo il viso della Calabrese si rigò di lacrime. Palma le porse un fazzoletto. Lei proseguí, rivelandogli che c'erano momenti in cui le pareva di non farcela; che certe giornate erano una montagna da scalare; che era inutile opporsi al flusso degli eventi. Il vicequestore non riusciva a calmarla, cosí si sporse in avanti sul tavolinetto e le prese la mano. Ottavia non la ritrasse; era come se con quel gesto lui le avesse offerto un rifugio dal temporale.

L'uomo verificò che gli altri passeggeri non li stessero osservando, ma i pendolari hanno visto tutto e il contrario di tutto, e una poliziotta che piange è ben al di sotto dello standard di ciò che può essere ritenuto interessante per loro; pertanto continuavano ad ascoltare musica nelle cuffiette, a risolvere complicati sudoku o a dormire a bocca aperta, assumendo posture talmente innaturali che di certo sarebbero state all'origine di dolori lancinanti.

Ottavia tirò su col naso, si interruppe; poi, rivolta verso il finestrino, parlò di Riccardo con un tono che a Palma diede i brividi.

Affermò che il figlio stava bene, benissimo. A parte il fatto che non usciva dal suo mondo di silenzio, abitato da chissà che mostri o fantasmi. A parte il fatto che l'unica parola che avesse mai pronunciato fosse quel dannato sostantivo: mamma, mamma, mamma. A parte il fatto che ogni tanto urlava follemente, producendo un rumore acuto simile alla sirena di un'ambulanza, una vibrazione monotonale che non era un lamento e nemmeno un grido di paura, e che cessava solo quando lei gli prendeva la testa e se la teneva in grembo, accarezzandolo con vigore, quasi strofinandolo.

A parte tutto questo, Riccardo stava bene. Benissimo. Era forte e sano, nessun difetto tipo il cuore con un soffio o una propensione all'otite. Niente di niente.

Palma ascoltava sorpreso, perché la buona salute di quel ragazzino, nel discorso della madre, suonava come una pessima notizia. Anzi, come una tragedia.

Ottavia gli indirizzò un sorriso amaro. Gli disse che non l'aveva mai confidato a nessuno, e che non l'avrebbe mai ammesso, ma quella, per lei, era una condanna senza appello: fine pena mai. Un ergastolo che non prevedeva amnistie o indulti, e nemmeno un permesso speciale. Un maledetto ergastolo sotto forma di un figlio che non riusciva a fare la pipí da solo, che le sarebbe di certo sopravvissuto, e che lei avrebbe dovuto lasciare in qualche istituto; una struttura per forza orribile dove sarebbe invecchiato e morto assistito da personale disattento. Un ergastolo, sí, che per di piú ne conteneva un altro: la costringeva a restare con un marito che ormai non amava da molti anni, ammesso che mai l'avesse amato, che però era un padre perfetto e sollecito, dolcissimo e comprensivo con lei e con Riccardo.

Palma era schiacciato dal dolore della donna, la cui vastità non aveva mai intuito. E capí in quello stesso istante che il sentimento che nutriva per Ottavia era proprio amore, un amore immenso e profondo, abbastanza grande da accogliere lei e il figlio, tale da fargli immaginare di potersi occupare di entrambi col massimo della devozione. Non riuscí a dirle niente, ma il suo cuore traboccava.

Tacque per un secondo, poi, dato che ormai era piuttosto tardi, propose a Ottavia di mangiare una pizza vicino alla stazione, in un ristorante che aveva già provato e che era davvero ottimo. Dopo l'avrebbe accompagnata in taxi.

La donna avvertí un improvviso sollievo; la sua sofferenza svaní come nebbia al sole. Rispose che sí, sarebbe stato bellissimo: una splendida conclusione di una splendida giornata, la piú bella che riuscisse a ricordare. Controllò il cellulare e si accorse che in treno non c'era campo. Ammiccando assicurò a Palma che avrebbe chiamato casa appena fossero arrivati inventando una scusa, per esempio che avevano perso il treno e avevano dovuto prendere il successivo; come se non avessero corso.

In quell'istante, mentre si tenevano per mano, tutto sembrava possibile.

Sulla banchina trovarono il marito di Ottavia, Gaetano, con Riccardo accanto. Ti abbiamo fatto una sorpresa, esclamò; lei stava proprio per telefonargli. Mamma, mamma, mamma, gridò Riccardo con la sua nuova voce cavernosa dei quattordici anni.

Il sorriso si spense sulle labbra della vicesovrintendente Calabrese e nel cuore di Palma.

Dopo alcuni convenevoli, e un racconto precipitoso di ciò che era accaduto nella capitale, venne il momento di salutarsi. Gaetano ringraziò il vicequestore per aver concesso alla moglie l'opportunità di mettersi in evidenza e insistette per accompagnarlo a casa; lui rifiutò con la scusa che aveva voglia di camminare.

Ottavia si avviò verso l'uscita insieme alla famiglia. Prima di svoltare dietro un angolo si girò verso Palma.

Con l'ergastolo negli occhi.

XXIV.

La notte di novembre rendeva la strada del quartiere periferico ancora piú minacciosa. Un lampione appeso a un filo ondeggiava al vento che aveva rinforzato da nord, portando aria fredda e umida. Le automobili, che di giorno ingolfavano la via come una mandria di bovini, incuranti di semafori e parcheggi regolari, adesso passavano di rado, ma nel silenzio sembravano piú rumorose.

L'interno del locale ricordava un quadro del neorealismo americano. Un barista sonnacchioso sedeva dietro il banco, la guancia appoggiata sul palmo, il gomito sul piano di metallo. La cassiera si muoveva seguendo il tempo della musica latina che martellava dallo schermo enorme appeso al muro, la cui funzione, oltre a quella di diffondere note, era trasmettere abusivamente partite di calcio per i clienti che non erano abbonati ai canali a pagamento.

La popolazione del bar era piuttosto ridotta. Quattro ragazzi con giubbotto di pelle, orecchini e tatuaggi ridevano in modo sguaiato, al primo stadio dello sballo. Un tipo smilzo e rugoso che contrattava la successiva frazione della notte con una bionda in sovrappeso dai denti d'oro. Due operai, in anticipo o in ritardo rispetto al turno, che consumavano muti un cappuccino, fissando il nulla.

Seminascosto in un angolo, gli occhi piantati sull'entrata, un uomo poco consono all'ambiente. Quarant'anni, forse quarantacinque, assai ben portati; fisico asciutto e atletico, capelli folti, brizzolati sulle tempie. Indossava un maglione e un paio di jeans nel tentativo di apparire informale, ma il cachemire e la marca dei vestiti denunciavano uno status economico incompatibile col luogo.

Il volto, tuttavia, tradiva una condizione di malessere. Un velo di barba copriva i lineamenti contratti dalla tensione, le palpebre erano lievemente arrossate e due rughe solcavano la fronte, segno di una evidente angoscia. La mano destra stringeva la tazza vuota del caffè, e le dita della sinistra tamburellavano sul piano del tavolino a un ritmo piú veloce di quello della musica latina.

La porta d'ingresso finalmente si aprí e varcò la soglia un altro individuo, piú anziano, calvo, con le orecchie a sventola, imbacuccato in un pesante, costoso soprabito e con una sciarpa al collo. Attraverso le lenti spesse, che si appannarono per la differenza di temperatura tra l'interno e l'esterno, riconobbe la persona al tavolino in fondo e la raggiunse con passo deciso, ignorando il buonasera della ragazza alla cassa.

Si tolse il cappotto, rivelando un abito dal taglio sartoriale, accuratamente studiato per nascondere la pinguedine, e si sedette senza salutare e senza celare il proprio disappunto.

– Poi mi spiegherai per quale cazzo di motivo uno, per vederti, deve trascinarsi in posti come questo. Non potremmo incontrarci come la gente civile nel mio studio, da te o in un locale decente nei quartieri dov'è arrivato il progresso? E non parliamo dell'ora: Marella non si fida nella maniera piú assoluta, pensa che vada con l'amante.

Il brizzolato replicò con freddezza:

– Sul serio devo spiegartelo? Proprio a te?

Il calvo si era sfilato gli occhiali e li stava pulendo con un fazzolettino preso dal distributore di metallo.

– Marcello, sei paranoico. Davvero paranoico. Ti ho già detto che anche se fossi sottoposto a intercettazioni, e non ci sono elementi per supporre che tu lo sia, in linea di massima le conversazioni col tuo legale non sono utilizzabili dalla procura e…

L'altro si sporse e sibilò:

– Stai zitto. Non fare nomi ed evita qualsiasi riferimento alla questione. Mica hai portato il telefonino, vero?

– Adesso mi stai spaventando. No, l'ho lasciato in auto a un paio di isolati da qui; chissà se lo ritrovo e se ritrovo pure la macchina, in questo quartiere di merda. Si può sapere che succede?

L'uomo che era stato chiamato Marcello rivolse lo sguardo verso la luce fioca del lampione ondeggiante.

– Lei. Il problema è lei. Aveva scoperto ogni cosa. Pareva impazzita, urlava davanti a tutti…

Il legale, sbalordito, domandò:

– Come, davanti a tutti? E che ha urlato?

– No, no. Per fortuna è stata vaga. Inveiva contro di me. Aveva bevuto, ho fatto in tempo a trascinarla via.

Il calvo sollevò una mano grassoccia.

– Sii preciso, concentrati: quello che ha detto è riconducibile in qualche modo a... Cerca di ricordare.

– No. Ne sono sicuro. Ripeteva che sono un vigliacco, che non ho cuore, che sono un bastardo, che non ho principî.

L'interlocutore sorrise, neanche avesse ricevuto un regalo.

– Gelosia. Soltanto gelosia. Il sospetto, ovviamente infondato, di una tua relazione. Ha perso il controllo, tu l'hai portata via e credevi di averla calmata.

Marcello scosse il capo.

– E perché poi non avrei denunciato la sua scomparsa? Perché non mi sarei preoccupato? Non regge.

– Regge, regge, a questo non devi pensare. Nessuno la cercherà: non ha parenti, non ha amici. Al limite qualcuno della scuola, ma se dovessero venire a chiederti racconterai del litigio, del fatto che eri convinto di aver risolto. Invece lei si è dileguata, cosí: non una parola e non un biglietto. E tu l'aspetti. L'aspetterai per sempre, perché l'ami. È la tua cara, dolce mogliettina, l'unica donna che hai avuto.

Marcello fissava la strada.

– Se avesse preso delle precauzioni? Se l'avesse confidato a qualcuno? E poi già solo il danno d'immagine...

L'avvocato emise una risata sardonica che fece sollevare la testa al barista, il quale si guardò attorno brevemente prima di rimettersi a sonnecchiare:

– Sei tu che sei stato abbandonato. È lei che ti ha piantato, spezzandoti il cuore. La tua immagine ne uscirà rafforzata. Rischieresti di piú se ti vedessero dentro un bar di merda come questo, in un quartiere di merda come questo, a un'ora di merda come questa.

– Proprio perché nessuno si sognerebbe di trovarci qui scelgo posti simili. La prudenza non è mai troppa.

– Continui a non capire che è molto, molto meglio mostrare di non avere nulla da nascondere. E comunque dovresti smettere. La politica e... e quell'attività non sono compatibili.

Il brizzolato sospirò.

– L'azienda non va bene, Carlo. È proprio su quella attività che si regge il resto. Spero di avere presto un'alternativa; per ora non posso farne a meno. Maledizione, tutto filava liscio. Non fosse stato per questo intoppo, per questa stronza che...

L'avvocato sussurrò:

– Ma sei sicuro che sappia la verità? Che ci sia arrivata nonostante le cautele, l'attenzione, l'intermediazione? Perché se ci è riuscita lei... E come, poi?

Marcello si strinse nelle spalle.

– Da quello che ho intuito, mentre gridava e farneticava, c'entra la scuola. Gli ex alunni, forse. Eppure mi sono sempre raccomandato che non ci fossero collegamenti.

Carlo si massaggiò la radice del naso, riflettendo. Quindi mormorò:

– L'importante è che lei non ti muova accuse pubbliche. In tal caso, anche in assenza di prove che le sostengano, puoi dire addio a ogni ipotesi di carriera politica. Ti è chiaro, sí?

Marcello tornò a guardare l'avvocato. L'espressione era talmente priva di emozioni che l'altro rabbrividí.

– Questo possiamo escluderlo. Non si farà piú viva.

Una motocicletta passò rombando nella notte.

XXV.

Alex Di Nardo era orgogliosa della sua casetta. Sí, l'ingresso non era granché: un portone in metallo e vetro mezzo rotto, a metà di un vicolo triste, senza luce. E una volta dentro bisognava percorrere una specie di tunnel, buio e maleodorante a causa dell'umidità e dei rifiuti non ritirati.

Anche i quattro piani di scale non erano il massimo della comodità, con quei gradini sconnessi e i pianerottoli illuminati appena da neon morenti. D'altra parte doveva esserci un motivo se il canone di una casa con vista sull'intera città e le sue luci, sul mare e sulla montagna era tanto basso. Né l'agente Di Nardo si sentiva di criticare chi nella notte dei tempi aveva deciso di costruire, abusivamente e usufruendo in seguito di chissà quale condono, quell'appartamento di due camere, cucina e bagno sul terrazzo di copertura, per poi affittarlo a una poliziotta.

Ora però era novembre, e non era possibile mangiare all'esterno come in almeno otto dei restanti mesi dell'anno. Se si voleva ricevere qualcuno bisognava apparecchiare nel piccolo, civettuolo soggiorno (cosí era stato definito nell'annuncio dell'agenzia immobiliare), dalla cui finestra, comunque, si godeva un'ampia porzione del succitato panorama. Certo, riunirsi in piú di tre risultava difficile, essendo il tavolo accostato al muro e perciò con un lato non utilizzabile, ma quella sera il particolare era irrilevante, perché una sola era la persona che doveva ospitare. Una. Ma molto importante.

Aveva voluto preparare l'evento disegnandolo sulla sua nuova identità. Non intendeva riproporre il passato, quella veste anonima e squallida che per due decenni si era imposta nel tentativo di seppellire la propria natura, la vera Alex, sotto tre metri di finzione e di paure. Aveva finalmente un posto suo, e desiderava che le assomigliasse. Quindi ogni cosa, dai pochi soprammobili alle suppellettili, dalle stampe appese alle pareti alle sedie una diversa dall'altra, dal tappeto coloratissimo al morbido letto a due piazze, esprimeva la donna che era diventata.

Lei stessa si sentiva assai differente dalla ragazza che qualche mese prima era uscita in lacrime, disperata e infelice, dall'abitazione dei genitori. I vestiti erano meno femminili e dai colori piú decisi, le scarpe piú comode, il trucco piú marcato. Pochi accessori, ma appariscenti. I capelli acconciati con carattere.

Stava concludendo l'indagine su sé stessa, e, glielo avevano insegnato in accademia, la verità, dopo che era stata dimostrata, andava accettata evitando pregiudizi. Quindi esibita con franchezza a chiunque. Cominciando dalla persona importante che avrebbe cenato con lei.

L'incontro era stato quasi fortuito, benché avvenuto proprio dove era piú prevedibile. Uno sguardo, imbarazzo, paura. Poi un sorriso inatteso: forse potevano conoscersi davvero, al di là di sovrastrutture o barriere.

Ovvio, ed era il motivo per cui aveva escluso Rosaria, che rivelare tutto era fuori discussione. Avrebbe rischiato di infliggere un colpo durissimo alle fondamenta di un edificio sorto in epoche passate, con altre mentalità, stratificato nel tempo, e di creare nuovi conflitti. Per ora non era pronta, e si domandava se lo sarebbe mai stata. Continuava addirittura a provare vergogna nei confronti della madre che, in quanto tale, aveva compreso da sempre la natura della figlia.

Ma adesso era un altro paio di maniche.

Magari, si disse, sarebbero bastati la vista, un calice di Greco di Tufo freddo e la lunga candela al centro del tavolo. Sarebbero bastate le penne allo *scarpariello*, pomodoro, pecorino, parmigiano e basilico, saltate in padella con un po' di trasgressivo peperoncino. Sarebbe bastata la voce da donna e non da bambina, bassa e intensa, e sarebbero bastati gli occhi disegnati da rimmel e matita, liquidi e adulti. Sarebbe bastato questo, magari, per aprirsi un po'.

L'idea della cena era venuta a lui, la terza volta che si erano incrociati per quel caso cercato e sperato: so che sarai lí, quindi ci sarò anch'io, quasi senza saperlo, quasi senza dirlo. Quasi senza volerlo.

Le aveva detto: ma io questa famosa casa tanto particolare e curiosa, non la devo vedere? L'aveva buttata lí con tono lieve, come se fosse una battuta priva di rilievo. Non ciò che invece era: un ponte gettato per superare un abisso, un modo per accedere al presente uscendo dal passato, per esserci ancora dopo una lunga assenza.

Con cautela, a frasi smozzicate e monosillabi, con il cuore che le martellava nelle orecchie e l'atteggiamento noncurante di chi non vuole far scappare una meravigliosa farfalla che si è posata sulla mano, si era informata sulle sue condizioni di salute. Ci sono quattro piani di scale, aveva precisato. E il vicolo è in cima a una salita. Siamo sicuri che non sia un problema?

Lui le aveva spiegato che no, non lo era. Che gli esami erano perfetti. Che sarebbe stato sufficiente procedere con calma, avviandosi assai in anticipo e fermandosi con regolarità a riprendere fiato. Che era felice che si preoccupasse per lui, perché temeva che le cose fossero cambiate.

Alex, commossa, aveva mormorato che certe cose non cambiano mai, solo che lei aveva spiccato il volo, come era giusto che accadesse.

La parte difficile, aveva aggiunto lui, consisteva nel depistare la moglie. Si sarebbe inventato un noiosissimo raduno di vecchi amici del liceo dal quale le signore erano escluse, nella ridicola illusione di poter ritornare ragazzi. Avrebbe detto che la telefonata di convocazione era arrivata in uno dei rari istanti in cui lei era fuori. Sarebbe stato divertente, sebbene in linea di principio a lui non piacesse mentire.

Neppure a me, aveva risposto Alex. Non immagini quanto, aveva pensato.

Era stato un bel gioco, l'organizzazione della cena. Due persone sincere, che soffrivano nel dire falsità, e ciononostante escogitavano un pretesto per stare insieme. Per avere un momento da adulti, per capire se era possibile allacciare un rapporto su basi nuove.

Mentre sistemava le posate sul tavolo, con musica jazz che proveniva dallo stereo, sentí la chiave girare nella toppa. Con un groppo in gola si voltò.

Sulla soglia, il seno che si sollevava e si abbassava veloce per le scale salite di corsa, i capelli luccicanti di umidità e gli occhi di miele, c'era Rosaria Martone.

Alex aveva dimenticato di averle dato le chiavi, i primi giorni dopo il trasferimento, perché portasse un po' di masserizie mentre lei era impegnata al lavoro. Non gliele aveva mai restituite.

Si fissarono a lungo. La dirigente notò i due coperti, la candela, le luci basse, la musica.

Sibilò:

– La tratti bene tua zia. Ma non dovevi andare tu da lei?

Alex sbagliò la replica:

– Non ti permetto di controllarmi. Non intendo rendere conto a nessuno della mia vita e...

Rosaria avanzò di un passo.

– No? Quindi le promesse che ci siamo fatte a letto, i propositi, l'amore non significavano un cazzo, vero? Erano una sporchissima bugia. Mi hai preso in giro dall'inizio.

Alex, soffocando il pianto, scosse la testa ma non disse nulla. Rosaria continuò, aggressiva:

– Sei un'inutile puttanella! E se sei riuscita a fregarmi, è perché io te l'ho consentito, ricordatelo. Non sei altro che una stupida bambina lesbica, che non ha nemmeno il coraggio di confessarlo al paparino. Non sei niente, niente!

Le lacrime trovarono la loro strada e Alex si coprí il viso con le mani.

Arretrando verso la porta, Rosaria concluse:

– Di' alla tua amica che può tenersi le chiavi, sarà piú comodo. E ridete pure alle mie spalle.

Gettò il mazzo sul tavolo, rovesciando un bicchiere che si frantumò a terra. E se ne andò senza chiudere la porta. Il rumore dei tacchi si perse giú per le scale.

Dalla cucina, con indosso un grembiule e in mano un cucchiaio di legno sporco di sugo, emerse il generale Di Nardo, il padre di Alex.

Con gli occhi sgranati, l'uomo chiese:

– Ma… chi era quella? E che ha detto?

XXVI.

Le cose erano andate diversamente da come Lojacono aveva temuto. E dire che si era tormentato parecchio: non da perderci il sonno, ma certi pensieri gli si erano affacciati spesso alla mente durante la notte.

Nutriva nei confronti di Gigi Palma un sentimento che si avvicinava molto all'amicizia. Apprezzava la sua lealtà, la sua franchezza, il modo in cui partecipava alle indagini e in cui dirigeva gli uomini. Era il capo ideale, e sarebbe stato perfetto per Lojacono anche in passato, nei momenti della sua carriera in cui avrebbe avuto bisogno di una persona onesta su cui contare, o almeno di una parola di conforto.

Per questo motivo si era trovato in difficoltà quando aveva dovuto affrontare il suo sguardo quella mattina in commissariato, dopo l'iniziativa di incontrare Laura per ottenere l'autorizzazione a procedere in merito al caso della professoressa scomparsa. E aveva vissuto con disagio che fosse stata la Piras, e non un membro della squadra, a insistere perché ci fosse l'avallo del vicequestore per avviare le indagini in via ufficiale.

La verità era che lui, Lojacono, aveva appoggiato Elsa con convinzione. Era necessario agire in fretta: Chiara Fimiani era davvero scomparsa e probabilmente era in pericolo. L'aveva percepito sin dal primo istante, e la lettera consegnata alla Costanzo gliel'aveva confermato. Da sempre si fidava delle proprie intuizioni. Il poliziotto era l'unica cosa che sapeva fare, l'unica cosa che voleva fare, e l'istinto ciò che lo guidava nel mestiere.

L'ispettore doveva poi ammettere che la nuova collega gli piaceva. Aveva un approccio diretto, immediato, senza fronzoli. Era sincera al limite del disinteresse per l'altro, e forse anche oltre quel limite. Provocava l'interlocutore in maniera irritante (tanto che Lojacono era preoccupato dalla possibile replica di gente come Romano e Alex a frasi come quelle che Elsa aveva rivolto a lui), ma in tal modo definiva subito i confini dei rapporti. E se c'era da affermare un principio, non si tirava indietro.

Pertanto Lojacono aveva provato grande sollievo di fronte alla reazione di Palma che, messo al corrente della visita estemporanea all'Istituto Tecnico Siani e del successivo incontro con la Piras, non si era adirato né offeso, esternando appena un po' di dispiacere.

In realtà, dalla trasferta romana, sia il vicequestore sia Ottavia erano rientrati diversi. Avevano raccontato in breve il ricevimento presso l'ambasciata americana, esibito la targa e le medaglie, e condiviso i complimenti che il delegato del capo della polizia aveva espresso nei confronti del commissariato. Però doveva esserci stato qualcos'altro, qualcosa che tacevano ma che aveva guastato il viaggio.

E infatti, dopo aver scrutato a piú riprese entrambi i colleghi, Aragona aveva esclamato:

– Be'? Se è andata cosí bene, si può sapere perché avete la faccia di due che hanno preso un cazziatone?

Palma si era limitato a scrollare le spalle e aveva chiesto ragguagli sul giorno precedente. La Martini aveva preso la parola e si era assunta la responsabilità piena delle azioni. Il vicequestore la aveva ascoltata attento, cercando di evitare lo sguardo di Ottavia, che invece lo fissava con gli occhi arrossati; Alex gliene aveva domandato la ragione, e lei li aveva attribuiti a un improvviso raffreddore.

Palma si era poi scusato per aver dimenticato di riaccendere il cellulare dopo la cerimonia, e aveva provveduto a chiamare la Piras per ottenere, sulla base della denuncia della Costanzo e dei dati in loro possesso, l'autorizzazione a sentire il marito della Fimiani e chiunque fosse in grado di fornire informazioni in merito alla scomparsa della professoressa. Il magistrato aveva acconsentito verbalmente, anticipando che avrebbe inoltrato i documenti per mail.

Conclusa la telefonata e con lo stesso atteggiamento distratto e mesto, per lui cosí insolito, Palma aveva invitato la Martini a prendere due persone e recarsi da Baffi. Poi si era ritirato in ufficio.

Elsa chiese a Lojacono e a Romano di accompagnarla. La scelta era stata abbastanza obbligata: Alex aveva l'aria del cane bastonato, Ottavia sembrava sull'orlo del pianto e Aragona era pur sempre Aragona.

Lungo la strada, con Romano alla guida, la vicecommissaria riassunse la situazione e avvertí che dovevano comunque muoversi coi piedi di piombo, e non certo per il peso sociale dell'interrogato, quanto piuttosto per l'inconsistenza degli elementi in loro possesso:

– In effetti, – considerò, – nella famosa lettera la Fimiani scrive solo che il marito si è rivelato assai diverso da come lei credeva che fosse. Magari si tratta di un banale fatto di corna, e la paura di subire violenze potrebbe risultare del tutto ingiustificata. Occhio alle domande che gli porremo, insomma. Facciamolo uscire dalla tana, ma non spaventiamolo.

La Baffi s.p.a. disponeva di una bellissima sede all'interno di un'area industriale che, in generale, mostrava i segni del tempo e della crisi; molti dei capannoni davanti ai quali passarono i poliziotti erano chiusi, e nei vecchi parcheggi degli autoarticolati crescevano erbacce e vagavano piccoli branchi di cani randagi. Proprio perciò, il cancello ad apertura elettrica sul quale campeggiava l'insegna, sembrava la porta d'accesso a un universo parallelo. Al di là, viali alberati, aiuole curate con sistemi di irrigazione automatica, un viavai senza sosta di dipendenti indaffarati. L'aspetto era quello di una fabbrica in salute in mezzo a un deserto.

Nell'atrio, una bella ragazza intenta a parlare al telefono in inglese fluente fece cenno ai tre di attendere. Quando ebbe riagganciato si rivolse loro con cortesia.

– Scusate, qui ognuno di noi ha perlomeno due compiti.

I poliziotti si qualificarono e lei li accompagnò in ascensore al terzo e ultimo piano della palazzina, dove li affidò a un'altra donna, un po' piú anziana, con l'aria efficiente, che li osservò da sopra gli occhiali.

– Buongiorno, sono Gabriella Ricciuti, mi occupo della segreteria personale del dottor Baffi.

Elsa presentò di nuovo sé stessa e i colleghi, quindi proseguí sbrigativa:

– Abbiamo necessità di parlare col titolare, subito.

La Ricciuti non si scompose.

– Se non avete un appuntamento, sarà davvero difficile. Il dottore è molto impegnato, come potete immaginare, e...

Con tono deciso, e senza abbassare lo sguardo, la Martini la interruppe:

– Lo immaginiamo. Ma riferisca che siamo qui per la moglie, la professoressa Chiara Fimiani. Se la cosa non rientra nelle priorità del dottor Baffi, capiremo, ne terremo conto e andremo via. Aspetteremo una risposta per... – guardò l'orologio, in modo ostentato, – cinque minuti.

La donna tornò dopo tre minuti, indispettita, e li condusse in una specie di sala riunioni con un tavolo ovale e una dozzina di sedie. Una delle pareti era costituita da una vetrata dalla quale, tre piani piú sotto, si vedeva un immenso spazio con numerose catene produttive e un paio di centinaia di operai in frenetico ma ordinatissimo movimento. Romano si accostò al vetro, sbigottito.

– Mamma mia, non credevo che cose del genere ci fossero pure dalle nostre parti.

Lojacono annuí.

– Da quanto mi ha spiegato Ottavia prima di uscire, questa è un'azienda formidabile, tra le prime cinque del settore in Europa.

Una voce maschile alle sue spalle precisò:

– E le altre quattro sono giganti con un'antica storia alle spalle. Buongiorno, signori. Gabriella mi ha anticipato che avete notizie di mia moglie. Ne sono felice, perché sono molto in ansia.

Elsa si girò e si trovò di fronte a un bell'uomo sui quarantacinque anni, dal sorriso aperto e dalle tempie brizzolate. La mano che le tese era asciutta e ferma, i lineamenti del volto distesi e sereni.

Le fu istintivamente odioso.

XXVII.

Marco Aragona non si sentiva tagliato per gli appostamenti.

Per carità, era consapevole che si trattasse di un fondamentale importante per un poliziotto, e nutriva ammirazione per i colleghi in grado di restare giornate intere sotto la pioggia o al sole sperando che accadesse qualcosa; bastava guardare un solo telefilm, e lui ne faceva scorpacciate, per sapere che il successo, nel suo mestiere, era determinato soprattutto dalla capacità di attendere.

Ma gli stessi telefilm, per molti versi responsabili di aver generato nel piccolo Marco il sogno di intraprendere la carriera in polizia, dimostravano con chiarezza che il personaggio a cui venivano dedicati i primi piani, con il nome scritto in grande nei titoli e interpretato dall'attore piú talentuoso e affascinante, non era quello che aspettava in un portone, saltellando da una gamba all'altra perché bisognoso di un bagno, bensí quello che scavalcava la finestra e ingaggiava lo scontro con sessantaquattro criminali armati fino ai denti, mandandoli al tappeto a colpi di kung fu senza nemmeno sbottonarsi la giacca.

A questo pensava Aragona mentre, approfittando della distrazione da tristezza di Palma e del fatto che gli altri fossero concentrati sul problema della professoressa, per lui una poco stimolante questione di corna, si era piazzato davanti al monastero della Santissima Annunziata per esaudire le volontà espresse da Pisanelli dal suo letto di dolore. In un'ora la porta si era aperta due volte: la prima per permettere l'uscita di un frate lungo, smilzo e occhialuto, con pochi capelli che si muovevano al vento, il quale aveva buttato due sacchi di spazzatura nei cassonetti ed era tornato dentro; la seconda per consentire l'ingresso di un garzone, che consegnò alcune sporte di derrate alimentari e se ne andò subito. Pochi eventi di cui tener conto per uno che si presentava come agente speciale (a essere sinceri la S. sul tesserino stava per «scelto», ma era una sottigliezza).

Rimanevano quindi due opzioni: desistere e inventarsi una balla col vecchio rimbambito perché non gli venisse un altro coccolone; oppure, e la decisione cadde su questa, escogitare un astuto stratagemma per scoprire se frate Leonardo si trovasse nel convento. Del resto non era un caso se i compagni di liceo di Marco, nel paese dell'Irpinia dov'era cresciuto, lo chiamavano la Volpe (in realtà con l'evidente intento di sfotterlo, ma che fosse cosí a lui non era mai passato per il cervello); e non era un caso nemmeno se il suo attuale soprannome era Serpico (anche se solo lui si riferiva a sé stesso, seriamente, in tal modo). Lui era uno che le iniziative le prendeva, eccome.

Studiò dunque un piano, e lo perfezionò nei dettagli succhiandosi il labbro inferiore, togliendosi e rimettendosi gli occhiali con quel gesto fluido provato tanto spesso che ormai la mano lo eseguiva per conto proprio, prescindendo dagli ordini impartiti dal cervello. Dopodiché attraversò la strada con il consueto passo elastico, puntando il portone del convento senza badare al traffico, e attirandosi perciò insulti e bestemmie da almeno quattro tra motociclette, scooter e automobili che dovettero evitarne la traiettoria. Suonò con insistenza, finché si aprí uno spioncino e comparvero le sospettose lenti cerchiate d'oro del frate che aveva gettato l'immondizia.

– Chi siete? Che volete?

Di fronte a una simile, calorosa accoglienza, Aragona attinse ad antiche nozioni catechistiche ed esibí il suo miglior sorriso.

– Pace e bene, frate. Io sarei interessato a qualche informazione per essere assunto presso di voi. Con chi posso parlare? C'è il parroco, il superiore, il principale?

Gli occhi dietro lo spioncino si strinsero di piú, e dal volto dell'agente si spostarono sul giubbotto *camouflage* viola, per soffermarsi inorriditi sull'indumento.

– Assunto? In che senso? Cercate un lavoro? Non ci serve nessuno, qui dentro siamo sufficienti noi. Arrivederci.

Lo spioncino si chiuse con uno scatto sul sorriso affascinante, che non accennò nemmeno ad appannarsi. Il dito si attaccò di nuovo il campanello.

Gli occhiali cerchiati ricomparvero, adesso palesemente ostili.

– Vi ho detto che non abbiamo bis…

– Lei ha capito male. Io mi riferisco all'opportunità di diventare frate anch'io. Mi fa entrare?

Il religioso, colto alla sprovvista dalla profferta, urtò con gli occhiali contro il legno del battente e il suo sguardo scivolò ancora sul giubbotto, che appariva incoerente con l'intenzione espressa dal giovane. Poi emise un sospiro e chiuse per la seconda volta lo spioncino.

Un attimo prima che il pollice destro dell'agente S. si riattaccasse al pulsante, il portone si aprí con uno scatto.

Il frate era, come Aragona aveva notato da lontano, alto e allampanato. Le caviglie scoperte, su cui si allacciavano le cinghie dei sandali, sormontavano un piede di misura straordinaria; anche le mani erano enormi. I capelli continuavano a sventolare pigri persino nell'androne in cui non c'era brezza, dotati di vita propria.

L'uomo scrutava Aragona dalla posizione di vantaggio che la statura gli conferiva quasi fosse un insetto.

– L'opportunità di diventare frate? – chiese.

Aragona confermò.

– Sí. Penso proprio di avere la cosa, là… l'avvocatura… l'invocazione…

Il frate era allibito.

– La che? Sentite, se voi siete uno della trasmissione che riprende di nascosto, be', qua non ci sta niente da filmare. E se volete un lavoro, ve lo ripeto, perdete tempo. Ora grazie e per favore andatevene, che tengo assai da fare…

– Oh, io un lavoro ce l'ho: sono un agente sp… immobiliare. Se mi lascia parlare col suo… A proposito, lei chi è?

– Pietro. Sono frate Pietro.

Aragona spalancò la bocca.

– Pietro? E fa il portinaio? Mamma che fantasia! Insomma, posso incontrare il superiore? Magari spiego a lui della mia invocazione che…

L'altro sbuffò.

– Queste sono cose serie, giovano'. Forza, cosa vi ha spinto qui? Che cosa sapete di noi, della nostra vita?

Aragona lo squadrò con attenzione. Il piano non prevedeva che si scendesse troppo nei particolari, ma un vero agente speciale non si fa mai mettere spalle al muro. Improvvisò:

– Be', mi piace il vostro look. Siete molto eleganti. Un po' minimalisti, sí, ma per esempio l'idea della cintura di corda coi nodi è interessante, originale. E poi siete anticonformisti: i sandali pure d'inverno, cosí, per il freddo, le estremità pigliano quel colore azzurrino che…

Pietro allungò un braccio verso Aragona, ma si bloccò per paura di toccare il giubbotto.

– Fatemi il piacere, uscite. Abbiamo la preghiera e non voglio far aspettare i miei confratelli. Buona giornata.

Ma un agente speciale non si fa intimidire da un uomo solo, per di piú disarmato. Aragona si produsse in una specie di passo di danza per spostarsi al sicuro da un'eventuale presa del frate e ribatté:

– Naturalmente non è solo per questo. Ho uno zio, un anziano poliziotto, Giorgio Pisanelli, che è molto amico del vostro parroco: frate Leonardo, mi pare. È con lui che volevo conferire un momentino.

Pietro si illuminò.

– Pisanelli! Certo! Perché non l'avete detto subito? Lo conosco, viene sovente a trovarci. Con Leonardo si fa delle belle chiacchierate: passeggiano nel chiostro d'estate e si chiudono in sacrestia d'inverno. È un po' che non lo vedo: come sta?

– Bene, bene. Ma è un poco rinc… svampito, e non ricorda il giorno di un appuntamento che ha concordato con il capo vostro per la prossima settimana. Se lo avvisa che sono qui mi fa una cortesia, cosí chiedo a lui.

Il frate assunse un'aria mesta.

– Temo di non potervi aiutare. È partito all'improvviso. Una sua parente che vive a Roma sta piuttosto male e ha detto che voleva assisterla finché il Signore non avesse disposto di chiamarla a sé. Ha diviso i compiti fra noi e se n'è andato. Ora che ci penso, non abbiamo piú sue notizie. Che devo riferire, se telefonasse?

Aragona scosse la testa.

– Ah, niente. Lo saluti da parte di zio Giorgio. Ma secondo lei… quando tornerà?

Il frate si strinse nelle spalle.

– Non saprei. Lui è il superiore. Non ha bisogno del nostro permesso; avrà avvertito la curia o l'Ordine. Chi li conosce i disegni di Dio?

Come per dargli ragione, i radi capelli si mossero appena nel vento che non c'era.

XXVIII.

Marcello Baffi li fece accomodare nel suo studio, che appariva sorprendentemente scarno, se paragonato all'elegante ingresso della struttura. Era ingombro di faldoni e documenti; c'erano due computer accesi, un telefono con un'ampia console piena di luci che lampeggiavano, una grande Tv e le pareti erano coperte dagli scaffali.

Liberò lui stesso una sedia dalla pila di fogli che la occupava e l'affiancò ad altre due, prendendo posto dietro la scrivania. Chiese alla segretaria di servire dei caffè e si rivolse a Lojacono:

– Ispettore, che notizie avete di Chiara?

Pur essendo abituata al fatto che ogni volta che si presentava con un collega maschio, anche di grado inferiore, gli uomini parlassero a lui, in quella occasione Elsa provò piú fastidio del solito. E ribatté:

– Ci dica prima come mai è preoccupato per sua moglie. E in linea di principio, vorrei ricordarle che le domande le facciamo noi. Se non le dispiace.

L'industriale portò gli occhi su di lei, calmo:

– Davvero, signora? E mi spiega perché, in linea di principio? Sono accusato di qualcosa? Ho bisogno di un avvocato?

Lojacono stemperò l'ostilità.

– No, dottore, se condividiamo il medesimo

obiettivo: cioè capire se la signora sta bene e dove si trova. Abbiamo raccolto una denuncia in merito alla possibile scomparsa non volontaria di Fimiani Chiara, professoressa, con lei coniugata. La nostra visita, che avviene su incarico del magistrato competente, è tesa ad appurare la fondatezza di tale sospetto. Giusto per essere espliciti.

Baffi, con voce tranquilla, interloquí:

– Una denuncia? E chi l'avrebbe sporta?

Elsa replicò:

– È un'informazione riservata. E, per ora, e a meno che non emergano nuovi elementi, nessuno la sta accusando. Collabori con noi e ce la sbrigheremo in fretta, cosí ognuno potrà tornare alle proprie attività. Dunque: lei sa dov'è sua moglie, adesso?

L'uomo scosse il capo.

– No. Non lo so.

La risposta, il tono pacato, il viso sereno erano traditi dalle mani che tormentavano nervose il piano del tavolo. Baffi non faceva niente per nasconderle.

Romano, che era rimasto in piedi, appoggiato alla libreria con le braccia conserte, lo fissò torvo.

– E dove pensa che sia?

L'imprenditore si girò come se si accorgesse solo allora della presenza di Francesco.

– Non ne ho idea. Non me l'ha detto.

Lojacono domandò:

– Non può essere da un famigliare, anche fuori città?

– No, ispettore. Noi non abbiamo figli, e Chiara non ha parenti. Forse dei lontani cugini, ma non è in contatto con loro.

Elsa lo pressò:

– Quando l’ha vista l’ultima volta? E dove?

– A casa, domenica pomeriggio. È uscita senza salutarmi.

Lojacono intervenne:

– Perché senza salutarla?

Baffi sembrò in difficoltà. Esitò, e in quel momento rientrò Gabriella Ricciuti, che posò sulla scrivania il vassoio con i caffè. Nessuno lo toccò, e la segretaria indietreggiò, senza tuttavia lasciare la stanza. Romano le si avvicinò e, sfiorandole la spalla, le disse:

– Vada pure, signora. Passiamo da lei piú tardi.

La donna cercò lo sguardo del principale, come per ricevere istruzioni. Quello annuí appena, e lei scomparve in silenzio.

Lojacono proseguí:

– Ha detto che sua moglie è uscita senza salutarla. Perché?

Baffi sospirò ancora.

– Avevamo avuto una discussione, la sera prima. Non ho grande esperienza in merito perché io e Chiara non abbiamo mai contrasti. Speravo di aver risolto, ma a quanto pare mi illudevo.

Elsa insistette:

– Che genere di litigio? Sia piú preciso al riguardo.

Baffi reagí:

– Senta, signora, la prego di usare un altro tono. Io sono molto preoccupato per mia moglie, non so dove sia né perché si stia comportando in questa maniera, ma dev’essere chiaro che è andata via di sua volontà e quindi tornerà di sua volontà.

Romano commentò:

– Le conclusioni le traiamo a noi. Risponda alle domande della collega.

C'era un che di minaccioso nell'atteggiamento di quel poliziotto dal collo taurino, e Baffi ne fu impressionato.

– Un litigio normale tra marito e moglie. Sabato, al circolo *La Vela*. Non ricordo l'ora precisa; eravamo a una cena, c'era tanta gente.

Lojacono obiettò:

– Un litigio normale, dice. Ma poco fa ha affermato che lei e sua moglie non avete mai contrasti. Come si conciliano le due cose?

Baffi si strinse nelle spalle.

– Cerchi di capire, io lavoro ininterrottamente: vedete il mio ufficio? Non è un luogo di rappresentanza, non è un salotto. Qui dentro ho creato, fatto crescere e consolidato un'azienda con quattro impianti industriali dislocati in tre continenti, che offre lavoro a cinquemila persone, cioè dà da mangiare a circa quindicimila tra uomini, donne e bambini. E anche mia moglie è assorbita dal proprio mestiere. Insomma, siamo entrambi impegnatissimi e i nostri contatti non sono frequenti: siamo sempre troppo stanchi.

Elsa lo mise alle corde.

– Stanchi? E che c'entra? Il collega le ha chiesto del litigio, non della sua vita.

Baffi assunse un'espressione dura.

– Signora, le ripeto che il suo tono mi disturba. Mi pare scortese, qui in casa mia. Quindi l'avverto che, se non cambierà il modo di rapportarsi con me, vi inviterò a lasciare il mio studio e attenderò una vostra convocazione formale. Conosco i miei diritti. Magari dalle sue parti funziona in maniera diversa, ma qui ci sappiamo difendere.

Il riferimento alla provenienza di Elsa, rivelata dall'accento, e la determinazione manifestata dall'imprenditore erano tesi a definire le condizioni: Baffi non sarebbe stato reticente su nulla, a patto che il confronto si svolgesse in un'ottica collaborativa.

Lojacono non voleva che l'uomo si chiudesse a riccio, quindi tentò un approccio piú morbido.

– Dottore, ci stiamo sforzando di comprendere l'accaduto. Può capitare, dopo una discussione in famiglia, che le persone diventino fragili e siano facile preda di malintenzionati. Ci aiuti: sua moglie è uscita di casa con una valigia? Sembrava volesse intraprendere un viaggio, anche breve? Prevedeva di passare la notte fuori, si è confidata con qualcuno?

Baffi guardò l'ispettore e accennò un sorriso di gratitudine.

– Niente di tutto questo. Aveva con sé la sua borsetta, quella che tiene sulla mensola. E, al di là dell'ostinato silenzio che manteneva da quando ci eravamo scontrati, era normale. Non l'ho sentita parlare con nessuno.

Romano lo incalzò:

– Sí, ma si possono avere maggiori dettagli sul vostro diverbio? Sempre se non siamo indiscreti.

Baffi parve non cogliere l'ironia.

– In realtà già da qualche giorno Chiara era strana, ma non avevo dato peso al suo atteggiamento. Era irritabile, si esprimeva a monosillabi; io ho mille cose per la testa, nell'ultimo periodo, e l'ho lasciata cuocere nel suo brodo. Poi al circolo non so, mi hanno detto che aveva bevuto; si è avvicinata e ha cominciato a inveire. Io ero con gente importante a discutere di politica e non potevo permettermi scenate. L'avessi previsto, avrei evitato di partecipare a quella festa.

Elsa domandò:

– In che senso, se l'avesse previsto?

L'uomo prese un respiro.

– Se a casa avesse dato segnali di nervosismo o qualcosa del genere... Io ho delle ambizioni: le conoscenze sono fondamentali. Uno con la moglie che impazzisce e fa scenate non è certo il candidato ideale, è d'accordo?

Romano non mollò.

– Sí, ma qual era l'argomento delle invettive? Perché ce l'aveva con lei?

– Non l'ho capito nemmeno io. Credo la gelosia: diceva che sono un bugiardo. Farfugliava. Secondo me era semplicemente ubriaca.

Lojacono si informò:

– Capita spesso?

Baffi negò categorico.

– Assolutamente no. Infatti non regge l'alcol. E per la cronaca, mi crediate o no, non ho amanti, amiche o chicchessia. Lavoro troppo, è vero, e non ho un carattere facile; rientro a casa tardi e forse trascuro Chiara, sebbene, come vi ho già detto, anche lei sia molto assorbita dalla scuola, dai ragazzi, dalle attività sociali eccetera. Ma di sicuro non sono uno di cui una moglie possa essere gelosa.

Elsa insistette:

– Dopo che ha fatto? Quando l'ha portata via dalla festa, intendo.

– Io ho... abbiamo una barca, ormeggiata al molo del circolo. Anziché chiamare un taxi, con lei in quelle condizioni, ho preferito farla salire a bordo. È un cabinato, l'unico lusso che mi sono concesso. Siamo rimasti là.

– E sua moglie? Ha giustificato la scenata, gliene ha chiarito la causa?

– No. Ha pianto. Era sbronza, ve lo ripeto. Alla fine si è addormentata. All'alba siamo usciti a fare un giro nel golfo, speravo che l'incanto del mare la calmasse, ma niente: se ne stava zitta, le labbra serrate. Non l'avevo mai vista cosí. Quindi siamo rincasati. Abbiamo pranzato e dopo, senza una parola, è uscita.

Fu Lojacono a porre allora l'interrogativo per il quale erano lí.

– Mi scusi, dottore, ricapitoliamo. Oggi è mercoledí. Sua moglie in passato non si era mai allontanata e, a quanto ci riferisce, non ha mai manifestato disagi prima di sabato sera; circostanza sulla quale, peraltro, è stato piuttosto vago. Domenica pomeriggio, piú o meno settanta ore fa, è uscita prendendo soltanto la borsetta e da allora non dà sue notizie. Per quale ragione, se era preoccupato, non l'ha cercata? Non ne ha denunciato la scomparsa, non ha chiamato gli ospedali, non è andato a scuola per verificare che si fosse presentata. Perché?

Baffi seguiva il flusso di altri pensieri, gli occhi perduti nel vuoto. Muoveva appena la testa.

Alla fine rispose:

– Chiara e io siamo legati da tantissimo tempo. Posso affermare che siamo cresciuti insieme. Si finisce col dare l'altro per scontato, non si fa piú caso a troppe cose. Io sabato mi sono davvero arrabbiato. Capisco che tu non voglia essere una moglie partecipe, che non gradisca affiancarmi nelle occasioni sociali... ma fare una piazzata davanti a tutti, rovinare la rete di relazioni che sto tessendo con fatica... Ero adirato con lei molto piú di quanto lei avesse diritto di esserlo con me. Te ne vuoi andare? Accomodati. Ho creduto fosse da qualche sua collega, tipo quella di Matematica, Gloria, con cui confabula al telefono di continuo. Ieri non sono tornato a casa. Ho dormito qui, come spesso mi capita. Di là ho un letto e tutto ciò che mi occorre. Forse volevo... tenere il punto, non so.

Elsa azzardò, in tono neutro:

– E cosí non si è posto il problema di dove fosse finita. Di cosa potesse esserle successo.

– No. Ero proprio furioso. E forse mi dicevo che, se fosse accaduto qualcosa, l'avrei saputo. Mi avrebbero avvertito, no? Comunque, se stasera non l'avessi trovata a casa, di certo mi sarei mosso. Fino a stamattina, però, e ne sono rimasto sorpreso anch'io, devo ammettere che non ne ho avvertito l'esigenza. Ho cominciato ad agitarmi sul serio quando siete arrivati voi.

Sollevò lo sguardo, simile a un bambino che ha di fronte un mostro, e concluse:

– Assurdo, vero? Non ci avevo pensato.

XXIX.

Prima di andarsene, i tre poliziotti si fermarono dalla Ricciuti. Romano piantonò la porta dell'ufficio di Baffi, e Lojacono ed Elsa sorvegliarono che la donna non ricevesse telefonate né leggesse messaggi.

La segretaria confermò le informazioni fornite dall'imprenditore, compreso il fatto che avesse trascorso la notte precedente in ufficio.

– Succede spesso. Il dottore è dedito al lavoro in un modo straordinario, l'azienda è per lui come una seconda famiglia, un'altra casa, in cui passa assai piú tempo che nella propria. Io arrivo molto presto, mi affaccio e controllo: se c'è, chiamo la buvette e ordino la colazione.

La Martini annuí, riflettendo.

– Signora, lei rimane con Baffi per l'intera giornata? Insomma è al corrente di tutti i suoi spostamenti...

La Ricciuti la fulminò.

– Ma certo! Io ero qui dall'inizio. Sono stata assunta dal dottore piú di vent'anni fa, era giovanissimo. Lo conosco alla perfezione; si avvale della mia assistenza in ogni cosa. Per lui il lavoro è una religione.

Romano commentò:

– Una bella religione, in effetti. E negli ultimi

tre giorni, diciamo da lunedí, ha notato comportamenti insoliti? È andato da qualche parte durante l'orario d'ufficio?

La Ricciuti sbuffò.

– A metà novembre? Sta scherzando? In questo periodo, caro signore, dovremmo rimanere tutti qui ventiquattr'ore al giorno, dall'ultimo degli operai fino a lui. Oltre agli ordini da evadere per il Natale, c'è la gestione della beneficenza: e quella è principalmente sulle mie spalle.

Elsa era curiosa.

– Di che si tratta precisamente?

La donna si drizzò sulla sedia.

– In città la ditta Baffi è tra le piú importanti benefattrici delle famiglie sotto la soglia di povertà che abbiano bambini e adolescenti da mantenere. Da quindici anni conduciamo un rigoroso censimento, servendoci di agenzie esterne, di associazioni e perfino della curia, e svolgiamo un'attenta verifica delle condizioni di vita dei piú giovani: sapeste quanti si dichiarano nullatenenti mentre, tra lavoro nero, malavita e altro non lo sono affatto.

Lojacono domandò:

– Qual è lo scopo del censimento?

– Sulla base delle risultanze, il dottore approva un piano di aiuti per le famiglie selezionate: un centinaio, di solito. Elargiamo donazioni, ma attiviamo anche programmi di inserimento nel mondo del lavoro. Molti, per esempio, vengono assunti qui o in società affiliate; se sono disponibili vanno pure all'estero. Inoltre eroghiamo borse di studio per le ragazze e i ragazzi. I piú meritevoli accedono a scuole prestigiose che magari sono lontane, e in tal caso le famiglie percepiscono un assegno.

Romano era impressionato.

– Ma i soldi chi ce li mette? E perché?

La Ricciuti lo fissò sorpresa.

– Per la gran parte la Baffi s.p.a. Però da anni possiamo contare sul contributo di numerose aziende che hanno rapporti commerciali con noi, e che dalle iniziative di solidarietà traggono vantaggi fiscali. Il dottore non ha dimenticato da dove arriva e le difficoltà che ha attraversato per essere dov'è oggi: vuole condividere la propria fortuna.

Elsa raccolse le idee, e chiese:

– Che cosa pensa della signora Baffi?

In maniera piuttosto evidente, la Ricciuti valutò quello che era opportuno rispondere, frenando l'istinto:

– È una donna riservata, ci conosciamo poco. Verrà qui da noi sí e no tre volte all'anno, compresa la festa di Natale per i dipendenti.

La vicecommissaria annuí. Poi riprese:

– Lei sa che è scomparsa, vero? Che cosa immagina le sia accaduto?

La segretaria non perse tempo.

– Sí, ho ascoltato l'inizio della vostra conversazione con il dottore. Non ho idea di dove sia o perché si sia allontanata, ma ritengo che se una donna ha certe fortune, e non mi riferisco solo al denaro o alle questioni materiali, dovrebbe sempre ricordarsi di remare nella stessa direzione di chi gliele fornisce, piuttosto che metterlo in difficoltà. E se non se la sente, è giusto che si faccia da parte.

Lojacono intervenne.

– Quindi lei è convinta che se ne sia andata di propria iniziativa?

La Ricciuti spalancò gli occhi.

– Perché, lei no?

Romano, nel frattempo, si era avvicinato e si era messo a sbirciare le liste di nomi sulla scrivania della segretaria. Accanto a ognuno di essi figurava tra parentesi la composizione delle famiglie. Domandò:

– Mi scusi, secondo quale criterio, una volta determinato il grado di povertà, si distribuiscono gli aiuti?

La Ricciuti sorrise.

– Sceglie il dottor Baffi, tradizionalmente l'8 dicembre, il giorno dell'Immacolata. Dopodiché invitiamo i capofamiglia presso di noi; li riceve lui nel suo ufficio, sottoponendoli a una specie di piccolo colloquio per sincerarsi che tutto sia in ordine. A quel punto si procede all'assegnazione. E il bello è che, al contrario di chi cerca di dare a questo genere di progetti la massima rilevanza mediatica per farsi pubblicità, il dottore non vuole propaganda. Se qualcuno tenta di ottenere visibilità su giornali e televisioni, lui lo estromette subito. È già capitato.

Lojacono era assorto, immobile. Alla fine considerò:

– Un'industria di successo, beneficenza, concrete prospettive politiche... E la signora Baffi un bel pomeriggio sparisce portandosi dietro solo la borsetta. Deve esserci una spiegazione.

La Ricciuti piegò la testa un po' di lato, restituendo al Cinese lo sguardo inespressivo.

– Proprio lei si stupisce, ispettore? Col lavoro che fa? Non sa, non vede che la gente spesso agisce senza motivo?

Poi spostò gli occhi su Elsa e concluse:

– Quello che posso dirvi è che il dottor Marcello Baffi è la persona migliore che io abbia mai incontrato. E ci lavoro gomito a gomito ogni giorno. Se lo affermo è perché ne sono piú che sicura.

XXX.

Le donne, si sa, sono pratiche: e le adolescenti ancora di piú.

Inoltre, se è vero che le questioni di principio sono importanti e vanno difese con determinazione e coerenza, è pure vero che l'amore vince tutto, come dicevano i latini; e tanto piú facilmente quanto piú è forte.

Be', nel caso di Marinella era fortissimo: le riempiva integralmente l'anima, il corpo e il cuore, e le traboccava nel cervello di cui era diventato l'unico pensiero. D'accordo, lo scorso invito di Massimiliano si era rivelato un episodio senza un seguito, ma era successo un anno fa, e in un anno una ragazza della sua età cambia in modo radicale. Allora era una bambina, adesso una strega capace di mille incantesimi.

Mentre aspettava all'angolo del centro direzionale, sotto il gelido vento di novembre, Marinella era ben consapevole che difficilmente il destino le avrebbe concesso una terza occasione. I sortilegi dell'apprendista fattucchiera avrebbero perciò dovuto giovarsi del contesto perfetto, oltre che di un'organizzazione scrupolosa. Non poteva correre il rischio, le aveva precisato Chanel al telefono durante la quarta ora di conversazione notturna, che un fumantino ispettore della polizia di Stato si palesasse nel momento sbagliato, e magari mollasse un pugno in faccia all'uomo dei suoi sogni, che a quel punto si sarebbe dissolto nell'aria per sempre: abracadabra.

L'idea che l'aveva portata lí, a battere i denti dietro il bavero rialzato fino alle orecchie, era stata proprio dell'amica. E, ovvio, aveva a che fare con l'amore.

Quante volte alla settimana, le aveva chiesto Chanel, sussurrando nella cornetta in maniera tale che lei ebbe l'impressione di vederne il mefistofelico sorriso, quante volte la settimana il caro papà cerca di sbolognarti per avere la sera libera? L'interrogativo aveva immediatamente innescato nella sua testa un ragionamento diabolico.

Marinella era pur sempre una donna siciliana, anche se proiettata nel terzo millennio; il sangue quello era, pronto a bollire nell'istante stesso in cui veniva sottoposto all'alta temperatura della gelosia. Come qualsiasi figlia considerava il genitore alla stregua di una proprietà esclusiva, che lei sola poteva decidere di cedere in temporanea concessione. E la persona prescelta per l'eventualità era Letizia, la ristoratrice simpatica, aperta e allegra (oltre che cuoca incredibile, il che non guastava); lei era di sicuro innamorata, ma nell'ispettore non era mai riuscita a suscitare piú di un dolcissimo sentimento di amicizia. Sarebbe andata benissimo, Letizia. Voleva bene a Marinella, con cui si era subito intesa; cantava splendidamente e suonava la chitarra, hobby che condividevano; la sua salsa di cipolle e carne, denominata *Genovese*, provocava assuefazione non meno dell'eroina. Eppure non pareva esserci niente da fare.

Dopo alcuni mesi di accanimento terapeutico la giovane si era dunque rassegnata e aveva smesso di tramare nell'ombra, limitandosi a tenere alte le barriere contro quella che, senza sforzo alcuno, aveva compreso essere la vera passione di Peppuccio, e cioè la misteriosa dottoressa Piras: quando sul cellulare del padre compariva quel nome, lui procedeva all'occupazione del bagno per almeno una ventina di minuti, oppure si lanciava in patetiche circonvoluzioni verbali che non avrebbero potuto essere piú esplicite per chiunque.

Di dare strada alla smorfiosa non se ne parlava: avrebbe dovuto transitare sul suo cadavere. L'aveva incrociata un paio di volte, e l'atteggiamento zerbinesco di Lojacono in simili frangenti le aveva comunicato chiaro e tondo che un'eventuale storia d'amore tra i due l'avrebbe detronizzata, sottraendole il potere assoluto e retrocedendola al grado di semplice figlia rompiscatole. Non fosse mai.

Ora, però, davanti all'esigenza di assicurarsi la piena libertà di manovra con Massimiliano, la faccenda assumeva sfumature nuove: Chanel, che magari era discutibile nella scelta degli abiti ma come stratega aveva pochi rivali, con la sua domanda le aveva aperto gli occhi. Forse un giorno, piú avanti, ci sarebbe arrivata per conto proprio, seguendo il vecchio ammonimento a farsi amico chi non si può battere, ma procurarsi lo spazio per l'appuntamento con Massimiliano, prova d'appello del precedente flop, era un ottimo motivo per abbreviare i tempi di quella santa, quanto provvisoria, alleanza.

La restante parte della quarta ora di conversazione telefonica con l'amica, e l'intera successiva quinta, cui occorreva aggiungere una succosa appendice nell'intervallo delle lezioni quella stessa mattina, era stata dedicata alla definizione del piano.

Ed ecco...

Chanel, fedele consigliera e complice, aveva telefonato al palazzo di Giustizia per informarsi della presenza della Piras in ufficio: la limpida voce infantile, con cui celava perfettamente l'anima oscura, le aveva permesso di fingersi la figlia di una conoscente. Avuta conferma che Laura si trovava al lavoro, una rapida ricerca via internet aveva consentito di ipotizzare con discreta approssimazione l'orario di uscita. Quindi non era rimasto altro da fare che appostarsi pregando che gli impegni del magistrato non si dilatassero troppo, circostanza ahimè probabile. In quel caso, aveva freddamente decretato Chanel, ogni speranza sarebbe andata in fumo.

Marinella controllò per la centesima volta il cellulare. Aveva al massimo mezz'ora, poi sarebbe dovuta tornare a casa di corsa. Recitò una formula propiziatoria e, d'incanto, ebbe la certezza che, per essere appena un'apprendista strega, possedeva un buon talento naturale, perché l'inconfondibile figura della Piras si stagliò nel portone. Non stava andando proprio via, giacché non aveva la borsa né il soprabito sulle spalle, però stava comunque uscendo. Con lei c'era un bel tipo, alto, con lunghi capelli brizzolati, baffi e un sorriso ribaldo. La donna rideva, divertita. I due si avviarono al bar di fronte.

Nella veloce e risoluta mente di Marinella si accavallarono considerazioni diversissime. Percepí un istintivo e autolesionista sollievo dovuto alla scoperta che qualcuno corteggiava la dannata stronza. Provò un senso d'inquietudine poiché non poteva parlarle da sola; ulteriore tempo per attendere non l'aveva. Avvertí un improvviso timore che non le desse ascolto perché aveva da puttaneggiare col tizio.

Ma come già detto, l'amore vince tutto, e nelle adolescenti aspiranti streghe raggiunge sovente livelli di potenza inimmaginabili.

Cosí Marinella si staccò dall'angolo e affrontò il vento contrario in direzione del bar.

XXXI.

La vicecommissaria Elsa Martini, seduta a braccia conserte sul bordo della scrivania, chiese ironica:

– Ma l'usanza delle assemblee plenarie di aggiornamento sulle indagini è un rito religioso o cosa? Si può sapere a che servono?

Palma rispose, un po' piccato:

– Questo è il nostro modo di lavorare, colle'. E credo che quando si arriva in un posto nuovo, ci si debba adeguare alle consuetudini locali.

La donna fece una smorfia.

– Vale per i turisti, Palma. La polizia di Stato ha delle regole, e le regole prevedono che ognuno segua il caso che gli viene affidato. Che utilità ha, per esempio, relazionare Aragona sulle novità inerenti la scomparsa della professoressa?

Aragona si tolse gli occhiali e, arricchendo la solita coreografia con una variante che stava ancora sperimentando, infilò la stanghetta tra le labbra e disse:

– Mpflmpf.

Allontanò la stanghetta, riflettendo sul fatto che il gesto andava migliorato, e ripeté in maniera intelligibile:

– Non di rado proprio chi è piú estraneo a una vicenda giunge alla soluzione, cara Martini.

Ottavia confermò:

– È vero. La distanza consente spesso una visione piú obiettiva. E comunque facciamo le riunioni solo per i casi piú importanti.

Elsa si strinse nelle spalle, con aria indifferente.

– Contenti voi. Basta che non si perda troppo tempo.

Palma la fulminò. Era già abbastanza teso di suo, e al momento aveva una soglia di sopportazione troppo bassa per sostenere discussioni di ordine procedurale con una del Nord.

A muso duro replicò:

– Ascolta con attenzione, Martini, perché non mi ripeterò. Noi qui siamo abituati a operare con il nostro metodo, che magari può apparire poco ortodosso. Se non ti sta bene vado dal questore e gli dico a cuore aperto: caro questore, destina la collega a un'altra sede perché noi non siamo adatti a lei e lei non è adatta a noi. Tu sostituisci, per un giorno, un mese o non so quanto, un vicecommissario meraviglioso: un uomo nobile e intelligente al quale siamo tutti assai affezionati. Se vuoi stare qua, prova almeno a essere alla sua altezza e portagli rispetto rispettando noi. Quindi, per prima cosa, togli il culo dalla sua scrivania e siediti come si deve, altrimenti facci la gentilezza di andarti a prendere un bel caffè ché noi abbiamo da discutere di un caso.

Aveva parlato con un tono di voce pacato, però il suo sguardo mandava lampi. Gli altri avevano assistito senza muovere un muscolo, in silenzio (solo ad Aragona era sfuggito un «Alla faccia mia!» finale), ma si leggeva loro in viso la piena approvazione per il discorso.

Elsa rimase impietrita. Poi, lentamente, scese dalla scrivania, le girò intorno e si sedette sulla poltrona di Pisanelli. Era la prima volta che occupava fisicamente quel posto. Palma riprese:

– Ok, procediamo. Ragguagliateci sulla visita a Baffi.

La Martini lasciò la parola a Lojacono, che riferí in breve, ma con precisione, quanto emerso dal colloquio con il marito della Fimiani e con la segretaria. Romano intervenne in un paio di occasioni soprattutto per spiegare com'era organizzata l'opera di beneficenza, che evidentemente l'aveva molto colpito.

E Ottavia aggiunse:

– Quest'attività di Baffi è davvero notevole: viene spesso citata a modello e dura da molti anni. In rete ci sono numerose interviste a famiglie che ne hanno goduto, eppure mai, o quasi mai, lui si vanta della cosa. Curioso per uno che ambisce a entrare in politica.

La Martini tentò un'ipotesi:

– Be', forse si tratta di beneficenza autentica, non di quella esibita per raccogliere consensi, come accade di frequente. Piuttosto, per me è assurdo che Baffi sia stato per tre giorni senza cercare la moglie, che è sparita portandosi dietro solo la borsetta.

Alex, che aveva la faccia di una che non dorme da molte ore, azzardò:

– Una giustificazione però l'ha fornita, no? Era incazzato con lei, e un po' a ragione, se gli ha rotto le scatole alla festa; poi ha dormito in ufficio.

Aragona si strinse nelle spalle.

– Io resto affezionato alla pista delle corna. Se

lei per esempio ha un altro, il litigio è stato un pretesto per mollare il marito. Magari adesso è impegnata in una seduta di sesso acrobatico, mentre noi stiamo qui ad arrovellarci sulla sua scomparsa.

Romano lo fissò sconfortato.

– A parte le considerazioni animalesche del collega, l'ipotesi di una fuga volontaria non si può escludere. Il racconto di Baffi è compatibile con gli orari dei contatti della Costanzo con la Fimiani, e se lei avesse deciso di rompere con tutto e tutti...

Lojacono scosse appena il capo.

– Mmm, non mi convince. Avrebbe potuto aspettare che il marito tornasse a seppellirsi vivo in azienda, com'è sua abitudine e come ci ha confermato la segretaria, per preparare con calma una valigia e andarsene dove voleva. Che si sia allontanata di sua volontà non esclude che sia in pericolo. Potrebbe essere finita nelle mani di qualcuno che ha approfittato della sua fragilità e l'ha rapinata, o le ha usato violenza o qualcosa del genere.

Aragona ridacchiò.

– Eh, qualcosa del genere.

La Martini disse:

– Baffi non mi piace. Ma a parte questo, è un po' troppo perfettino per essere uno che si disinteressa della moglie. Inoltre le dinamiche del litigio non mi sono chiare, e nemmeno le motivazioni che l'hanno determinato. E mi lascia perplessa la ricostruzione di ciò che è successo dopo.

Romano annuí.

– In effetti, tra la notte trascorsa in barca, l'uscita all'alba, e la mezza giornata di domenica fino al pomeriggio, possibile che Baffi non sia riuscito a capire dalla moglie la causa di una incazzatura tanto plateale? Sembra strano pure a me.

Palma allargò le braccia.

– Sí, ma che elementi abbiamo? Certo, c'è la lettera recapitata alla Costanzo, con l'amarezza nei confronti del marito e i riferimenti al fatto che avrebbe commesso qualcosa. L'impressione, anche rileggendola, è che non si tratti di una questione personale. Però a cosa si riferisce, allora?

Nessuno replicò. Dopo un po' la Martini ruppe il ghiaccio.

– Secondo me siamo di fronte a un bivio. O ci fermiamo qui, e aspettiamo che emerga dell'altro, o scaviamo a fondo nella vita della Fimiani per comprendere cosa potrebbe essere accaduto negli ultimi tempi, da quando lei ha cominciato a indagare sul marito.

Lojacono commentò:

– Senza voler essere troppo razionali, io riscontro varie anomalie. La voce della Fimiani ci arriva dalla lettera, e non è una bella voce. È sofferente, sconvolta, arrabbiata, ma soprattutto preoccupata. Quella donna teme per se stessa. La lettera non è che una precauzione, ma è assai indicativa: se il marito è mite come vuole far credere, perché lei dovrebbe allarmarsi? Si discute, ci si manda al diavolo... scrivere all'amica manifestando terrore per la propria incolumità pare esagerato.

Romano obiettò, cupo:

– Purtroppo, talvolta, certe discussioni iniziano in un modo e finiscono in un altro. Forse era già capitato e lei non lo aveva confidato a nessuno.

Quella considerazione provocò un imbarazzato

silenzio; soltanto Elsa non conosceva le vicende personali di Romano, la sua dolorosa separazione dalla moglie, Giorgia, e quanto fosse faticoso il percorso che l'assistente capo aveva intrapreso per diventare un uomo diverso.

Palma alleggerí l'atmosfera domandando:

– Allora, Martini, che cosa suggerisci? Molliamo e passiamo ad altro o andiamo avanti su questa strada?

Elsa rifletté e concluse:

– Io insisterei con l'indagine in corso. Lo ripeto, quel Baffi non me la conta giusta. E la lettera della Fimiani mi sembra una richiesta di aiuto che non è lecito ignorare.

Palma batté le mani.

– Sono d'accordo, e pare che lo siamo tutti. Inoltre è un periodo tranquillo, quindi non sottraiamo forze a nient'altro. Organizziamoci cosí: Lojacono e Martini, voi tornate a scuola e scoprite di piú sui movimenti della Fimiani nelle ultime settimane, in quali affari stesse ficcando il naso. Poi sentite la Costanzo, Rigosi, il bidello, chi volete.

I due poliziotti annuirono. Data l'ora se ne sarebbe parlato l'indomani, perciò presero appuntamento per incontrarsi davanti all'istituto.

Palma continuò:

– Aragona, Alex e Romano: col mandato che adesso mi farò rilasciare andate a perquisire sia la casa sia la famosa barca. Se trovate qualcosa di anomalo o di rilevante, mi raccomando, fermatevi e chiamate la scientifica: non toccate nulla. Separatevi ed effettuate i sopralluoghi contemporaneamente, cosí non date tempo a Baffi o a chi per lui di ripulire o di cambiare le carte in tavola. Sperando che non sia già tardi.

Senza girarsi verso di lei, disse a Ottavia:

– Calabrese, tu fai una ricerca informatica ad ampio spettro. La Fimiani, carte di credito, estratto conto recente, eventuali messaggi ambigui sui social... Una cosa completa. Baffi, la situazione dell'azienda, articoli di giornale, operazioni finanziarie non trasparenti, rapporti con gente ambigua e qualsiasi altra cosa ti salti in mente. Salvo imprevisti o colpi di scena, ci rivediamo qua domani pomeriggio per fare il punto della situazione. Io telefono alla Piras e le spiego le nostre intenzioni, sperando che le condivida e ci conceda spazio. D'accordo?

Tutti risposero con un cenno d'assenso. Tranne Ottavia, che era sull'orlo del pianto, ma nessuno se ne accorse.

XXXII.

Sentiva l'eccitazione montargli dentro già mentre parcheggiava la macchina, a distanza di quasi cinquecento metri da casa di lei.

Era stata proprio Laura, all'inizio, a pregarlo di lasciare l'auto lontano, raccomandandogli di non farsi vedere e di rimanere sempre nella parte buia della strada. Gliel'aveva chiesto perché la situazione di Pizzofalcone era precaria, e la Piras ricopriva un ruolo chiave per la sopravvivenza del commissariato: rendere esplicita la loro relazione avrebbe comportato la necessità, per lei, di rinunciare al coordinamento delle indagini di competenza dei Bastardi cedendolo ad altri colleghi, che facilmente non sarebbero stati altrettanto ben disposti nei loro confronti.

All'epoca Lojacono, sebbene non avesse palesato il proprio dispiacere, c'era rimasto assai male, e per due motivi.

Il primo era che gli restava pur sempre un po' d'orgoglio, e doversi nascondere per vedere la propria donna lo mortificava; gli pesava l'impossibilità di vivere tutto alla luce del sole: avrebbe voluto portarla fuori a cena o a teatro, e passeggiare tenendola per mano in una via del centro.

Il secondo era che Lojacono nutriva un sentimento profondo per la Piras. Non solo un desiderio fisico, da soddisfare con incontri sporadici e clandestini, né una semplice simpatia, che poteva essere vissuta organizzando qualche breve viaggio. Lojacono, di Laura, era proprio innamorato. Nei sogni che custodiva ben chiusi dentro di sé, che non aveva né avrebbe mai confessato a nessuno, era la madre dei suoi figli, la persona alla quale avrebbe voluto raccontare la propria giornata per ascoltare poi quella di lei. Di Laura era il sorriso da cui voleva essere accolto tornando a casa. Non era uno scherzo, per Lojacono, il loro rapporto. Era una cosa serissima.

C'era stato un momento in cui si erano persi. L'ispettore non aveva mai capito bene cosa fosse accaduto: forse lei aveva percepito da parte sua una pressione che non aveva sopportato, o semplicemente aveva voluto affermare la propria libertà. L'istinto gli aveva anche trasmesso segnali negativi in merito a quell'allontanamento: gli sembrava che i pensieri della donna fossero rivolti altrove.

Dopo, comunque, si erano cercati e riavvicinati, e il fuoco era divampato ancora piú forte e travolgente. In compenso erano diminuite le occasioni d'incontro da quando Marinella si era stabilita da lui. Come aveva spiegato a Laura, Lojacono si sentiva parecchio in affanno per la figlia, che attraversava quella difficile fase della vita che è il passaggio dall'adolescenza all'età adulta.

La scuola non era un problema: era intelligente e studiosa, e non le piaceva risultare seconda a nessuno. Ciò che angosciava l'ispettore era il tempo libero: troppe ore al di fuori del suo controllo. Conosceva la sua migliore amica, la dirimpettaia Chanel, un po' sopra le righe ma una brava ragazza, e questo lo rassicurava: però non poteva non accorgersi che la figlia, ormai, non era una bambina, e che anzi dimostrava ben piú della sua età. E la città, che pure Lojacono aveva imparato ad amare, come ogni metropoli celava molte insidie.

Mentre camminava, ripensò alle volte in cui aveva discusso con la Piras perché lui, pur di non lasciare Marinella da sola a casa, aveva rinunciato a raggiungerla. Laura non era donna da percorrere vie diplomatiche per dissimulare la propria insofferenza, e alla fine gli aveva detto: chiamami tu quando puoi; e chissà se potrò io. Lui aveva provato a blandirla, ritagliandosi qualche ora pomeridiana nei giorni di riposo di lei, per tentare di non farle avvertire la propria assenza: ma le serate passate a guardarsi negli occhi, con un calice di vino rosso in mano, ascoltando la musica dopo aver fatto l'amore gli mancavano eccome.

Si erano poi aggiunte altre preoccupazioni.

Le misteriose telefonate che aveva ricevuto, inquietanti richieste formulate con un marcato accento siciliano, gli avevano dato i brividi; nessun numero da poter rintracciare, e un click subito prima che riuscisse a capire chi fosse a chiamarlo e da dove stesse parlando. Poche frasi secche, senza informazioni concrete.

La malattia di Pisanelli, che era stato sul punto di morire: una crepa che aveva danneggiato il guscio di quell'ancora fragile gruppo di agenti, il cui equilibrio era talmente precario da necessitare del costante apporto di ciascun membro. In particolare, il contributo del vicecommissario anziano era fondamentale, essendo lui l'unico a conoscere ogni angolo e ogni respiro di un quartiere cosí composito e articolato.

Inoltre c'era la promozione di Palma, e il conseguente il timore che lo assegnassero a una sede diversa: quanto e in che modo un nuovo dirigente avrebbe influito sull'attività della squadra? Lojacono era atterrito all'idea di essere inviato in un luogo simile a quello cui era stato destinato appena giunto in città, dove l'avevano relegato davanti a un computer senza un vero incarico. Peggio dell'inferno.

Da ultimo, l'arrivo della collega Martini. Una figura inquietante, di sicuro talentuosa e di carattere, ma individualista e oscura, refrattaria all'attività di gruppo e apertamente disinteressata alle modalità operative che i Bastardi avevano definito con tanta difficoltà.

Lojacono stava vivendo un periodo complicato, insomma, e la telefonata di Laura che lo invitava da lei, preceduta di pochi istanti da quella di Marinella che gli chiedeva il permesso di andare da Chanel a vedere una fiction di successo fermandosi lí anche a dormire, gli era sembrata un raggio di sole in piena tempesta. Una tale sincronia tra le due donne che rappresentavano i poli affettivi della sua vita era un evento eccezionale, eppure si era verificato, e lui era deciso a godersi appieno ogni cosa di quella sera, a partire dalla bottiglia di vino che reggeva in mano: una spesa considerevole per le sue magre finanze, ma la circostanza la meritava.

Lei gli aprí in vestaglia, sulle labbra uno smagliante sorriso felino. Le forme morbide erano ricche di promesse, e perfino il vento freddo di novembre offriva una culla confortevole per il loro incontro: nulla di meglio che un letto caldo, quando fuori il tempo è inclemente.

In effetti tutto si svolse secondo le aspettative. La cena era ottima, il pesce era fresco, la musica abbastanza ruffiana e il vino scendeva giú che era una meraviglia.

Le chiacchiere furono prima brillanti, poi pungenti, poi affettuose e infine dolcissime. La luna, che il vento aveva liberato dalle nuvole, regalava dalla finestra un ulteriore effetto speciale.

Le carezze subentrarono alle parole, e furono incerte, esplorative e infine furiose, prima di ritornare tenere. Laura fu accogliente e appassionata, sorridente e quasi spaventata dalla propria stessa passione. Lojacono conobbe la felicità.

Poi squillò il telefono, risvegliandolo dal torpore. E una voce dall'accento siciliano gli chiese come stava sua figlia.

XXXIII.

Donne, pensava Francesco Romano. Donne. Imprescindibili, necessarie, certo: ma anche irraggiungibili, cangianti, incomprensibili. Già da neonate, o quasi.

Da qualche mese, da aprile per la precisione, la sua vita pareva una pallina da flipper; e su ognuna delle levette meccaniche che la respingeva c'era una faccia di donna. Giorgia piccola, Giorgia grande e quella che, da dottoressa Susy, era divenuta unicamente Susy. Sospirando nel buio, Francesco si chiese in quale momento avesse perso il controllo degli eventi, diventando simile a una foglia gialla sballottata dal vento in giro per la strada, come se ne vedevano tante in quella stagione.

Una voce emerse dall'oscurità e dall'altra parte del letto.

– Un soldino per i tuoi pensieri, assistente capo Romano Francesco.

Lui sorrise al soffitto, senza spostare le mani da dietro la testa appoggiata sul cuscino.

– Secondo te a chi sto pensando? Su, indovina.

La voce di donna ridacchiò.

– Troppo facile. Stai pensando a me.

– Ah, davvero? Che presuntuosa.

Ci fu un'altra risatina, poi:

– Presuntuosa direi di no, dato che abbiamo appena finito di fare l'amore per la seconda volta consecutiva. Sono consapevole dei miei mezzi e dell'effetto che ho su di te. Facciamo cosí: posso farti tre domande per scoprire la risposta, come in una specie di gioco. O stavi dormendo?

No, pensò Romano. No che non dormivo. Ero tragicamente sveglio, purtroppo; da qualche tempo non riesco a riposare per piú di un paio d'ore consecutive.

– Uomo o donna? – continuò lei.

Uomini che occupavano i suoi pensieri? Pisanelli, forse, con la paura che aveva fatto prendere a tutti; e non era finita, perché adesso, dopo l'operazione d'urgenza, avrebbe dovuto sopportare delle terapie lunghe e penose. Francesco aveva imparato a stimare l'anziano vicecommissario. Possedeva una dolcezza rude, una testardaggine gentile e una sensibilità profonda che avrebbe apprezzato in suo padre, di cui invece rammentava solo gli schiaffoni. Anche il questore, a essere sinceri, gli procurava qualche inquietudine; non per il suo carattere, ma perché, volendo, avrebbe potuto chiudere Pizzofalcone e rispedire all'inferno lui e i suoi colleghi.

Ma non era su un uomo che meditava nudo dopo l'amore, no.

– Donna, – disse.

Un preoccupato silenzio gli provocò contemporaneamente compassione e dolore. Ma la conosceva, e sapeva che sarebbe riuscita a proseguire con la giusta leggerezza.

– Donna, va bene, immaginavo. Passiamo alla seconda domanda: bella o brutta?

Fosse facile, si disse lui. Fosse facile definire la bellezza, ciò che significa, ciò che determina. Com'era successo tra lui e Susy? Quando aveva smesso di essere soltanto il medico che aveva salvato la vita alla piccola Giorgia, la fatina in camice bianco?

Ricordò le lunghe ore notturne in cui, approfittando un po' del tesserino e un po' della benevolenza del personale sanitario, rimaneva vicino alla bambina che lottava per la vita in terapia intensiva. Gli era chiaro che sarebbe stato assai peggio tornare a casa ad attendere, gli occhi fissi sullo schermo del cellulare con il timore che si illuminasse per dargli una notizia che non voleva ricevere.

Era diventato una specie di rito prendersi una pausa insieme a lei quando tutto taceva, almeno per quanto può tacere un ospedale pediatrico: passi felpati e assonnati in transito tra una culla e l'altra, tra un'incubatrice e l'altra, tra una speranza e l'altra.

Quel luogo a lui cosí estraneo lo soffocava: indecifrabili scritte sulle etichette delle flebo, pianti disperati, inquietanti silenzi. Ma si sentiva rinfrancare appena lei veniva a chiamarlo sorridendo (come riusciva a sorridere in mezzo a quel dolore?) e gli diceva: dài, straniero, vieni a prendere il caffè.

E chiacchieravano, chiacchieravano: lui di un passato difficile scandito dalla perdita del controllo delle proprie mani, mani maledette che era giunto a odiare; lei di una vita senza figli (che beffa per una che coi bambini aveva scelto di trascorrere la vita), di un uomo che aveva voluto pur essendo conscia di quanto le fosse distante, di un rapporto logorato da anni e ormai arrivato al dunque.

Poi, una notte come le altre, una notte pacata e silenziosa fatta di bip e di odore di disinfettante, all'improvviso nella dottoressa Susy si era rotto qualcosa. Lacrime calde e lente avevano iniziato a scorrerle sulle guance, senza incrinarle la voce, senza alterarle l'espressione; parevano quelle delle bambole anni Ottanta, che avevano un serbatoio ricaricabile nella pancia.

Percorrendo la stessa via della rabbia, la tenerezza gli era salita dal ventre e gli aveva invaso mente e cuore per confluire nel consueto terminale: le mani. L'aveva abbracciata, lasciando che il suo pianto gli bagnasse la camicia. Il viso di lei si era sollevato con un movimento naturale, le bocche si erano incontrate. E un sentimento strano lo aveva colto impreparato, tramutandosi in un'imprevista, travolgente passione che lui non aveva immaginato né inseguito, e alla quale, però, non si era sottratto.

Ma ciò era accaduto proprio nei giorni in cui aveva ricontattato Giorgia, la donna che fin lí aveva amato in modo esclusivo, la moglie dalla quale si era separato dopo aver ceduto alla rabbia oscura, dopo averle dato uno schiaffo terribile quasi fosse una nemica. Valentina Di Giacomo, l'avvocato a cui si era rivolto perché l'aiutasse a ottenere l'affidamento della creatura che aveva trovato accanto un cassonetto, gli aveva detto che, per sperare di avere successo nella causa, doveva riunirsi a lei.

Riprendere a parlare con la moglie era stato un po' come tornare a casa. Ma anche come trasformarsi in un essere nuovo. Perché lui, pure Giorgia l'aveva compreso, non era piú lo stesso che l'aveva picchiata, che le aveva fatto paura, che aveva imboccato una strada fatta di rabbia cieca.

E la domanda che si poneva ora, mentre una mano delicata gli accarezzava il torace giocando coi peli in modo complice e divertito, era semplice e terribile: poteva mai essere ridiventato, attraverso Susy e il suo amore, un uomo desiderabile per Giorgia? Ed era giusto che, per tenere con sé la bambina, voltasse le spalle a Susy?

– Bellissima, – disse.

La mano si fermò sul torace, sorpresa dal tono piú che dalla risposta.

– Bellissima, eh? Devo preoccuparmi sul serio, allora. Mi rimane un'ultima domanda: giovane o vecchia?

La memoria di Romano andò subito a quel pianto sottile e disperato, fievole come il miagolio di un gattino, che veniva dal cassonetto. Andò alla corsa verso il commissariato, compiuta col terrore che quel fagotto gli cadesse, che quelle mani, la sua rovina da sempre, all'improvviso perdessero forza o non riuscissero a essere abbastanza delicate. Andò all'espressione prima commossa poi allarmata di Ottavia, al suono straziante della sirena dell'ambulanza, all'ospedale. E si ritrovò al punto di partenza: gli occhi di Susy, infantili e forti, chiari e pieni di dolore da sconfiggere.

La bambina, pensò Romano. La bambina la cui vita viene prima di tutto, che devo proteggere da questo mondo infame pieno di gente violenta e distruttiva.

Piena di gente come me.

La bambina che può portare nella mia vita la gentilezza e la gioia che sono mancate sempre.

La bambina.

– Giovane, – disse.

La voce ridacchiò.

– Ho capito. E mi dichiaro rassicurata, perché io e questa donna, questa bambina, siamo connesse. Quindi, in un certo senso, anche se come al solito mi fai penare per dirmi una cosa bella, avevo ragione io: stavi pensando a me.

Francesco allargò il braccio.

Lei appoggiò la testa sulla sua spalla e disse:

– Se non fosse cosí, d'altra parte, perché le avresti dato il mio nome?

Lui rispose:

– Perché è un bel nome, amore mio. Il piú bel nome che c'è.

E si sentí un vigliacco bugiardo.

XXXIV.

Lojacono aveva trascorso una notte molto movimentata, e il suo viso dai tratti orientali ne rivelava i segni evidenti.

La telefonata dell'uomo dall'accento siciliano, la domanda su Marinella e la comunicazione interrotta senza dargli la possibilità di rispondere gli avevano trasmesso una profonda inquietudine. Sotto gli occhi sconcertati di Laura, alla quale non aveva voluto dare spiegazioni, aveva tentato inutilmente di mettersi in contatto con la figlia; quindi aveva composto il numero di Chanel.

La giovane era immersa nel sonno, ma si era subito risvegliata quando aveva realizzato chi ci fosse all'altro capo del filo; aveva farfugliato una scusa, poi la linea era caduta. L'ispettore era precipitato nello sconforto. Mentre si rivestiva in tutta fretta, ignorando la sempre piú insistente curiosità della Piras, il suo cellulare aveva squillato; aveva afferrato il cellulare quasi in lacrime.

Marinella, con la voce un po' impastata, si era scusata per non avere risposto, ma era a letto ed era un po' intontita. Aveva preferito tornare a casa; lui però poteva restare fuori senza problemi.

In realtà la serata dagli amici di Massimiliano, sebbene interessante, aveva assunto una piega che

Marinella non aveva gradito: appena aveva cominciato a girare della polvere bianca aveva chiesto perentoriamente al ragazzo di riaccompagnarla. La circostanza era stata provvidenziale, perché le aveva consentito di trovarsi già davanti al portone quando Chanel l'aveva cercata nel panico; fingere di essersi accorta in ritardo delle chiamate del padre non era stato difficile.

Quando Lojacono si presentò all'appuntamento con Elsa davanti all'Istituto Tecnico G. Siani, era in preda a un'agitazione che non riusciva a placare. Chi era l'autore di quelle telefonate? Perché quel riferimento alla figlia? Che volevano da lui?

La Martini non sembrava in condizioni migliori. Muoveva i piedi per riscaldarsi, il cappello al solito calcato fin quasi a coprire gli occhi, le mani affondate nelle tasche del soprabito. Appena il collega le fu accanto, si avviò verso l'ingresso della scuola e, senza salutare, disse:

– Dalle mie parti, chissà perché, il freddo si sente meno.

Lui replicò, secco:

– Forse perché uno se lo aspetta. Qui non si è mai preparati a nulla.

Li accolse Cuozzo, il bidello con lo sguardo diffidente.

– Volete la preside? Adesso non c'è. Potete attenderla fuori dal suo ufficio, se desiderate.

Elsa diede un colpo di tosse.

– No, per ora non abbiamo bisogno della Giannini. Vorremmo parlare con lei. Dove possiamo andare?

L'uomo la fissò, sorpreso e un po' in apprensione. Poi si incamminò verso l'aula vuota che li aveva ospitati due giorni prima, in cui c'erano ancora le sedie che lui stesso aveva portato. Chiusa la porta, la Martini gli domandò:

– Lei l'altro giorno ha accennato a un ex allievo che è venuto dalla Fimiani; un tipo particolare, un certo… – consultò il blocchetto di appunti che aveva con sé. – Caporosso Gerardo. Ci fornisca ulteriori dettagli, per favore.

Cuozzo era in evidente difficoltà: si passò la lingua sulle labbra.

– Non è venuto una volta sola, signo'. Almeno tre o quattro. Ormai nemmeno salutava: andava direttamente nella classe della professoressa o in sala docenti, come se sapesse già dov'era. Secondo me si mettevano d'accordo.

– Ricorda quando è avvenuta la prima visita?

Il bidello ci pensò su.

– Alla fine di ottobre, c'era già l'orario definitivo. Il 20… il 22.

Lojacono approfondí:

– Per quanto tempo rimaneva?

– In generale cinque o dieci minuti. Solo il giorno che è comparso, all'inizio della faccenda, è stato diverso. Mi ha chiesto dov'era la Fimiani; io non glielo volevo dire, allora mi ha preso per la camicia. Io mi sono spaventato e ho ceduto, però l'ho seguito fino nella classe. È entrato. Poco dopo si sono trasferiti nel salottino e sono stati lí per mezz'ora.

Elsa interloquí:

– E lei, la professoressa, come riemergeva da queste visite? Aveva paura, era scossa o…

Cuozzo fece una smorfia.

– Nella prima occasione teneva gli occhi rossi: mi è rimasto impresso perché l'ho osservata bene, volevo sincerarmi che fosse tutto a posto; vi ripeto che quello è un violento, chissà che voleva. In seguito, invece, pareva addirittura contenta di vederlo, come se lo stesse aspettando.

I due poliziotti congedarono il bidello, invitandolo a convocare la Costanzo. La donna giunse piuttosto trafelata; il suo sguardo era carico di apprensione e di speranza.

– Avete saputo qualcosa? Chiara è... Si è capito...

Lojacono alzò una mano per calmarla.

– Stiamo tentando di ricostruire gli avvenimenti, signora. E la sua denuncia ci è stata molto utile. Dovremmo però raccogliere altre informazioni. Possiamo porle qualche domanda?

La donna si sedette, attentissima.

– Certo, ispettore. Certo.

Fu Elsa a esordire:

– Ci risulta che nelle ultime tre o quattro settimane, a cercare la Fimiani venisse un ex allievo, un certo Caporosso. Gliene ha mai parlato? Provi a ricordare, potrebbe essere importante.

La Costanzo portò un dito al mento.

– Non in modo diretto, ma un mese fa, mentre stavamo commentando la programmazione delle attività, che viene decisa proprio in quel periodo, Chiara fece un discorso strano. Ci ho ripensato in queste notti che ho trascorso tra veglia e sonno.

– Cioè? Vada avanti, la prego. Ogni particolare può essere prezioso.

L'altra proseguí:

– Mi parlò di quello che diamo agli studenti, di ciò che gli lasciamo quando terminano il percorso con noi e vanno per la loro strada. Si riferiva ai ragazzi difficili, quelli che purtroppo non riusciamo a tener lontani dai pericoli della vita. Disse che in classe e nelle attività extrascolastiche seminiamo sempre qualcosa. E che questo qualcosa dà frutti quando meno ce lo aspettiamo.

Lojacono ascoltava.

– Un concetto abbastanza generico per un'insegnante, no? Un principio di base.

La Costanzo corrugò la fronte.

– Sí, forse. Ma il modo in cui espresse quel concetto, un po' fuori contesto, mi colpí. Voi mi nominate Caporosso, che è stato tra gli elementi piú difficili che abbiamo avuto. Un piccolo boss in erba, di quelli che picchiano i compagni in via preventiva per stabilire chi comanda. Eppure Chiara era stata capace di coinvolgerlo cosí tanto che aveva perfino partecipato alle lezioni itineranti con Maggioni, il poeta. Un successo clamoroso.

Elsa insistette:

– Perché clamoroso?

– Perché si trattava di un ciclo di lezioni facoltative, non obbligatorie. Uno come Caporosso, che è già tanto se frequenta la scuola, di solito non si interessa a eventi simili. Invece ci era andato, stabilendo anche un buon rapporto con lo scrittore; almeno cosí mi aveva raccontato Chiara.

Elsa disse:

– E dopo non ha fatto altri riferimenti a questo giovane?

– No. Ma due o tre settimane fa l'ho incrociato

in corridoio. Gli ho chiesto cosa ci facesse a scuola, e lui mi ha risposto a muso duro, come sempre: perché, io non ci posso tornare qua? Io ho replicato: certo, figurati. E quello ha tirato diritto. Un simpaticone, insomma.

Quando la docente ebbe lasciato l'aula, Lojacono si rivolse a Elsa:

– Che ne pensi?

La donna si strinse nelle spalle.

– Be', non abbiamo molto. Ci possiamo appigliare solo a questo Caporosso, che peraltro potrebbe essere un semplice ex studente che passa a salutare una professoressa a cui è rimasto affezionato.

Lojacono era assorto.

– È un rapporto da approfondire, però. Potrebbe esserci una correlazione tra le visite del ragazzo e la sparizione della Fimiani: si tratta pur sempre di un delinquente che appartiene a una famiglia nota. Forse dovremmo anche sentire Maggioni, il poeta. Li ha visti insieme; magari può aiutarci.

Elsa annuí.

– Sí. Questo corso extrascolastico ricorre, ce ne ha parlato anche Rigosi. E se la partecipazione di Caporosso è anomala, come sostiene la Costanzo, può darsi ci sia sotto qualcosa. Dobbiamo procurarci i suoi recapiti e controllare i precedenti. Inoltre sarà il caso di prendere un appuntamento con Maggioni, se possibile. Insomma, è necessario rientrare in commissariato e lavorare un po' da lí.

Lojacono, che aveva già il cellulare in mano, sorrise.

– Dici cosí perché non sai di cosa è capace la Calabrese col suo magico computer. Martini, tu sei sbarcata in mezzo ai Bastardi di Pizzofalcone: noi possediamo risorse che altrove nemmeno immaginano. Pronto, Ottavia? Ci servono di alcune informazioni: prendi nota?

E continuando a parlare si avviò verso l'uscita.

XXXV.

Quando la Piras ebbe inviato i documenti che aspettavano, Romano, Aragona e Di Nardo dovettero stabilire come spartirsi i compiti. Era necessario affrettarsi a controllare l'abitazione di Baffi e la sua barca; e bisognava agire in contemporanea, senza concedere all'industriale il tempo di far scomparire eventuali indizi, sempre che, come Palma temeva, non avessero già ripulito tutto.

Alex e Francesco, approfittando del fatto che Marco era uscito un attimo dalla stanza, ebbero una breve discussione su chi dovesse portarselo dietro. Entrambi si dichiararono disponibili ad andare da soli, rinunciando volentieri all'invadente compagnia. La spuntò la giovane; aveva scelto di recarsi all'appartamento e sostenne che in presenza di un uomo la cameriera sarebbe stata meno collaborativa.

Aragona apprese la notizia mentre rientrava con un caffè in mano, e assestò una pacca sulla spalla del collega.

– Quindi noi ci facciamo una passeggiata al mare, che bello, Roma'! E sorridi, ché la vita sorride a te!

L'assistente capo dovette soffocare la prima, ma non ultima, tentazione omicida della giornata.

Alex s'incamminò verso via Monte di Dio, in fondo alla quale sorgeva il complesso di palazzine di lusso che includeva la casa di Baffi. Lungo la strada, breve e percorsa in fretta, faticò a rimanere concentrata sul caso della Fimiani: la sua mente era assorbita dalla tempesta che stava sconvolgendo la sua vita privata.

La cena col padre era stata un parziale fallimento. L'irruzione della Martone e la violenza della sua scenata avevano provocato nel generale Di Nardo uno smarrimento silenzioso. Non sembrava che avesse colto appieno il senso del discorso di Rosaria, e Alex aveva giustificato in modo confuso il comportamento dell'amica come lo scatto isterico di una persona che stava attraversando un periodo complicato. Ma era una spiegazione che suonava inverosimile alle sue stesse orecchie, soprattutto se, come la ragazza riteneva, il genitore aveva afferrato le parole amare e inequivocabili della donna sul tradimento e sulla gelosia.

Il vecchio militare era un uomo colto e intelligente, prigioniero di pregiudizi che, in maniera un po' goffa e con difficoltà, stava tentando di superare: ma probabilmente non era pronto a completare i ragionamenti che lo avrebbero portato a comprendere l'autentica natura della figlia. Del resto, osservando Lojacono, Alex si era resa conto di quanto già fosse arduo per un padre ammettere che una figlia era oramai adulta: figuriamoci accettare una situazione come la sua.

Giunta davanti alla portineria si pose il problema che il custode l'aveva già vista con Lojacono, e che nell'occasione si erano presentati come amici della professoressa, ma decise di far finta di niente: se anche l'avesse riconosciuta, era improbabile che avrebbe osato dire qualcosa. Infatti, quando gli esibí il mandato, l'uomo non batté ciglio. L'idea concordata con Palma e i colleghi era di effettuare una perlustrazione, un sopralluogo e non una vera e propria perquisizione. Fino a quella mattina, comunque, non c'erano state pressioni da parte delle amicizie di Baffi che, se da un lato avrebbero creato problemi, dall'altro avrebbero messo in luce la volontà dell'uomo di nascondere qualcosa.

Dopo un breve scambio con la cameriera tramite il citofono, e un intervallo che Alex immaginò fosse servito ad avvertire l'imprenditore, fu fatta passare.

Anche Tilaka, la domestica cingalese, non diede mostra di averla già incontrata, e anzi la fece accomodare con estrema cortesia, però seguí ogni suo spostamento senza perderla d'occhio un secondo.

Alex si mosse leggera, cominciando dal magnifico salone, dove si trattenne un attimo ad ammirare la vista mozzafiato sul golfo: il vento aveva reso l'aria tersa, il mare era increspato, e la sagoma dell'isola si stagliava nell'azzurro. Tavolini, poltrone, divani, soprammobili… tutto era molto ordinato e pulito, sebbene un po' impersonale. Quadri alle pareti, per la maggior parte opere d'arte moderna; nessun multiplo, solo esemplari unici. Finiture, tappeti, ogni cosa trasudava ricchezza, ma al contempo esprimeva una certa sobrietà che Di Nardo attribuiva al gusto di Chiara.

Esaminò la cucina: era evidente che lí la padrona non metteva piede e che la cameriera lo considerava il proprio regno, perché aumentò l'attenzione. Anche il bagno attiguo sembrava essere riservato a lei.

Alex visitò il resto della casa attraversando corridoi e disimpegni, senza toccare niente. C'erano bei mobili e qualche foto in cornice; si soffermò a osservare queste ultime. Una di esse ritraeva Chiara Fimiani in abito da sposa al braccio di un uomo piú vecchio che le assomigliava; in un'altra la professoressa era seduta su un muretto, con un cappello buffo in testa e un panino in mano; in un'altra ancora era sul ponte di uno yacht con un pareo attorno alla vita, intenta a leggere un libro. In parecchi scatti era accanto al marito, vestita in modo elegante per occasioni ufficiali.

Alex ne studiò a lungo la fisionomia: una bella signora non molto alta e forse appena un po' in carne. Collocò le immagini in una ipotetica sequenza temporale ed ebbe l'impressione che quella donna avesse progressivamente perso il sorriso. Poi si guardò attorno e notò che pure gli ambienti avevano qualcosa di mesto. Non c'erano ricordi, souvenir magari un po' pacchiani che però rimandavano a qualcosa di caro, quadri che non si sposavano bene con l'arredamento ma con un palese valore affettivo. Eppure qualcosa, un piccolo particolare che testimoniasse una stratificazione avrebbe dovuto esserci: oltre vent'anni di vita coniugale lasciano il segno.

La libreria dello studio era fornita: grandi classici e narrativa contemporanea, teatro e saggistica letteraria. Tomi piú o meno vissuti; un po' maltrattati i vecchi, senza tracce di uso eccessivo quelli recenti. La poliziotta fu attratta da un intero scaffale dedicato alla produzione di Davide Maggioni. Rammentò che quel nome era stato citato da Rigosi, era il poeta e romanziere che aveva tenuto il corso extrascolastico insieme alla Fimiani; ogni volume aveva una dedica sul frontespizio: molto affetto, tanta simpatia... Aprí dei cassetti: cancelleria, fogli bianchi. Nessun computer, nemmeno un portatile.

Passò in camera da letto. Controllò prima il bagno, che aveva un accesso diretto. Nulla era fuori posto, anche se le parve inconsueta l'esigua quantità di prodotti e oggetti per la cura di una donna: pochi trucchi, sebbene di ottima marca, un flacone di profumo di qualità ma non costosissimo, una spazzola, un pettine. Alex rabbrividí per quanto l'ambiente risultava anonimo, freddo. Aveva quasi la sensazione di trovarsi in un albergo. La stanza era perfetta, come il resto dell'appartamento; di sicuro la domestica era molto coscienziosa, però la poliziotta si convinse che non avesse granché da faticare.

Sul comodino di Baffi c'erano una radiosveglia digitale con annessa stazione barometrica (un tipo previdente) e un saggio divulgativo di economia con il segnalibro nelle prime pagine (forse non era un gran lettore). Su quello di lei una piccola pila di libri dello stesso genere che aveva visto nello studio.

Alex si avvicinò all'armadio con un crescente senso di disagio che non sapeva spiegarsi.

I cassetti con la biancheria, i vestiti, le scarpe. Nessuno spazio vuoto. Nulla suscitava il sospetto che qualcosa fosse stato sottratto di recente. La parte di Baffi era un po' piú vissuta: abiti di sartoria, maglioni, jeans e smoking; calzature di vernice e di tela. Il lato di Chiara presentava invece una maggiore omogeneità e indicava una preferenza per lo stile informale, comodo, con poche incursioni verso il ricercato che corrispondevano alle foto scattate nelle occasioni speciali. Eppure Alex continuava a percepire quel senso di... di mancanza, ecco. Un fastidio fisico, simile a un rumore di fondo.

Aprí il comò antico addossato al muro: niente appariva spostato neanche lí dentro. Alzò gli occhi e vide una marina stilizzata; la cornice pendeva leggermente da un lato e questo era strano, perché nulla in quella casa, non solo nella stanza, era fuori squadra. Indossò i guanti in lattice e la rimosse dalla parete, scoprendo lo sportello socchiuso di una cassaforte a muro; lo tirò per la rotella della combinazione. All'interno del piccolo vano c'era solo qualche documento riguardante trasferimenti di proprietà immobiliari a nome di Baffi. Fu allora che ad Alex, come se un fulmine l'avesse illuminata, fu chiaro che cosa non le tornava.

Spalancò di nuovo il primo cassetto del mobile sotto la cassaforte, ne estrasse un contenitore di legno basso e largo: era vuoto.

Si fiondò in corridoio e da lí nello studio, afferrando e scrutando sotto lo sguardo perplesso di Tilaka, adesso al limite dell'angoscia, molte delle fotografie in cui Chiara Fimiani in Baffi sfoggiava un sorriso di circostanza al braccio dell'affascinante marito. In ciascun ritratto la donna indossava gioielli mai eccessivi ma senza alcun dubbio molto preziosi. Erano oggetti di splendida fattura, realizzati con pietre di grande valore.

In casa non ce n'era traccia.

XXXVI.

Tu lo sai bene quanto siano importanti le parole. Sulle parole ci si incontra, attraverso le parole si sviluppano le relazioni, con le parole ci si lascia. E dopo, rimangono solo le parole a fare da rifugio, fino a un altro incontro.

La meraviglia delle parole sono le concatenazioni. Come si mescolino, si raggruppino e cedano un po' del loro significato, o lo cambino addirittura, quando si incontrano. Hai presente quell'equazione, l'equazione di Dirac che è alla base della fisica quantistica? Dice che se due sistemi interagiscono tra loro per un certo periodo di tempo e poi vengono separati, non possono piú essere descritti come due sistemi distinti, ma diventano un unico sistema. Bello, no? Ed è scienza, gli diedero perfino il Nobel, negli anni Trenta, a Dirac. Be', le parole hanno fatto prima. Molto prima.

Certo è facile immaginare di farlo a una negazione, no? Metti un «non» all'inizio di una frase e quella diventa tutta un'altra cosa. Facile.

Il bello è quando invece le parole si allacciano, si innamorano, si baciano. Quando tra loro c'è quella relazione che assomiglia al sesso, all'incontro tra due amanti che mescolano la furia alla dolcezza, la passione alla tenerezza. Hai presente quando non abbiamo la forza di parlare, e gli occhi si aggrappano al desi-

derio? Quando le mie mani e il tuo corpo si infrangono le une sull'altro, come fa il mare con gli scogli? Quando la penombra esplode come fosse inondata di luce, lampi di frenesia nel torbido della smania?

Cosí fanno certe parole, quando si incontrano. Come quando sei su di me, e il fiume di voglia che ho di te percorre segrete strade attraverso il mio corpo ed esplode come un magma che alla fine trova la via, un vulcano ancestrale di amore folle e disperato e tu, come la terra che si stende fertile e attraente sulle pendici della montagna, accogli quella lava rovente e la rendi tiepida, e dolce, un nutrimento ulteriore, un fuoco che non brucia ma che scorre come l'acqua.

Sono belle le parole, quando fanno l'amore. Si cambiano l'una l'altra, si accavallano e si avvolgono e cambiano suono e colore, perfino odore.

Se stavo pensando a qualcosa di particolare? Se questa premessa vuole arrivare da qualche parte? Certo che sí. Mi conosci fin troppo bene, lo so. Non ti lasci ingannare dalle mie elucubrazioni.

Stavo pensando alla parola «insieme». È una di quelle parole che, pur non essendo una negazione o un'avversativa, è in grado di cambiare il segno a un'altra parola o a un'intera frase. «Insieme».

Soffrire è una cosa, soffrire «insieme» è tutta un'altra. Partire, o partire «insieme»; immaginare o immaginare «insieme». E anche i sostantivi, non solo i verbi: la strada e la strada «insieme», tutto un altro viaggio, un altro tragitto. Il futuro, il passato: da soli hanno un senso, «insieme» tutto un altro senso.

Cosa voglio dirti con questo? Niente. Non è detto che tutto debba avere un fine, non trovi? Esistono argomenti che non hanno etica, articolati discorsi che non necessariamente vogliono arrivare da qualche parte. Parole che ospitano, che aprono la porta sorridenti e consentono a un'anima e a un cuore di incontrarsi di nascosto, senza che nessuno li veda. E in quel luogo, in mezzo a quelle soffici dolci parole, anima e cuore si accomodano in silenzio e ascoltano, e ascoltando si sorridono con le mani intrecciate; e magari l'anima affonda il viso nel cuore, ne sente il battito e si fa cullare; e il cuore accarezza l'anima, aspettando che si addormenti con un sorriso sulle labbra.

In mezzo alle parole, certo. Sentendone la musica dolce. Purché ce ne sia una, sempre.

Purché una di esse sia «insieme».

XXXVII.

Romano sopportò stoicamente il cicaleccio di Aragona lungo il tragitto verso il circolo nautico *La Vela*, dov'era ormeggiata la barca di Baffi. E d'altronde non sembrava che l'agente scelto si aspettasse risposte, né che gli interessasse conoscere un punto di vista differente dal proprio.

In sintesi il concetto disarticolato e piuttosto incoerente che Marco esprimeva, con metafore strampalate e riferimenti incomprensibili, era che la Fimiani avesse una relazione, che volesse liberarsi del coniuge e che avesse trovato il modo per prepararsi il terreno. Alla sua mente risultava chiaro che la donna avesse predisposto ogni cosa per piantare il consorte e partire per altri lidi, e che loro stessero solo perdendo tempo appresso alla fantasia catastrofista della professoressa di Matematica.

Romano, dopo un po', anche per non dare l'idea a chi li incrociava per strada di accompagnarsi con un pazzo che parlava da solo, chiese:

– E secondo te per lasciare un marito è necessario orchestrare tutto 'sto casino, con un litigio plateale, una lettera con consegna differita, il telefono spento e una fuga senza bagagli? Non ti pare un po' esagerata, come messa in scena?

Aragona fece un sorrisetto furbo, riuscendo nella difficile impresa di togliersi gli occhiali con un gesto teatrale, pur continuando a trotterellare dietro il passo piú lungo del collega.

– Le femmine, amico mio, sono capaci di qualsiasi stranezza, ricordatelo. Tu non lo sai perché nella tua vita l'unica a darti un po' di confidenza è stata quella povera disgraziata di tua moglie, ma se avessi l'esperienza che ho io non ti sorprenderesti di nulla, credi a me.

Francesco resistette alla tentazione di tirargli un pugno al centro del giubbotto, ma solo perché gli faceva un po' schifo toccarlo, e preferí evitare ogni replica.

Arrivati al circolo i due affrontarono il custode, determinato a non consentire alcun tipo di invasione della privacy dei soci nemmeno nella tarda mattina di un giovedí di novembre, feriale e freddo, in cui la popolazione del locale era ridotta a una mezza dozzina di anziani impegnati in uno stanco burraco. Fu risolutivo esibire il provvedimento firmato dalla Piras, assieme all'assicurazione che si sarebbero sbrigati in fretta perché si trattava di un sopralluogo e non di una vera e propria perquisizione.

L'uomo in livrea, che sembrava un granduca asburgico anche per l'atteggiamento vagamente schizzinoso, convocò allora un certo Fiorito Tommaso, di professione marinaio a terra.

Aragona lo squadrò, sfilandosi gli occhiali: pantaloni neri, maglione a collo alto nero, scarpe anfibie nere, berretto di lana nero, pelle cotta dal sole. Quasi nera.

– E chi è, Diabolik? E poi che vorrebbe dire, marinaio a terra? Uno o è marinaio o è a terra.

L'uomo lo esaminò a sua volta: capelli cotonati con serie probabilità di tintura, pelle abbronzata dalla lampada, occhiali azzurrati, l'ormai famoso giubbotto *camouflage* viola, pantaloni aragosta e scarpe celesti con rialzo. Con voce profonda, ribatté:

– E voi chi siete, una bandiera africana? Il marinaio a terra è l'addetto alla manutenzione e alla sorveglianza delle imbarcazioni. Informatevi prima di dire fesserie.

Romano decise di interrompere l'allegro scambio di cordialità.

– Noi dovremmo perlustrare la barca di Marcello Baffi. Ci può accompagnare, per cortesia?

L'uomo, insistendo nel guardare storto Aragona, annuí e si avviò verso l'esterno senza pronunciare una parola. Dopo aver fissato il collega con una muta minaccia negli occhi, l'assistente capo gli andò dietro.

Lo yacht di Baffi si chiamava, in modo abbastanza prevedibile, *Chiara II*. Fiorito spiegò in poche parole:

– Prima tenevano una *cusarella*, un gozzo piccolino. Poi il dottore ha avuto l'occasione e non se l'è fatta scappare.

In effetti era bellissimo. Un gioiello di quindici metri con un ponte in teak dotato a poppa di divani ampi e tavolini. Era immobile sull'acqua, separato da altri due motoscafi grazie a grossi parabordi.

Alla specifica domanda di Romano, Fiorito rispose:

– Io mi occupo di tutto. Il dottore vuole che la barca sia sempre pronta a partire, quindi i serbatoi sono pieni. L'ho rifornita lunedí, perché tra sabato e domenica è uscita.

Romano annuí.

– Sí, lo sappiamo. Va bene, saliamo a bordo.

Raggiunsero il ponte. All'esterno c'era l'essenziale, la postazione di pilotaggio con strumenti lucidissimi e gli arredi avvolti con dei teli per difenderli dalla salsedine. Ogni dettaglio appariva curato con grande attenzione, persino con amore. Il marinaio precisò:

– Fa quasi tutto lui, il dottore. Ci passa le ore. Con lui il lavoro è comodissimo; ci stanno certi che la barca la vedono sí e no una settimana a ferragosto. Il dottore invece ne capisce. Secondo me sarebbe stato un ottimo marinaio.

Romano aprí il portello che dava sottocoperta, mentre Aragona, le mani in tasca e un manifesto disinteresse, gli disse:

– Vai tu, Roma'. Io rimango qua a controllare la situazione.

Con un sospiro, l'assistente capo scese una breve rampa e si ritrovò in un salottino collegato a un bagno e a due cabine, entrambe con letto matrimoniale. Una era destinata agli ospiti, l'altra era quella dei proprietari, come si poteva intuire dalle suppellettili, dagli effetti personali e da alcuni indumenti riposti nell'armadio. Romano cercò segni di colluttazione, ma regnava un ordine quasi maniacale, dimostrato anche dalla piega impeccabile delle lenzuola e dai guanciali. Ebbe anche l'impressione di una recentissima, accurata lucidatura del legno di rivestimento. Percorse con le dita la superficie della testiera del letto, rilevando un piccolo avvallamento: ma non avrebbe saputo dire se fosse un danno recente o un'imperfezione del materiale.

Osservò gli oggetti collocati sul piano della toelette con lo specchio, senza notare niente di sospetto. Tirò un cassetto e, insieme ai documenti relativi all'imbarcazione, rinvenne anche i passaporti di Baffi e della moglie. Parte di sua volontà e nemmeno si porta il documento, pensò. Che fesso che sei, Arago'.

Restò ancora un po' a guardarsi attorno, poi riemerse sul ponte dove Fiorito, una macchia nera sullo sfondo grigio del mare, fissava torvo un Aragona multicolore. L'agente scelto aveva tolto la protezione a uno dei divani e ci si era sdraiato sopra, con le scarpe appoggiate sulla pelle bianca; aveva gli occhi chiusi e le mani dietro la testa a mo' di cuscino. Dalla bocca semiaperta proveniva un leggero russare.

Romano si associò al disprezzo del marinaio e apostrofò il collega, brusco:

– Arago', stai abbastanza comodo? Posso avere l'onore di farti servire un drink? Un Margarita, magari, o un Martini?

L'agente, per niente imbarazzato, replicò:

– Agitato e non mescolato, per favore. Scherzo, Roma', non ci casco nel tranello: non si bevono alcolici in servizio!

– E nemmeno ci si stende sui divani e si dorme, in servizio.

Aragona si alzò con insospettata agilità.

– Ah, ma io non stavo affatto dormendo, mio caro assistente capo. Stavo invece operando, attraverso mie deduzioni personali, ciò che qualsiasi esperto investigatore definirebbe un'attendibile ricostruzione degli eventi.

– Ah, e io che ti ho sentito russare.

– No, caro. Stavo riflettendo. Ero concentrato, e quando mi concentro il mio respiro si fa pesante. È un fatto di ossigenazione del cervello.

Romano valutò l'ipotesi di gettare il collega fuoribordo, per fingere in seguito che fosse caduto accidentalmente. Contava sul rapido inzuppamento del giubbotto, che l'avrebbe trascinato a fondo senza difficoltà, e per un attimo fu davvero indeciso se agire.

Poi lo sfidò.

– E dimmi: che cosa avresti concluso?

Aragona cominciò a passeggiare sul ponte, le mani congiunte dietro la schiena.

– Premetto che si tratta di un'ipotesi basata sulla strampalata opinione che vi siete fatti voi, cioè che qualcuno, in particolare il marito, si sia voluto liberare della professoressa. Io resto dell'idea che lei in questo momento stia scopando con un paio di africani a Castel Volturno, ma per amore di discussione, e visto che siamo venuti fin qui, proviamo a considerare la possibilità.

Romano guardò l'orologio e propose:

– Arago', ci ho ripensato…

Ma ormai l'agente scelto era partito, e non aveva in programma di fermarsi.

– Dunque, che farei io se intendessi disfarmi di una persona mentre sto in barca? Farei in modo di buttarne il corpo in mare. Quindi di certo non la ammazzerei nel porto, c'è troppa gente; inoltre dovrei sbarazzarmi del cadavere proprio qua dove ci stanno sí e no cinque metri d'acqua. Tanto varrebbe ucciderla nel salotto di casa.

Romano sbuffò.

– Arago', è tardi e…

– Allora la invito a bordo, cercando di farla tornare in sé dopo che ha dato spettacolo al circolo. A quel punto, o lei si calma, e io la riporto a riva sana e salva. O lei non si calma, e visto che la barca è sempre pronta a salpare, come dice Capitan Findus là, mollo gli ormeggi e me ne vado in giro nel golfo. Cosí la discussione si svolge al largo e col favore delle tenebre.

Fiorito diventò ancora piú torvo. Romano si rassegnò ad attendere che Aragona terminasse e tentò almeno di accelerare l'operazione:

– Diciamo che ti spingi al largo e la getti in acqua. Va be', faremo dragare la baia. Adesso possiamo andare?

L'agente si avvicinò di nuovo al divano, dalla parte esterna, verso il fianco della nave.

– Aspetta, aspetta, Roma', fammi lavorare. Non la butto direttamente a mare, perché dovrei mettermi a lottare con lei, col rischio che mi lasci dei segni addosso, tipo graffi o lividi da giustificare una volta a terra; inoltre qualche crocerista in transito potrebbe udire le urla. Meglio continuare a conversare, sorprenderla alle spalle e tramortirla con una bella botta in testa. Ora, ragiona con me: se colpissi qualcuno sul cranio seminerei delle tracce, no? Tra divano, superficie del ponte e parapetto da cui la faccio cadere, un po' di sangue dovrebbe esserci. E vedi macchie qui?

Romano meditò di girare le spalle all'acuta ricostruzione e di rientrare in commissariato, ma prima che potesse muoversi Aragona proseguí:

– No, non ce ne sono. Quindi tu potresti obiettare: mio caro Serpico, ti sei sbagliato. La tua teoria è errata. Ma io ti risponderei: e no, Hulk caro, ci sta un particolare di cui non tieni conto. E qual è?

Romano sbottò:

– Arago', mo' hai rotto le palle. Se vuoi rimanere qui, io me ne vado e…

– Il particolare, Hulk caro, è che siamo a novembre. E che la signora non era uscita per una gita in barca ma per partecipare a una festa: magari si sarà coperta la testa con un foulard o una sciarpa che potrebbe aver attutito il colpo, assorbendo il sangue che infatti non abbiamo trovato. È ovvio che tutto questo è assurdo, perché in realtà la signora è scappata altrove per sfogare la propria ninfomania con chissà chi. Ma se fosse successo, – e, continuando a parlare, si inginocchiò nell'angusto spazio dietro il divano, – l'unico posto dove sarebbe possibile scovare qualche traccia è qui dietro.

L'assistente capo scambiò un'occhiata disperata con Fiorito, il quale allargò le braccia nere esprimendo la propria compassione nei suoi confronti.

Il poliziotto si rivolse alla spalliera del divano, al di là della quale era scomparso l'agente:

– Arago', mi hai convinto: la signora è fuggita con l'amante. Adesso però, ti scongiuro, torniamo in ufficio.

L'inquietante silenzio si prolungò tanto da far sospettare a Romano che Marco si fosse messo a giocare a nascondino. Poi l'altro riemerse: il volto pallido nonostante l'epidermide lampadata; gli occhiali azzurrati che fissavano il collega; le labbra livide e tremanti distese in un incongruo sorriso a metà fra il trionfo e lo spavento. Lentamente alzò la mano sinistra: stringeva un pezzo di tessuto che poteva essere un foulard.

Imbrattato di sangue.

XXXVIII.

Come Lojacono aveva previsto, Ottavia si confermò al solito velocissima ed efficiente: le era bastata mezz'ora di ricerche, mentre sorseggiava un caffè, per ottenere le informazioni necessarie.

L'ispettore attivò il vivavoce perché anche Elsa ascoltasse, e la Calabrese esordí:

– Dunque, credo vi convenga andare prima da Maggioni, cosí, magari, vi dice qualcosa di utile per l'incontro con Caporosso, che non dev'essere un soggetto facile. Abita in via Benedetto Croce, in pieno centro storico, a una fermata di metro dal punto in cui vi trovate ora. Immagino che sappiate chi è: romanziere e poeta, vincitore di numerosi premi, molto famoso, spesso in televisione. Orientato politicamente a sinistra; uno di quelli che parlano chiaro, e che quindi alterna momenti di popolarità a periodi di scarsa fortuna.

Elsa interloquí:

– Età?

– Sessantuno; dalle foto è un bel tipo. Due divorzi alle spalle, adesso vive da solo. In un paio di interviste si è speso a favore della ricerca sulle malattie vascolari, e in un video usa un bastone; forse ha un problema. Non è originario della città, se ne è innamorato una ventina d'anni fa. È del Nord, nato a Cremona. Appassionato di musica contemporanea; il suo compositore preferito è Carlo Boccadoro. È sensibile alle questioni sociali: ha intrapreso iniziative a favore dei minori detenuti. L'ho chiamato per avvertirlo della vostra visita.

Lojacono chiese:

– E Caporosso?

– Il suo è un ambiente che ci è familiare. Caporosso Gerardo, vent'anni compiuti a settembre. Due rapine da minorenne e una da maggiorenne; per quest'ultima avrebbe dovuto scontare una decina d'anni a Poggioreale, ma ci sono stati problemi nel riconoscimento perché il filmato della telecamera di sorveglianza non era nitido; quindi è a piede libero. È stato molto ben difeso, l'avvocato era uno di quelli buoni, il che fa pensare che Caporosso sia affiliato a un gruppo criminale potente. In una delle sue prime imprese ha quasi ammazzato una guardia notturna di un supermercato, e aveva solo quindici anni. La casa famiglia che lo ospitava era da queste parti, perciò ha frequentato l'istituto Siani. Adesso sta in corso Secondigliano, al 206. Occhio che la zona è abbastanza pericolosa.

Lojacono ringraziò, e la Martini sollevò le sopracciglia in segno di apprezzamento.

Si avviarono verso la fermata della metropolitana, in silenzio, le mani nelle tasche del soprabito, l'uno accanto all'altra, senza guardarsi e senza parlarsi. Sembravano due animali della stessa specie, alti e magri, il passo sciolto e deciso. Si inabissarono nella stazione, arte moderna e bellezza alle pareti, ambulanti e artisti di strada all'interno, mendicanti seduti per terra, un mercato trasferito dall'aria fredda e umida a quella riscaldata e maleodorante. Agli occhi di Elsa la popolazione pareva la stessa di Torino e di Milano, studenti e uomini d'affari, impiegati e pensionati. Mentre obliteravano il biglietto, tre o quattro ragazzi scavalcarono il tornello agilmente e corsero via, approfittando della distrazione del controllore impegnato a spiegare a una coppia di turisti di lingua inglese come raggiungere la strada dei presepi.

La Martini si rivolse a Lojacono:

– Ma tu, alla fine, che relazione hai stabilito con questa città? Sei riuscito a capirla?

Il Cinese scosse piano il capo, come se la domanda non avesse risposte possibili.

– Capirla no, non credo sia alla mia portata. Diciamo che ci sopportiamo a vicenda, e cerchiamo di ottenere il meglio l'uno dall'altra. Prima mi spaventava, adesso non piú.

Elsa annuí. Poi mormorò:

– Fossi sola, non avrei paura. Di niente e di nessuno.

Lojacono aveva gli occhi fissi sul tunnel, e nella luce fredda i tratti del suo viso apparivano ancora piú orientali. Alle orecchie gli tornò la voce dall'accento siciliano che gli chiedeva come stesse Marinella.

– Fossi sola, ma non lo sei. E neanch'io. È cosí che si passa da predatori a prede.

Il palazzo in cui abitava Maggioni sorgeva in un dedalo di vicoli e stradine prese d'assalto dai turisti ogni giorno dell'anno per la concentrazione impressionante di monumenti, chiese, musei e palazzi storici definiti imperdibili dalle guide; oltre che per la fitta presenza di negozi di alto artigianato e di ristoranti tipici. A ogni angolo c'era qualcuno che suonava qualcosa: tamburi e sassofoni, mandolini e chitarre elettriche, violini e contrabbassi producevano una cacofonia assordante.

I due poliziotti entrarono nell'androne che conduceva a un cortile; davanti a loro si presentò lo spettacolo di una doppia rampa di scale in cima alla quale un albero contorto intrecciava i rami tra i fregi e gli stucchi di una parete affrescata. Elsa era affascinata, arte e natura abbracciate nel bel mezzo di una casba nata oltre duemila anni prima, moderna e antica al tempo stesso.

Una voce li fece sussultare.

– Incredibile, vero? Uno potrebbe pensare che sia un peccato, un cosí bell'affresco coperto e forse rovinato per sempre. Ma quella pianta è lí da piú di un secolo e mezzo; esistono le fotografie. Ha acquisito i suoi diritti.

Su un piccolo terrazzo comparve un uomo. Camminava appoggiandosi su un bastone.

– Voi dovete essere i signori della polizia preannunciati dalla telefonata di una gentilissima signora. Vi aspettavo; il citofono non funziona molto bene, anche perché non c'è. Accomodatevi, la porta è quella in fondo a destra.

Maggioni era alto e massiccio, con una folta chioma bianca e la barba dello stesso colore. Due occhi azzurri, molto profondi, e un naso importante catturavano l'attenzione anche se non parlava. A Lojacono ricordò un'immagine di Zeus riprodotta su un libro di storia delle elementari.

Il poeta li guidò attraverso un corridoio ingombro di scatoloni fino a uno studio con migliaia di libri accatastati ovunque. Si guardarono attorno e individuarono due sedie, di fronte a una poltrona logora su cui Maggioni si accomodò con un sospiro.

– Chiedo perdono per il disordine, sto per trasferirmi… anche se, per la verità, in condizioni normali la situazione non è migliore… Nei prossimi giorni andrò in Portogallo per curarmi –. Mostrò il bastone. – È un problema vascolare, non ortopedico. Ho la Saf, una malattia autoimmune. Provoca trombi; a me ha colpito il polpaccio, per ora, ma è quasi inevitabile che un domani parta qualcosa che arriva al cervello, e allora…

Lojacono mormorò:

– Mi dispiace, maestro…

Maggioni rise, distendendo il volto.

– Per carità, mi chiami Davide. Io non sono maestro nemmeno di me stesso. A Sintra c'è uno specialista straordinario, che pare abbia risolto numerosi casi come il mio. Magari chissà, torno anche a correre. Ma ditemi, che posso fare per voi? Ho ricevuto l'ennesima querela per qualche mia dichiarazione?

Elsa lo tranquillizzò.

– No, signor Maggioni. Siamo qui per altro. Conosce una donna di nome Chiara Fimiani? È professoressa di Lettere in un istituto tecnico.

L'uomo piegò la testa di lato.

– Lei è piemontese, vero? Riconosco l'accento. Alessandria, forse. Mi diverto a indovinare l'origine delle persone. E mi piace che prima o poi si finisca tutti qui. Questa città è un punto di partenza e d'arrivo per un sacco di gente.

Elsa lo fissava, calma, attendendo la risposta.

– Chiara, sí. È una mia amica, se esiste l'amicizia tra un uomo e una donna; il che non è affatto scontato. In un certo senso è anche una mia datrice di lavoro: grazie a lei ho tenuto un ciclo di incontri con studenti per i quali ho percepito perfino dei soldi, che servono sempre. Le è successo qualcosa?

Lojacono chiese:

– Da quanto non la sente, Davide?

Maggioni gli sorrise, grato perché aveva usato il suo nome di battesimo.

– Dalla conclusione del corso, due o tre settimane fa. Ci siamo salutati e le ho detto che restavo a sua disposizione per ulteriori iniziative. Ma qual è il motivo delle vostre domande?

Elsa si rese conto che, in assenza di chiarimenti, l'uomo non avrebbe aggiunto altro.

– Da domenica scorsa la professoressa Fimiani è irreperibile. C'è stata una denuncia e stiamo indagando, ma ovviamente esiste la possibilità di un allontanamento volontario, ed è l'ipotesi principale. Siamo qui appunto per capire.

Maggioni parve rassicurato e Lojacono riprese:

– È stata la professoressa a contattarla?

L'uomo ridacchiò.

– Be', sí. Mica mi sono ridotto a circuire insegnanti; non sono caduto cosí in basso. Venne a una mia presentazione, in una biblioteca. Fece la fila perché le firmassi un libro; mi confessò che li aveva letti tutti, che era una mia ammiratrice. Succede. Incredibile, eh?

Elsa era divertita. Quell'uomo la intrigava.

Maggioni si strinse nelle spalle e continuò:

– Mi raccontò che insegnava in una scuola piena di ragazzi difficili, e che sarebbe stata felice se avessi accolto l'invito di andare a parlare con loro. Io le spiegai che non amo farlo.

– E perché no?

Lo scrittore esibí una smorfia.

– Perché non mi va di rivolgermi a gente che non ha il minimo interesse per le mie parole, ma che sta lí perché qualsiasi cosa è meglio del compito di Matematica o perché glielo hanno ordinato. Preferisco incontrare i ragazzi fuori dell'orario di lezione, quando vengono solo quelli che hanno rinunciato al loro tempo libero per assistere alla conferenza. È un mio principio. Un vezzo, forse.

Lojacono domandò:

– E la Fimiani in che modo reagí?

– È una donna testarda. Dolce, pacata, ma determinata. Una di quelle che al primo sguardo possono forse passare inosservate, ma che poi, in privato, risultano molto, molto affascinanti. Mi scrisse, poi mi scrisse di nuovo, tornò a vedermi a un'altra presentazione. Alla fine ci siamo accordati per delle lezioni itineranti. E vi rivelerò una cosa.

– Cosa? – si incuriosí Elsa.

– Ne sono rimasto entusiasta. Mi hanno pagato loro, ma avrei dovuto pagare io, perché quei giovani sono stati meravigliosi. Chiara aveva ragione.

Lojacono si sporse in avanti. Erano arrivati al punto.

– Tra questi ragazzi, Davide, ce n'era uno un po' piú grande di nome Gerardo. Caporosso Gerardo. Se lo ricorda?

L'uomo s'illuminò.

– Come no! All'inizio se ne stava in disparte, un tipo tenebroso, chiuso. Proprio per questo mi attraeva: sembrava nascondere un'interiorità affascinante. Cominciai a parlargli, e coinvolgerlo diventò la mia missione, la mia sfida. Una sfida vinta: era il primo ad arrivare e l'ultimo ad andarsene. Chiara ne era contentissima, lo considerava un piccolo, enorme successo. Mi raccontò che era il piú difficile tra gli studenti che avesse mai avuto, ma che anche lei, come me, si era accorta del suo desiderio di accostarsi alla letteratura.

– E le ha riferito altro di lui, la Fimiani?

– No. Credo proprio di no. Ma io le dissi che se Gerardo o chiunque altro avesse voluto incontrarmi ancora, lei avrebbe potuto fornirgli il mio indirizzo.

Elsa rifletté a lungo, poi domandò:

– Signor Maggioni, ha notato nulla di strano nella Fimiani, negli ultimi tempi? Un cambiamento dell'umore, segni d'ansia o di disagio?

Lojacono aggiunse:

– Oppure le ha fatto qualche confidenza, qualche accenno alla sua situazione familiare?

Lo scrittore scosse la testa.

– Non conoscete Chiara. È una donna riservata, tiene dentro di sé ciò che ha in mente. Non me la immagino che apre il suo cuore, né a me né a nessuno. E nemmeno è il tipo che si caccia nei guai. Vedrete che darà presto sue notizie.

Mentre stavano uscendo, dopo una gimcana tra gli scatoloni, Maggioni li bloccò.

– Scusate… quel Caporosso… Gerardo, sí. È un bravissimo ragazzo. Dentro, sotto quella scorza, è una persona gentile. Ha un animo poetico; che non significa debole, ma sensibile. Se lo incontrerete, non lo aggredite. Lasciate che si esprima, e vi sorprenderà.

Chiuse la porta, e loro sentirono il bastone allontanarsi nel corridoio.

XXXIX.

Quando bussarono alla porta del suo ufficio, Laura Piras stava al solito facendo due cose contemporaneamente; d'altronde era magistrato ed era donna, due parti di sé che dovevano coesistere, ma che non erano disposte ad arretrare di un millimetro nella lotta per prendere il sopravvento nella sua vita.

Il magistrato stava tentando di orientarsi in un complicato rapporto informale del Tribunale Fallimentare, che si addentrava in un mare di segnalazioni, istanze e ricorsi; peraltro il documento si intrecciava in maniera indissolubile e difficilmente comprensibile con una serie di intercettazioni recapitate sulla sua scrivania senza alcuna scrematura, e quindi pressoché inutili. Ne avrebbe avuto per un bel po', ne era certa.

La donna, invece, stava pensando a Lojacono, come quasi sempre le accadeva nonostante le barriere che erigeva con argomentazioni logiche e ferree che tuttavia non servivano a niente, se non ad arginare per brevissimo tempo il sentimento che provava. Per di piú era avvenuto un fatto nuovo, che rendeva la faccenda astrusa quanto quella di cui si stava occupando come pm, ma di ancor piú ardua soluzione. La mossa di Marinella, doveva confessarlo, l'aveva colta impreparata.

Fino ad allora si erano viste un paio di volte, e Laura ne aveva percepito l'ostilità. Gli occhi della ragazza, cosí simili a quelli del padre, si erano stretti in due fessure e la mascella si era indurita. Non potendo farlo con la voce, Marinella le aveva urlato contro con il corpo, drizzando schiena e spalle e serrando i pugni.

Recepito il messaggio, ed essendo lei stessa rigida e orgogliosa, aveva rinunciato all'idea di raggiungere un accordo con la ragazza. Ognuna sarebbe restata all'interno dei propri confini e nessuno si sarebbe fatto male. L'unico a soffrirne sarebbe stato Lojacono: nel suo ruolo di padre e di fidanzato ombra, pagava le spese del malanimo fra le due donne. Suocera e nuora, sorella e moglie, moglie e cognata… nessuno è mai riuscito a sfuggire a queste dinamiche.

Era stata perciò la piú grande delle sorprese, per la Piras, trovarsi di fronte la giovane al bar sotto l'ufficio un pomeriggio in cui, cedendo all'insistenza di quel simpatico deficiente di Buffardi, aveva accettato di bersi un caffè che la sostenesse nell'ennesima serata di lavoro. Lei, l'Avversaria, che aveva deciso di trasferirsi in città sottraendole l'opportunità di dormire l'intera notte col suo uomo, e che, come aveva intuito sottoponendo Lojacono a subdoli interrogatori, spingeva affinché suo padre le preferisse la proprietaria di un ristorante che cantava, cucinava e aveva il seno grande: lo stereotipo della rivale mediterranea.

Laura aveva subito mollato il collega e l'aveva ascoltata. Il bello era che la ragazza le era piaciuta molto, dimostrandosi assai diversa dalla piccola intrigante che aveva immaginato. Era un'adolescente innamorata, che cercava aiuto da un'altra donna non disponendo di una madre in servizio permanente effettivo. Se poi l'aiuto consisteva in ciò che Marinella le aveva chiesto, cioè trattenere Lojacono la sera il piú a lungo possibile, tutto quadrava e apriva nuove prospettive.

Col cervello e il cuore in perenne conflitto, la Piras non sentí bussare alla porta; pertanto chi attendeva picchiò una seconda volta con maggior forza, facendola sobbalzare.

– Chi diavolo è? – urlò.

La testa di Buffardi fece capolino dallo spiraglio.

– Senti, Piras, mettiamoci d'accordo: se entro senza bussare ti dà fastidio, ma non puoi farmi un cazziatone anche se busso, e per di piú due volte. Altrimenti mi disorienti e vengo su maleducato.

Suo malgrado, Laura sorrise. Quell'uomo, con la sua ribalderia, aveva il potere di farle cambiare umore in un battito di ciglia.

– Oh, ciao, Buffardi, che ci fai al lavoro? A quest'ora non dovresti essere a ballare sul cubo in televisione? Non lo sai che noi umili magistrati contiamo su di te per aumentare la nostra popolarità?

Buffardi si accomodò, stravaccandosi su una delle due sedie davanti alla scrivania: sollevò le gambe sul piano, e intrecciò le mani dietro la testa. Laura non abboccò e non scattò inviperita.

Diego Buffardi era il principe mediatico dell'antimafia. Affascinante e consapevole di esserlo, era corteggiato dai media tanto per il colore dei suoi occhi e per i folti capelli spettinati quanto per la capacità di portare a termine indagini complesse e di catturare latitanti ultradecennali in modo eclatante e in presenza delle telecamere.

– Ah, che bello un ufficio cosí tranquillo e ordinato, dove si può lavorare poco e con calma, senza fretta, come dovrebbe essere. Beata te, Piras.

Laura prese un tagliacarte e, tenendolo con due dita per sottolineare il disgusto, spinse via le scarpe di Buffardi dalla scrivania.

– Dovresti dire: che bello un ufficio dove si lavora. E basta. Qui non si balla e non si canta, Diego caro. Qui si combatte il crimine.

Il collega replicò come se avesse appena udito una battuta:

– Sí, eh? E quale? Quello con la pistola in favore di quello senza? Qual è la discriminante? Spiegami, perché in tutti questi anni di lercio mestiere non l'ho ancora compreso.

La Piras incrociò le braccia e si sedette meglio.

– Va be', ho capito, stasera sei sul filosofico.

Buffardi si alzò e si mise a camminare avanti e indietro, le mani affondate nelle tasche dei pantaloni.

– Piras, sono venuto a farti una domanda diretta: ho aspettato che non ci fossero orecchie indiscrete in giro perché il tema è forte e scabroso, e in questi uffici ci sono piú microfoni che in uno studio televisivo. Mi servirò perciò di una delicata metafora: hai intenzione di darmela ancora o no?

Laura scosse il capo. Mesi prima, cedendo a un momento di crisi personale, aveva avuto un occasionale rapporto con Buffardi al quale non aveva mai voluto dar seguito. Sebbene si sforzasse di nasconderlo, Diego non l'aveva presa bene; aveva tentato in tutti i modi di riavvicinarla, prima adoperandosi in un goffo corteggiamento al quale non era abituato, avendo sempre potuto scegliere nel mucchio delle fan adoranti, poi fingendo disinteresse, infine percorrendo la via dell'amicizia. La Piras credeva che ormai si fosse rassegnato, e che la divertente e divertita compagnia che si facevano fosse un bellissimo risultato di quanto avevano condiviso.

Ora, però, si palesava lí e, in maniera volgare, ricordava l'episodio. Qualcosa non quadrava.

– A che devo questo sottile riferimento a un passato morto e sepolto? Hai bevuto?

Buffardi, di spalle, fissava attraverso il finestrone a parete la strada illuminata, dieci piani piú in basso.

– No, io non bevo mai quando non sono in servizio, lo sai. Scherzi a parte, il fatto è che quel sesso fu davvero bello, molto soddisfacente. E non dire che non lo fu anche per te, perché ti ricordo che ero presente e ho tutte le evidenze necessarie. Mi chiedo per quale motivo due persone capaci di una simile performance non abbiano voglia di ripeterla.

Laura replicò:

– Diego, ti prego, abbiamo già affrontato l'argomento. Ritieni sia il caso di rovinare una amicizia con questi discorsi?

L'uomo girò appena la testa.

– Ma come parli? Che è, un film americano degli anni Settanta? Dimmi piuttosto: no, Buffardi, non mi va perché scopo con un ispettore del piú scalcinato commissariato della città. Uno che è pure assai chiacchierato, per giunta.

La Piras cambiò atteggiamento all'istante.

– Senti, stronzo, prima di tutto non ti consento di intrometterti nei fatti miei; poi mi dici subito in che modo la questione ti riguarda e come hai potuto immaginare una cosa del genere; infine, che cosa ti dà il diritto di venire qui a dirmi con chi devo scopare?

Buffardi si voltò verso di lei e, sempre con le mani in tasca, si appoggiò alla vetrata.

– Quanto mi piaci quando prendi fuoco. Peccato che non vuoi piú dividere il letto con me. Guarda, avevo perfino valutato l'ipotesi di considerarti la mia favorita. Pensa un po'.

Laura lo fissò torva, contando fino a dieci.

– Collega, ti serve qualcosa? Perché io dovrei lavorare. Non vorrei passare la notte in ufficio. Ho di meglio da fare.

Percependo con chiarezza che il tempo delle battute era terminato, Buffardi mutò espressione e si incupí, e all'improvviso sembrò molto piú vecchio di come amava apparire.

Si avvicinò alla scrivania, girò al contrario una delle sedie e ci si sedette a cavalcioni.

Con gli occhi puntati sul volto di Laura, mormorò:

– Scusami la domanda, Piras: e devi credermi, non è una questione personale. Non solo, almeno. Ma tu di questo Lojacono Giuseppe, ispettore del commissariato di Pizzofalcone, ti fidi?

La donna sbuffò, irritata.

– Te lo ripeto, collega, io non credo siano affari tuoi. La mia fiducia io la...

Inaspettatamente Buffardi scattò, dando una manata alla spalliera che gli faceva da davanzale.

– E rispondi, cazzo, per una volta! È una domanda semplice, ma per me è importantissima! Non ti ho chiesto se lo ami, se scopa bene o se quando dorme russa: ti ho chiesto se ti fidi di lui.

Laura rifletté, con attenzione. Ripensò alle occasioni di lavoro e a quelle personali, alle chiacchierate all'alba e alle preoccupazioni che aveva imparato a riconoscere sul volto di Lojacono.

E avvertí il peso del suo tradimento e della distanza che a volte percepiva, ma che non dipendeva da lui.

– Sí, Diego. Mi fido. Senza riserve.

Buffardi parve sollevato. Sospirò e si mise in piedi.

– Bene, perfetto. Ti ringrazio. E cercherò, te lo prometto, di non tornare sull'argomento.

Si avviò verso la porta; prima di uscire si bloccò, le fece una linguaccia e disse:

– Non sai che ti perdi. Non sai che ti perdi!

XL.

Si era fatta sera e il vento freddo teneva in casa chi non doveva trovarsi per forza in strada; agli occhi esperti di Elsa e Lojacono questo rendeva le vedette evidenti, quasi fossero illuminate da un riflettore.

Su un muretto c'era uno seduto, la testa incassata nelle spalle e le mani nelle tasche della giacca a vento. Tre erano a cento metri, chiusi in un'automobile che vibrava al ritmo dello stereo. Due in piedi sotto un lampione a fumare, all'imboccatura di un viale. I poliziotti scelsero quello con la giacca a vento, che per essere solo doveva essere il piú alto in grado.

Si avvicinarono e Lojacono gli disse:

– Vorremmo parlare con Caporosso Gerardo.

Lui non alzò la testa dal bavero e non tolse le mani dalle tasche.

– Non lo conosco, – sibilò. – Levatevi di torno.

Prima che Lojacono potesse rispondergli, Elsa estrasse la pistola e gliela schiacciò al centro del torace, affondandola nell'imbottitura del piumino. Il giovane deglutí a fatica e mostrò i palmi aperti, sollevando le braccia. Subito l'ispettore si voltò verso quelli del lampione, che erano i piú vicini ed erano già scattati; estrasse il tesserino e, nella luce artificiale, il distintivo mandò un bagliore. Senza smettere di correre, i due si diressero all'auto e vi saltarono dentro. Il veicolo partí sgommando.

Lojacono si rivolse alla collega.

– Che cavolo combini? Hai capito dove siamo, o no? Tra un secondo li abbiamo tutti addosso.

La vicecommissaria non diede segno di aver sentito; le sue pupille verdi erano incredibilmente fisse.

– Non siamo qui per gli affaracci vostri, – disse, – solo per parlare con Caporosso: non devi preoccuparti tu, non si devono preoccupare i tuoi compari, non si deve preoccupare lui. Quindi: o ce lo vai a chiamare, o gli telefoni e gli dici di venire qui, o ci porti da lui. Una delle tre.

Il giovane replicò:

– E se no che mi succede? Io non sto facendo niente.

Elsa ritrasse la mano con la pistola e l'affondò di nuovo con forza. La canna colpí le costole del malavitoso, che cadde all'indietro stringendosi il petto.

Lojacono si innervosí.

– Martini, tu con me questi metodi non li usi, è chiaro? Noi siamo diversi da questa gente, e io non sono disposto a…

Fu interrotto dalla voce del giovane che, rialzandosi, col fiato corto e in tono lamentoso, biascicò:

– Prendo il cellulare, d'accordo?

La poliziotta scarrellò.

– Lentamente, fai lentamente e forse non ti sparo. Non mi accuserebbe nessuno, sono sicura che un'arma addosso ce l'hai e che i tuoi precedenti riempiono tre o quattro pagine. Dunque te lo ripeto: fai lentamente. Riferiscigli che si tratta della Fimiani.

Il ragazzo cercò un numero in rubrica e premette

il tasto. Scambiò qualche battuta in dialetto strettissimo, di cui né Elsa né Lojacono capirono una parola, a parte il cognome della professoressa. Infine indicò una direzione.

– Dovete andare al *Bar Azzurro*, in fondo al corso, da quella parte. Lo trovate là, a Caporosso.

Elsa ripose la semiautomatica e il malcapitato zoppicò via, piegato in due.

Lojacono scrutò torvo la Martini.

– La prossima volta ti denuncio. E coi tuoi trascorsi non ti salva il culo nessuno. Sono stato chiaro?

Lei gli restituí uno sguardo che aveva qualcosa di irridente.

– Ti facevo maschio, Lojacono. Peccato, perché in quel caso non saresti stato male. Va be', mentre ti cambi il pannolone io mi avvio. E salutami i cinque in macchina, quando tornano a prenderti. Perché tornano, lo sai, vero?

Rimasero qualche istante a studiarsi, poi si avviarono.

Il *Bar Azzurro* era una caffetteria-pasticceria ampia, calda e illuminata. I banconi di legno e ottone brillavano lucidi, pieni di dolci di ogni genere; dietro c'erano due uomini e due donne in eleganti divise a righe marroni, con grembiule e cappellino a busta di tessuto. Dei quattro tavolini, uno solo era occupato, da un cliente con il giubbotto di pelle posizionato in maniera tale da tenere sotto controllo la porta d'ingresso. Era bruno, con i capelli rasati ai lati e lasciati lunghi sulla fronte per formare un ciuffo; la poca barba e i baffi radi sulla pelle rosea tradivano la sua età. Sotto le folte sopracciglia aveva occhi neri, mobilissimi, intelligenti.

La Martini gli si sedette accanto, mentre Lojacono verificava che all'esterno non ci fosse nessuno: quel posto, cosí insospettabilmente lussuoso, gli comunicava un'impressione peggiore rispetto alla strada male illuminata.

Elsa esordí:

– Evitiamo di presentarci, tanto è inutile. Se sei venuto, significa che hai qualcosa da raccontarci, e io te ne do l'opportunità senza che tu sia poi costretto a ripetere la storia in altre sedi; a meno che tu non voglia, naturalmente. Da domenica la Fimiani è sparita. È uscita con la borsetta e basta. Il marito sostiene che avevano litigato, ma che era una cosa senza importanza.

Lojacono si inserí:

– Le uniche circostanze insolite che abbiamo scoperto sono le tue visite a scuola e la tua partecipazione al corso di Maggioni, lo scrittore. Vuoi spiegarci?

Quello rimase in silenzio, le mani in tasca, lievemente stravaccato. Un cameriere provò ad avvicinarsi; un suo cenno impercettibile fu sufficiente a respingerlo.

Elsa attese quasi due minuti, poi si sporse in avanti.

– Senti, bello: deciditi, e in fretta, che non abbiamo tempo da perdere. Se non vuoi parlare per noi sta bene. Non ti disturberemo piú.

L'ispettore aggiunse:

– Ma se la Fimiani ha fatto qualcosa per te, questo è il momento di ricambiare.

L'altro socchiuse le labbra; pareva incuriosito dall'espressione imperturbabile del Cinese.

– È brava, la professoressa. Brava assai. Tiene il cuore in petto.

Lojacono tirò a sé una sedia e si accomodò. Ora non bisognava spezzare l'equilibrio.

– Secondo te dov'è andata? È partita da sola o...

Il giovane scosse la testa. Aveva una voce roca, come se non fosse abituato a usarla.

– Quelli come me hanno il destino che hanno. E va bene, ognuno nasce al posto suo. Lei, però, la professoressa, non si rassegna. Con me non si è rassegnata. Io perciò la sono andato a trovare. Perché lei non se lo meritava.

Elsa intervenne:

– Che cosa non si meritava?

Caporosso inclinò la testa, come se ignorasse la lingua della donna.

– Non se lo meritava di essere la moglie proprio di quello là.

Un barista produsse del rumore con le stoviglie e chiese scusa con un gesto, da lontano.

Lojacono insistette:

– Sii piú preciso, per favore.

Gerardo posò gli occhi su Elsa.

– Ma voi chi siete? Io con gli sbirri non ci discuto.

La Martini sbatté le palpebre e guardò Lojacono, disorientata. Lui annuí, come a suggerire: ci penso io.

– Noi siamo due che temono sia successo qualcosa di brutto alla Fimiani. E che il marito sia coinvolto. Tu chi sei?

Sul volto di Caporosso passò un sorriso, ma svaní tanto velocemente da far dubitare che fosse mai apparso.

– Io sono uno che nemmeno ci voleva entrare, in classe. E adesso non riesco a dormire se non leggo. E pure se vivo qua, e sono amico di certa gente perché è la gente mia, vorrei avere un'altra vita. Perché, come dice Maggioni, un'altra vita esiste sempre.

Tacque, bevve un sorso dal bicchiere che aveva davanti, si leccò le labbra e disse:

– Io ci sono andato, dalla professoressa. E le ho raccontato come fa i soldi il marito. Non mi voleva credere, ma lo sapeva che io non dico fesserie. E mi ha chiesto di accompagnarla a vedere, e io l'ho accompagnata. Due volte.

Elsa prese un respiro.

– Dov'è che l'hai…

Lojacono la bloccò, mettendole una mano sul braccio. E invitò Caporosso a proseguire.

Il ragazzo tirò su col naso.

– Due perché una volta sola poteva essere un caso. Qua, nel quartiere mio, perché questa è la gente mia. Due famiglie. Una ha detto sí, l'altra no. Due famiglie.

Lojacono mormorò:

– Dobbiamo vedere pure noi, no? Per capire. E magari per trovare la Fimiani.

Il giovane esibí una smorfia.

– Se la professoressa è sparita, l'hanno fatta fuori. E voi non la trovate piú.

Lojacono non si arrese.

– Possiamo provarci, invece. Tu vuoi che ci proviamo?

Gli occhi neri del giovane si sollevarono sulla faccia dell'ispettore: bruciavano.

– Sí. Lo voglio. Pirro, a via Sacra. Manna, traversa Aspromonte. Prima ci parlo io, se no manco vi fanno avvicinare.

Si alzò, ritenendo chiusa la conversazione.

Elsa non si trattenne.

– Secondo te che cosa è accaduto alla professoressa?

Come se non avesse inteso, il ragazzo percorse qualche metro. Quindi si girò e disse:

– Una volta ho letto che la beneficenza è il supremo egoismo. Fa ridere, eh? Se è beneficenza, come può essere egoismo? Ma certe cose che fanno ridere sono vere lo stesso, signo'. Rifletteteci.

Uscí dal bar. La macchina che prima si era allontanata inchiodò davanti a lui con uno stridio di freni. Una portiera si aprí e Caporosso salí a bordo.

XLI.

Aragona era piuttosto scosso, doveva ammetterlo. Certo, era un agente speciale e, anche se solo in televisione, ne aveva viste di tutti i colori, ma certe cose lo traumatizzavano.

Una di queste era il sangue.

Mentre sulla barca aveva sfoggiato le capacità deduttive tipiche dei grandissimi investigatori, aveva mantenuto salda la convinzione che la professoressa fosse in fuga con finalità sessuali. Aveva scarsa considerazione delle donne di mezza età, che riteneva sempre in cerca di qualcosa che movimentasse la loro esistenza piatta e priva di stimoli, e gli pareva che la Fimiani rispondesse a questo profilo. La ricostruzione di un eventuale diverso sviluppo del litigio col marito, pertanto, non era stata che un modo per dimostrare all'assistente capo la propria abilità logica. Perciò, ritrovarsi con quel foulard insanguinato tra le mani l'aveva insieme gratificato e sconvolto.

Ricordava come in una nebbia Romano che si infilava i guanti, riponeva il pezzo di stoffa in un sacchetto trasparente e si inabissava di nuovo sottocoperta, per poi riemergere con un'altra busta, in cui aveva conservato una spazzola piena di capelli. Ricordava di aver detto con voce tremante di aver bisogno di un bagno, e di essere stato accompagnato da Capitan Findus in un bugigattolo sul molo dove aveva vomitato anche l'anima. Ricordava di essersi ripreso in commissariato, durante il resoconto di un ancora incredulo Romano. Ma pure adesso, dirigendosi verso l'ospedale per recar visita a Pisanelli, non riusciva a recuperare del tutto l'equilibrio.

Magari si trattava di un vecchio straccio, aveva detto cercando di sconfessare sé stesso. Magari qualcuno si era tagliato, chissà quanto tempo prima, e quel foulard era servito a improvvisare un bendaggio di fortuna, ed era poi finito nell'intercapedine tra il divano e il parapetto della barca. Magari la donna non c'entrava niente e, come lui aveva ipotizzato dall'inizio, era altrove a divertirsi. O magari no, aveva obiettato cupo Romano, e Palma, Ottavia e Alex erano del suo medesimo avviso. Magari Baffi l'aveva colpita e gettata in mare dopo averla zavorrata, e la Fimiani era già in pasto ai pesci; l'agente scelto aveva sentito questa espressione nei film forse mille volte, ma chissà perché, metterla a fuoco in quel momento l'aveva costretto a scappare di nuovo in bagno. Un conto era il sangue cinematografico, un conto quello vero.

Era ansioso di raccontare ogni cosa a Pisanelli. Per qualche ragione era sicuro che lui avrebbe compreso quanto lo angosciasse l'idea che la sua ricostruzione fosse corretta. Quel vecchio rimbambito aveva un cuore, e l'aveva testimoniato aiutandolo in piú di un'occasione.

Aragona era consapevole di non godere di troppa stima da parte di chi lo circondava: si era abituato a tale situazione fin dalla scuola, e anche in famiglia tendevano a ignorare le sue opinioni. Nella migliore delle ipotesi, e una parte nascosta di lui ne era dolorosamente conscia, era considerato uno sciocco sbruffone, e tutti facevano la tara alle sue parole.

Solo due persone lo ascoltavano, ed erano appunto Pisanelli e Irina, la cameriera del Montenegro che prestava servizio nell'hotel in cui lui viveva e della quale era innamorato, a onta di ciò che aveva sempre sostenuto circa la necessità di rinchiudere gli immigrati in campi di lavoro o ributtarli a mare. Quei due erano per Marco una specie di famiglia adottiva a cui voleva bene.

Per questo era impaziente di sapere che pensasse il vicecommissario di quanto era successo. In segreto sperava di scorgere negli occhi di quel padre ideale un lampo di orgoglio per lui. Gli venne incontro l'infermiera Lina, la virago bionda alla quale aveva detto di essere il figlio di Pisanelli, e l'agente si chiese se quella donna risiedesse in ospedale.

– Buongiorno. Il papà sta molto meglio: da domani cominceremo a diminuire la sedazione fino a interromperla; stiamo continuando a somministrargliela per farlo dormire di notte. È stato assai contento di vedere suo fratello: sapeva che sarebbe venuto? Adesso è con lui. Li raggiunga, ma non lo fate stancare. Vi do una mezz'oretta, va bene?

Il concetto di avere un fratello era nuovo per Aragona, che annaspò per un attimo, prima di realizzare che cosa fosse accaduto. Poi la sua mente fervida, lo stesso cervello che aveva ricostruito alla perfezione quello che, forse, era stato il destino della Fimiani (il pensiero gli faceva ancora rotolare qualcosa nello stomaco) gli permise di focalizzare: era arrivato Lorenzo, il figlio vero di Pisanelli, che in qualche modo aveva appreso delle condizioni di salute del padre nonostante questi avesse cercato di tenergliele nascoste.

Rifletté sull'opportunità di andarsene. Si accorse però che da lontano, mentre armeggiava con delle flebo, l'infermiera lo stava osservando. Per non smentire l'identità a lungo millantata, entrò nella stanza a due letti che Pisanelli condivideva con il moribondo, vecchio come il cucco, che russava a bocca spalancata.

Lorenzo era un trentacinquenne smilzo, in giacca e cravatta e occhiali, con una incipiente precoce stempiatura in rapido avanzamento. Aveva un'aria seria, e ad Aragona parve che stesse rimproverando il padre, il quale sembrava infatti molto abbattuto.

Appena lo vide, Pisanelli sorrise e sollevò un braccio verso di lui.

– Ah, Arago', vieni, vieni. Lui è Lorenzo, mio figlio. Lore', lui è il collega che mi ha soccorso sul pianerottolo e ha chiamato subito l'ambulanza. Il dottore ha detto che probabilmente se restavo là un altro po' sarei morto dissanguato; in pratica gli devo la vita.

Lorenzo si voltò con un sorriso di circostanza sulle labbra, che si appannò all'istante di fronte al giubbotto. Sbatté piú volte le palpebre dietro le lenti, quasi incredulo, e squadrò l'agente da capo a piedi integrando quell'orribile visione con i capelli cotonati, gli occhiali azzurrati e i pantaloni aragosta.

Tese la mano.

– Molto lieto, professor Pisanelli Lorenzo. Grazie di aver salvato questo pazzo di mio padre, che è cosí incosciente alla sua età. Mi dispiace che le abbia arrecato disturbo, mi ha riferito che lei è venuto a trovarlo spesso: ne sono commosso. È stato davvero gentile.

Aragona provò una fortissima, istintiva, epidermica antipatia nei suoi confronti.

– Non c'è di che, si immagini, professo'. Io niente ho fatto, ero andato a incontrare Giorgio per chiedergli una cosa di lavoro, e...

Lorenzo sbuffò.

– Il lavoro, certo. E quando mai. È sempre stato al primo posto per mio padre. Non si ferma davanti a nulla, per il lavoro. Erano rarissime le volte in cui, quand'ero piccolo, potevamo godere della sua presenza. Arrivava puntualmente una telefonata, o veniva una volante che se lo portava via. Mia madre, che è stata malata per molto tempo, quando chiamavo mi assicurava che papà era lí con lei, in un'altra stanza, ma era una bugia. Il lavoro è una droga per mio padre.

Aragona spostava lo sguardo dal viso duro di Lorenzo, che parlava del padre come se non fosse presente, a quello di Giorgio che era una maschera di dolore e contrizione. E sentí montare dentro di sé una rabbia cieca.

Alla fine esplose:

– Mi scusi, professo', ma lei quando telefonava a sua madre ammalata dove stava? Perché sí, Giorgio continuava a lavorare, ma alla sera rincasava. Lei, invece?

L'uomo sgranò gli occhi, sorpreso da un attacco che non si aspettava, e dopo un attimo di smarrimento replicò:

– Io… Io ero a farmi una carriera all'università! Dovevo crearmi un futuro, non crede? Il mio compito era…

– E il compito del vicecommissario Pisanelli era quello di combattere il crimine e di guadagnare i soldi che servivano a mantenere lei mentre si costruiva il futuro. E nel frattempo si prendeva cura della moglie: sua mamma. Non passa giorno che io non lo veda sfiorare commosso la fotografia che ha sulla scrivania in ufficio. Mi creda, carissimo professore, – e pronunciò il titolo come fosse un insulto, – non c'è uomo piú innamorato di una donna di Pisanelli Giorgio, del commissariato di Pizzofalcone.

Lorenzo si drizzò nelle spalle.

– Senta, io non ho intenzione di permettere a un ragazzino, per di piú vestito come lei, di venire qui a dirmi…

Aragona però era partito, e voleva completare il suo discorso.

– E si faccia dire un'ultima cosa, professore: il soprannome di Giorgio è «Presidente» perché è l'unico che si preoccupa per tutti, che ha una parola buona per tutti e che gode della fiducia di tutti, non solo in ufficio, ma nell'intero quartiere: noi non vediamo l'ora che torni. Io imparo ogni giorno da lui, e il mio sogno è di essere prima o poi alla sua altezza. Magari lei ritiene che mi vesto strano, ma per me quello strano è lei, che pare già centenario. Mi creda, Giorgio è il padre migliore che si possa avere, glielo garantisco. Il padre che avrei voluto io, per esempio.

L'infermiera Lina si era avvicinata, attirata dai toni accesi della discussione, e se ne stava a fissarli sbalordita, con una bottiglia di soluzione fisiologica in mano. Pisanelli scuoteva il capo con un mezzo sorriso sulla faccia. Era l'unico a essersi accorto che la voce di Aragona si era spezzata e che una lacrima era apparsa dietro una delle lenti azzurre.

Lorenzo balbettò:

– Io infatti sono orgoglioso di lui, mi lamento per l'incoscienza che...

Marco non era disposto a concedergli nulla. Riprese:

– Ha un caso da risolvere. Ci sta un tizio che ammazza i vecchietti, e lui lo vuole fermare. È per questo che non ha rivelato a nessuno di essere malato, lo capisce, professo'? Con tutto il rispetto, non è per scrivere un'altra pubblicazione scientifica che suo padre stava morendo, ma per salvare della gente.

Ci fu un attimo di silenzio, carico di emozioni contrastanti. Poi Aragona, girandosi verso il letto, concluse:

– Va be', per fortuna sei in compagnia, Preside'. Io tolgo il disturbo. Se hai bisogno, sai dove trovarmi –. Quindi, rivolgendosi all'infermiera: – Come avrà intuito, il figlio autentico è il professore. Beato lui. Buona serata.

E se ne andò impettito. Perfino il giubbotto *camouflage* viola sembrava degno di considerazione, adesso.

Peccato che avesse dimenticato di raccontare a Pisanelli il vero motivo della sua visita.

XLII.

Decisero di tornare in commissariato, e fu una buona idea perché nella sala agenti, pienamente popolata nonostante la tarda ora, c'era un'ospite inatteso.

Una bambina con una spettacolare chioma fulva teneva banco di fronte a una platea concentrata e divertita.

Elsa domandò sorpresa:

– E che ci fai tu, qui?

Ottavia spiegò:

– L'ha portata una ragazza, la baby-sitter. Ha avuto un problema grave a casa: pare che il padre sia stato vittima di un infarto. Poi ha richiamato per dirci che sta bene, per fortuna. Non riusciva a rintracciarti; hai il cellulare spento.

La Martini estrasse il telefonino dalla tasca.

– Hai ragione, ho dimenticato di riaccenderlo. Mi dispiace.

La bambina replicò, soave:

– Non ti preoccupare, mamma. Ne ho approfittato per fare amicizia coi tuoi nuovi colleghi, che sono molto piú simpatici di quelli di prima.

Romano era sconcertato.

– Questa non è una bambina. Ma che quoziente d'intelligenza ha, si può sapere?

Alex si toccò l'orecchio.

– Secondo me è lei che intrattiene la baby-sitter, non il contrario.

Vittoria scoppiò a ridere.

– Io l'ho detto a mamma che non ne ho piú bisogno, ma lei si ostina a pretenderla.

Elsa sospirò, lasciandosi cadere sulla sedia.

– Ecco. Adesso conoscete il mio doloroso segreto: una figlia che mi fa da madre. Va be', i sopralluoghi hanno prodotto qualche risultato? Poi vi raccontiamo del giro che abbiamo compiuto Lojacono e io.

Ascoltato un riepilogo dell'esito delle visite a casa di Baffi e sulla barca, Lojacono ed Elsa riassunsero gli incontri con Maggioni e con Caporosso.

Palma continuò:

– Il foulard è stato portato subito alla scientifica insieme alla spazzola coi capelli della Fimiani, speriamo di avere notizie domani dalla Martone. Sempre che rientri in ufficio: manca da due giorni, pare che sia malata.

Alex impallidí; per fortuna nessuno se ne accorse. Il vicequestore concluse:

– Comunque adesso abbiamo qualcosa di concreto. I gioielli spariti, la denuncia della Costanzo…

Lojacono manifestò il proprio scetticismo.

– Gli indizi sono contrastanti. I gioielli potrebbero essere stati sottratti per la fuga, è vero, ma perché allora lasciare il passaporto in barca? Inoltre Maggioni non sembrava affatto inquieto: non è un amico intimo della Fimiani come la Costanzo, tuttavia è un buon conoscente. Insomma, forse se n'è andata per conto suo, però non escluderei che si trovi nei guai.

Aragona, a differenza del solito, se ne stava in disparte, appoggiato alla parete con le mani nelle tasche del terribile giubbotto. Era triste, sebbene le condizioni di Pisanelli fossero assai migliorate; una notizia che aveva già condiviso.

Mormorò:

– L'unica informazione da interpretare ce l'ha fornita Caporosso, insomma.

Elsa confermò:

– Da interpretare, giusto. Perché ha citato il lavoro del marito della Fimiani, la fabbrica di pentole.

Lojacono la corresse:

– Non proprio, collega. Ha parlato di «come fa i soldi», non del lavoro. E alla fine ha buttato lí il riferimento alla beneficenza. Non chiariremo nulla finché non incontreremo quelle famiglie.

Palma intervenne, perentorio:

– Dobbiamo aspettare l'esame del Dna. Allo stato non abbiamo abbastanza per andare avanti con l'ipotesi dell'omicidio, la Piras non ci autorizzerebbe a...

Quasi fosse stata evocata in una seduta spiritica, Laura fece il suo ingresso in sala agenti, seguita da Ammaturo.

– Ah, che bello vedervi qui. Ero convinta di trovare solo Palma.

Notò Vittoria e la sua presenza la sorprese. Elsa, un po' imbarazzata, spiegò:

– È mia figlia, dottoressa. Stavo per andar via, ma se lei ci porta delle novità...

La Piras parve sollevata.

– È una bambina bellissima, complimenti. Sí, in effetti qualcosa avrei. Ma prima aggiornatemi su ciò che avete raccolto oggi.

Palma riepilogò la giornata. Il magistrato ascoltò con grande attenzione, quindi prese la parola.

– Mi complimento sia per i risultati sia per il fatto che siete ancora in ufficio: denota un impegno che altrove, credetemi, non è facile riscontrare. Ecco quanto ho saputo: dal rapporto della sezione fallimentare emerge che, in realtà, alla Baffi s.p.a. non se la passano troppo bene. Hanno rischiato istanze di fallimento e decreti ingiuntivi che però non sono mai arrivati fino in fondo perché, all'ultimo momento, i creditori sono stati soddisfatti. In pratica, il nostro uomo ha pagato: ma con soldi suoi, mediante immissioni di capitale in azienda.

Romano disse:

– E se avesse impegnato i gioielli della moglie per onorare i debiti?

La Piras negò convinta.

– Impossibile. Dubito che il valore dei gioielli, per quanto elevato, raggiunga simili importi. E in ogni caso i problemi risalgono a molto tempo fa; questa faccenda dura da anni. I colleghi esperti di bilanci mi hanno riferito che la società ha tentato di penetrare nel mercato indiano prima con una rete commerciale, poi addirittura aprendo uno stabilimento. Gli affari all'inizio sono andati abbastanza bene, poi male e infine malissimo: hanno perso un mare di quattrini. È stato allora che Baffi ha cominciato a utilizzare risorse proprie.

Lojacono obiettò:

– Sí, ma da dove la prende, Baffi, tanta liquidità? Non ha altre attività, e né lui né la Fimiani provengono da famiglie ricche: come si è procurato il denaro? Ha venduto qualcosa?

Ottavia intervenne:

– Ho controllato le visure catastali. La casa in via Monte di Dio, la villa a Capri, quella a Cortina, le auto e la barca sono di sua proprietà e libere da ipoteche.

La Piras commentò perplessa:

– Eppure si tratta di centinaia e centinaia di migliaia di euro, anzi milioni, perché gli aumenti di capitale sono frequenti. E i fidi bancari della società sono tutti coperti da garanzie personali del proprietario.

Elsa ripeté:

– «Come fa i soldi»... Sí, è vero, sono state queste le parole di Caporosso.

La Piras annuí.

– Ho richiesto le intercettazioni, ma ci sarà da aspettare. E anche per il Dna del sangue sul foulard, che darebbe un'accelerata alle indagini.

Inaspettatamente, Vittoria ruppe il silenzio che seguí:

– Io quando gioco faccio finta. Faccio finta che sono la mamma della mia bambola, per esempio, cosí non devo aspettare di essere grande e avere una bambina. Non potete fare finta anche voi?

La Martini arrossí.

– Vicky, ti prego...

Lojacono, invece, le diede ascolto.

– Certo che possiamo fare finta. In fondo per sentire in via informale le due famiglie che ci ha segnalato Caporosso non abbiamo bisogno di mandati. Nel frattempo la scientifica completerà il suo lavoro.

La Piras si inserí.

– E io comincio a predisporre ricerche piú approfondite sui movimenti finanziari di Baffi: conti personali e aziendali. Ho idea che possano servirci. Voi però andateci piano, con queste due visite: non sono in grado di fornirvi coperture. La soffiata di Caporosso ufficialmente non è mai avvenuta.

Palma fece un cenno di assenso.

– D'accordo, allora domani mattina tutti a Secondigliano: Lojacono e Martini vanno dai Pirro; Romano e Aragona dai Manna. Tu, Alex, magari fai un salto alla scientifica e verifica se possono anticipare qualcosa prima della consegna del rapporto. Va bene?

Ottavia mimò un applauso a Vittoria.

– Vienici a trovare piú spesso, tesoro. Ci mancano gli adulti, qui dentro.

La bambina si produsse in un inchino.

– Sono abituata a rendermi utile. Apparecchio la tavola ogni sera.

Un'ora dopo, mentre la preparava per la notte, Elsa domandò alla figlia:

– Era proprio necessaria quella scena, in commissariato?

La bambina assunse un'espressione furba.

– Quale scena? Io sono contenta di aver visto dove lavori, mamma. Mi piace. E mi piacciono i tuoi colleghi, specialmente Ottavia. È molto dolce.

Sul viso della donna apparve una fugace ombra di tristezza.

– Forse ti meritavi una mamma cosí, tu. Una che non ti portasse in giro per il mondo combinando guai.

Vittoria le sorrise e le accarezzò una guancia, come avrebbe fatto una madre con la figlia.

– Sei tu la mia mamma. L'unica che voglio. E alla fine potremmo rimanere per sempre in questa città. Non fa mai freddo qui. Buonanotte. E pensaci.

Elsa spense la luce e andò sul terrazzo a fumare. Per tentare di riempire il vuoto che sentiva dentro.

XLIII.

Non gli piaceva essere sedato.

Preferiva il dolore, quella punta acuminata e pulsante che lo teneva sveglio, alle prese con i propri pensieri, in mezzo al guado dei ricordi. La notte, in fondo, è fatta per i fantasmi, e lui con i fantasmi conviveva da molto tempo.

Preferiva restare con gli occhi aperti, nella penombra e nel silenzio mai assoluto del reparto d'ospedale, uno di quelli in cui davvero la morte era presente; una tunica nera e una falce che si scorgevano appena fuori della porta, un ospite sgradito la cui visita era però inevitabile: prego, si accomodi, cosa posso fare per lei?

Preferiva la piena coscienza, per discutere con sé stesso delle incompletezze e degli errori, dell'ottuso, assurdo pregiudizio positivo che lo aveva fuorviato, quando invece era cosí evidente, cosí chiaro, se non fosse stato accecato dall'affetto.

Eppure avrebbe dovuto sapere che il mondo è sempre peggiore di come sembra. Ne aveva viste troppe per farsi fregare da un sorriso dolce, dalla mano di un amico.

Non gli piaceva essere sedato, no. Ma in quella stanza d'ospedale, con l'unica compagnia di un vecchio che dormiva senza sosta, a bocca spalancata, in attesa che l'ospite con la falce venisse a trovarlo, i pensieri e i fantasmi erano troppi, e troppo bui.

Si era sbagliato, sí. Non aveva chiuso i collegamenti, non aveva unito i puntini. Si era sbagliato, e chissà in quanti erano morti per la sua negligenza; chissà quanti uomini e quante donne, nel quartiere e in altre parti di quell'immenso mostro di città si erano fatti blandire e ingannare al pari di lui. Chissà in quanti, affamati di un po' di affetto e di comprensione, erano caduti in una rete tessuta di ottimismo folle e versetti della Bibbia, di carezze e sussurri consolatori.

E ora se li vedeva attorno, mentre un lontano, stanco *bip* ritmico diceva indifferente che un altro secondo era passato, che il viaggio verso l'alba di pazienti e infermieri, medici e inservienti, stava proseguendo.

Se li vedeva attorno, maschi e femmine, vecchi e giovani, in piedi di fronte al letto. Lo scrutavano muti e gli chiedevano ragione della sua stupidità. Emergevano uno a uno dalle nebbie del sedativo che avrebbe dovuto farlo dormire e invece gli suscitava un terribile, realistico sogno popolato di morti viventi.

Aveva ragione Lorenzo: era un vecchio sciocco. E non perché aveva trascurato lui e Carmen per dedicarsi al lavoro, ma perché proprio nel lavoro si era dimostrato incapace. Appena avesse ripreso un po' di forze, prima ancora di decidere se continuare le cure o rassegnarsi ad andare incontro al silenzio, avrebbe raccomandato ad Aragona di non farsi fregare dai sentimenti: l'amicizia, come l'amore, è una vigliacca invenzione che ti accoltella alle spalle quando meno te lo aspetti.

Aragona, con i suoi vestiti assurdi, la sua risata sguaiata, le sue ridicole movenze da poliziotto della tv. Aragona, sempre una parola fuori luogo, sempre sopra le righe. Aragona, sempre ribaldo e ignorante, sempre distratto e inadeguato. Aragona, uno dei migliori poliziotti che avesse mai incontrato. Un talento naturale, una limpida capacità deduttiva nascosta sotto tonnellate di comportamenti imbecilli.

Ascoltare la brusca discussione tra Marco e Lorenzo aveva fatto molto male a Pisanelli, e anche molto bene. Gli aveva svelato la bassa considerazione del figlio nei suoi confronti, ma anche l'affetto anomalo e assoluto del giovane collega, che quella sera, in qualche modo, lo aveva scelto come padre. Un altro pensiero, insomma. Un'altra responsabilità.

Cercando di non lasciarsi sopraffare dalle presenze che lo attorniavano, con una corda al collo o coi segni del vomito sul petto, con un foro sanguinante nella tempia, con la testa fracassata dall'impatto dopo un volo dalla finestra, si assopí.

Dopo un minuto, o forse tre ore, riemerse dal sonno profondo. Niente pareva cambiato nella stanza: il vicino di letto inghiottiva faticosamente aria; la finestra affacciava sul buio. L'unica differenza era che adesso la porta era chiusa; forse l'infermiera aveva fatto il suo giro. Meglio, l'ospite con la falce era rimasto fuori.

Mentre stava per riabbassare le palpebre, si accorse che c'era qualcuno, e non era uno spettro.

Sulle punte dei piedi per ovviare alla statura ridotta; la lingua fra le labbra; gli occhiali da lettura in punta al piccolo naso; il saio marrone con una macchia di origine alimentare sul fianco, poco sopra il cingolo. Con una mano reggeva la bottiglietta del sedativo attaccata al tubicino che finiva nella vena del suo braccio sinistro; con l'indice dell'altra seguiva le righe su cui erano indicati i farmaci.

Giorgio strizzò gli occhi, nella speranza di scacciare il peggiore dei suoi incubi. Quando li riaprí lui lo stava fissando con un dito sulle labbra.

– Ssshh, amico mio. Rimani in silenzio, altrimenti disturbiamo. Questo è un reparto speciale, sai? Qui c'è gente che soffre parecchio. Proprio tanta gente. Ma è una prova alla quale il Signore, nella Sua infinita saggezza, ci sottopone. Come stai?

Giorgio tentò di parlare; non ci riuscí. Allungò la mano destra in cerca del campanello che l'infermiera Lina gli avvicinava la sera, raccomandandogli di non farsi scrupoli a suonare.

Leonardo scosse il capo, soave.

– Non c'è, amico mio. È tornato al suo posto sul comodino, fuori portata. Mica vogliamo incomodare quella gentile signora, no? Immagina quanto avrà da fare, con tanti pazienti che lottano contro la morte. E del resto, considerando la bomba che ti hanno dato, non devi essere granché in forma nemmeno tu: me ne rammarico. Almeno c'è di buono che possiamo chiacchierare un po'.

Pisanelli provò a urlare, ma gli uscí appena un gemito fioco. Il piccolo frate assunse un'espressione contrariata.

– Sei disobbediente. È inutile che ci provi: primo

perché sei sedato e forse anche questo è un sogno; secondo perché ho chiuso la porta e la stanza degli infermieri è in fondo al corridoio. Non avresti mai abbastanza fiato per farti sentire, e comunque hanno la televisione accesa, c'è la partita. Su, non ti agitare, ché poi stai male.

Il poliziotto avvertiva il cuore battere lento e forte. Che faccio?, si domandò. Che faccio?

Con un saltino, il religioso si sedette sul bordo del letto, i piedi calzati nei sandali che dondolavano nel vuoto; Pisanelli percepí che aveva cominciato ad accarezzargli la mano, e gli vennero i brividi.

– Allora, Giorgetto, sono qui per salutarti. Parto: l'aria si è fatta pesante. A pensarci bene è durata parecchio, no? Sono, vediamo... quindici anni che ho iniziato la mia opera. Io cosí la chiamo: la mia opera. A essere sincero mi dispiace andarmene, ci sarebbe ancora tanto bisogno di me.

Sorrideva con gli occhi e la bocca e la faccia intera. Un sorriso dolcissimo e rassicurante.

– Tu hai capito. Ci sei arrivato. Era una questione di tempo. E io ci ho riflettuto, ho chiesto al Signore: dimmi se vuoi che ammazzi anche Giorgio. È mio amico, ma se è necessario per continuare l'opera lo farò, giacché deve essere fatta la Tua volontà, non la mia. Ti prego, dammi un segno. Non sarebbe stato complicato. Lo sanno tutti che da quando è mancata la povera Carmen sei depresso e triste. È vero, non era esattamente nel mio stile: io mi faccio carico degli aspiranti suicidi per risparmiargli le fiamme dell'inferno, e tu non ti saresti mai ucciso. Con te sarebbe stato diverso. Però se il Signore me l'avesse ordinato non avrei potuto rifiutarmi.

La voce di Leonardo era un bisbiglio a stento intelligibile. Non ti fermare, pensò Pisanelli. Piú vai avanti, piú è possibile che entri qualcuno.

– Lo avrei fatto a casa tua. Dove ho salvato l'anima della povera Carmen che, fidati, ormai era sul punto di cedere. Mi sarei presentato da te la mattina con una scusa; mi avresti accolto di sicuro. Avrei usato la tua pistola d'ordinanza, che appendi all'attaccapanni all'ingresso. Poi hai avuto l'emorragia, ed era il segno che attendevo. Il Signore non voleva che lo facessi, quindi era arrivato il momento di partire.

Le carezze sulla mano non si fermavano.

– Ma dovevo salutare il mio amico, ti pare? Ne abbiamo passate tante, insieme. Sia tu sia io abbiamo visto molto dolore, e a modo nostro ci abbiamo messo riparo. O ci abbiamo provato.

Gli occhi di Pisanelli si chiudevano sotto il peso del sedativo. Si accorse che l'erogatore del medicinale era stato aperto; sul suo viso si disegnò una smorfia di paura. Il frate la interpretò.

– Sí, ho pensato che dovevi riposare meglio. Niente di letale, stai tranquillo; al massimo domani avrai la testa piena di vento. Io ti saluto, Giorgio. Grazie dell'affetto che mi hai regalato. Non chiedo il tuo perdono perché non ne ho bisogno: agisco per conto di un Committente la cui volontà è talmente piú importante della nostra che non deve neppure essere compresa. Il dolore è inutile. Va evitato, se possibile, ma non a costo dell'anima.

Si girò verso il letto di fianco, dove c'era il vecchio agonizzante.

– Prendi lui, per esempio. È giusto che soffra cosí?

La lotta di Pisanelli contro il sonno era strenua, e destinata alla sconfitta. Il rumore del cuore. I fantasmi. Un senso disperato, immenso, di vuoto. Vuoto nella testa, vuoto in petto.

Leonardo, lo sguardo fisso al vecchio, balzò in terra.

Vuoto. Buio e vuoto.

Giorgio si addormentò. La mattina seguente nel letto del vecchio non ci sarebbe stato piú nessuno.

Sarebbe stato vuoto.

XLIV.

Il problema del vuoto, sapete, è nelle cose che ci sono dentro. Sí, perché il vuoto non è mai completamente vuoto, altrimenti non ci sarebbe niente da guardare da lontano, altrimenti sarebbe solo deserto e perciò tranquillo, altrimenti non ci sarebbe dolore, nel vuoto.

E invece il dolore c'è, eccome se c'è. Il dolore del vuoto è il peggiore, perché è quello del silenzio, dell'impossibilità di fare qualcosa per riparare, per rimettere a posto le cose. Di fare qualcosa per cancellarlo, quel finto silenzio che urla e scuote il corpo dall'interno, quel finto nulla che invece è pieno di fantasmi che volteggiano eterei e inafferrabili, quell'eco di antiche risate e di dolci sorrisi che non tornerà piú.

Il vuoto, in quanto vuoto, è difficile da combattere. Si rimane là, fermi nella notte, ad aspettare che venga l'ora di riempire di nuovo tutto di cose effimere. Almeno fino a un'altra notte.

Per combattere il vuoto blu.

Blu. Il colore delle pareti l'avevano scelto insieme, ridendo, nel negozio di ferramenta e vernici, misurandosi tute da lavoro e scherzando su chiodi e martelli e trapani e altri utensili dall'ignota funzione e dalla forma equivoca. Il fascino e la bellezza di scoprire insieme, e per lei era la prima volta nella vita, la felicità di una condivisione: piace a te e allora piace a me, anche se mai avrei scelto questa tinta.

Il blu, alla fine di una lunga trattativa. Non il rosso, come la passione che ci travolge quando la mia pelle incontra la tua; non il verde, come la speranza che sia sempre e per sempre cosí com'è; non il giallo, come il sole che ci sveglia la mattina e la gelosia che ci divora. Il blu, buio come le anime ma non troppo, come il mare e come il cielo quando, dopo il tramonto, la luce resiste ancora alla notte. Blu, un bellissimo compromesso, blu come diventano i tuoi occhi al lume di candela: ma quando mai, se sono neri; macché, sono castani; non conosci nemmeno il colore dei tuoi occhi.

E poi giú a ridere come due sceme, spingendosi un po', e il tizio al banco che sbuffa perché non se lo ricorda nemmeno quando è stata l'ultima volta che si è fatto una risata.

Blu, come la tristezza di stanotte che divora il sonno e non lascia niente dietro di sé, se non il vuoto.

Perché il vuoto blu è pieno di tristezza.

È proprio questo il problema, col vuoto: che ha sempre qualcosa all'interno. Qualcosa che invariabilmente viene fuori di notte, appena le difese calano e la ragione non è piú disposta a lottare, e consegna la mente inerme al flusso dei ricordi.

Finché il sole splende e intorno sono suoni e folla, finché ci si può distrarre e guardare altrove, lasciandosi cullare dal flusso degli eventi, il vuoto si ritira nelle sue stanze simile a un principe offeso, e pare che non esista e che mai sia esistito, tanto la vita sembra abbondare di fatti e di storie: ma come ho potuto immaginarlo, il vuoto.

Per questo è difficile battersi contro il vuoto. Perché arriva di soppiatto, emergendo dal buio quando ormai sei pronto a immergerti nel sonno, e ti pone davanti a te stesso, al carico che ti sei portato dietro durante il giorno fingendo che fosse leggero. E leggero il vuoto non è mai.

Per combattere il vuoto rosso.

Rosso. Come la rabbia sorda e ottusa che avverte crescere in petto. Come il sangue che gli pulsa nelle orecchie, un rumore che sente solo lui, disteso nel letto freddo e solitario mentre la figlia dorme serena nella stanza accanto, ignara delle sue preoccupazioni.

Il vuoto stanotte è pieno di quella voce, di quelle frasi secche e un po' irridenti, quasi dietro le parole tremasse una risata.

Perché se gli chiedessero qual è l'aspetto piú terribile, che colloca su un filo teso a migliaia di metri sull'abisso il senso del terrore che c'è nel vuoto di stanotte, lui risponderebbe quella specie di risata pronta a esplodere. Non l'accento di una terra bellissima e mai dimenticata; non l'apparente innocenza delle domande e la banalità delle possibili risposte.

Quelle poche frasi pronunciate al telefono non contenevano minacce esplicite, che non avrebbero avuto effetto, perché i suoi occhi dal taglio orientale ne avevano fronteggiate tante rimanendo impassibili, eppure la minaccia c'era eccome, e rimandava al passato. Quella voce, che stanotte apre il vuoto alla mente e lo riempie di immagini terribili, diceva: il passato non si cancella e nemmeno si seppellisce. Il passato non è morto, è vivo e vegeto, e ti piomberà addosso.

Perché il vuoto rosso è pieno di paura.

E allora l'unica cosa che rimane da fare è scavare, nel vuoto.

Come se fosse un grosso, brutto baule mezzo rotto, stipato di schegge e pezzi di ferro arrugginito, dove sono stati buttati alla rinfusa oggetti di cui ci si vuole sbarazzare.

Come se fosse una scatola di metallo, piena di fotografie di persone morte e di remoti sorrisi, di una felicità sfiorata e fuggita via, di rimpianti e di speranze deluse.

Come se fosse l'ultimo cassetto del mobile di una casa che si sta per abbandonare, colmo di ricordi che non si vorrebbero ricordare, di programmi e progetti di un'altra vita andati a puttane.

Per combattere il vuoto giallo.

Giallo. Chissà perché il giallo, poi. Una volta ha letto che il giallo è il colore della gelosia, o dell'invidia: che poi è praticamente la stessa cosa, no? Quando si è gelosi di qualcuno si è anche invidiosi di qualcun altro, di quello che sta al posto che si vorrebbe occupare, che magari nemmeno se lo pone il problema, che magari dà quello che ha per acquisito e se ne dimentica.

Il mio vuoto stanotte è giallo, pensa lui guardando il flusso delle auto che non finisce mai, neanche a quell'ora in cui si dovrebbe dormire, finalmente, dopo una lunga giornata lavorativa, dopo aver superato tanti ostacoli e aver tenuto a bada la stanchezza che pure c'è ma, invece del sonno, porta le disperazioni che emergono dal lago nero dei mille pensieri.

Ha detto che avrebbe voluto cambiare vita. Lo ha detto in treno, all'andata, guardandomi in faccia per una frazione di secondo che è durata cent'anni, mentre io, come un fesso, parlavo della professoressa che forse è scomparsa e forse no, e chissà che fine ha fatto e chissà dov'è. Che imbecille.

Perché lei, magari, voleva dirmi della sua prigione. E di come vorrebbe spezzare quelle sbarre per avere di nuovo un avvenire, dei sentimenti, un sogno. Se no perché quello sguardo sopra la spalla mentre si allontanava col marito e con il figlio? Perché quella sofferenza negli occhi, gli occhi di una bambina a cui è stato sottratto un gioco bello e tanto desiderato?

Perché il vuoto giallo è pieno di dubbi.

Eccola la coltellata nella schiena che ti arriva quando rimesti nel vuoto. La stilettata improvvisa dal buio.

Al massimo ci si aspetta tristezza, dal vuoto. Di ritrovarsi a contemplare un paesaggio brullo e sterile, o di essere messi di fronte a fallimenti noti, di cui si conosce l'origine. Invece ne compaiono di nuovi, spesso proprio dalle parti della tua vita che ritenevi concluse o almeno stabili. Immaginavi che il senso di vuoto fosse colpa di chissà quale territorio mai raggiunto, di una mancanza di forza, non del fatto di essere costretti ad ammettere che ciò che hai è altro da ciò che credevi di avere.

E l'abisso che ti attira, quello sul quale ti affacci sentendotene irrimediabilmente attratto, quel ventre caldo e sconosciuto che vuole inghiottirti, produce il rumore del passato, ma contiene anche il male del futuro.

Per combattere il vuoto verde.

E allora, si disse, abbi almeno il coraggio di rispondere a te stesso. Senza farti scudo di una bambina innocente, che appena nata ha dovuto sfidare la morte, che è stata generata da una follia e da una povertà, che è già vittima di mille carnefici.

Lasciala in pace, adesso che può piangere e succhiare e dormire come se fosse normale, prima che la vita le spieghi con durezza che normale non è, perché suo padre è complice di un omicidio e sua madre è morta. Se vuoi aiutarla, allora rifletti su come difenderla standole vicino, tu che le hai voluto dare una possibilità raccogliendola dove l'avevano gettata, consegnandola a chi poteva salvarla e l'ha salvata. E che adesso vorrebbe salvare anche te.

Strano, il destino, che ti riporta tra le braccia di chi mai avresti sperato di poter stringere ancora. Eppure tu, al posto di riempire il vuoto con quella pelle e quei sospiri ben noti al tuo cuore, adesso pensi a un'altra pelle e ad altri sospiri.

Come se l'uomo che sei stato, e chissà se da qualche parte c'è ancora l'energumeno verde che ogni tanto parte per un altro mondo e quando torna scopre quanto hanno fatto le sue mani, fosse rimasto indietro a desiderare ciò che ha dilapidato, e l'uomo nuovo che ancora non sei volesse imboccare una strada che mai avresti pensato di poter intraprendere.

E poi c'è lei, la piccola. Quel grumo di forza testarda e di immensa delicatezza che senti tua e che tua non è, anche se potrebbe diventarlo. Ma perché accada occorre che tu torni al passato, all'uomo che non sei piú, rinunciando a chi l'ha salvata e potrebbe salvare anche te.

Perché il vuoto verde è pieno di angosce.

Ma non bisogna mai dimenticare, in questa notte fredda di vento e di dolore, ora che ormai l'autunno ha deciso di morire e di lasciare il posto all'inverno, che il vuoto ha appunto il colore del buio.

Che inghiotte le mani e non ti avverte di quello che ti metterà all'improvviso davanti agli occhi sbarrati, preso dal passato o dal futuro, da quello che è già stato o da quello che mai sarà.

Ha il colore del buio, il vuoto, perché porta dentro l'ansia dell'aspettativa e il peso della rassegnazione, e non concede tregua perché è il simulacro dell'inferno, è un'eterna caduta in attesa dell'impatto fatale.

Per combattere il vuoto nero.

Dovunque tu sia, pensò, io ti maledico.

Maledico il giorno in cui mi hai sorriso e io ho pensato di poter percorrere la mia strada insieme a te. Quando sembrava impossibile collidere, perché in fondo si trattava di benessere, per noi e per tutti; per tutti, sí, anche per quelle che tu hai chiamato vittime. Vittime, figuriamoci, come se io, un benefattore, un salvatore, un dispensatore di ricchezza, fossi un mostro: cosí mi hai chiamato, mostro. Figuriamoci.

E non succederà, ma se dovesse mai succedere di ritrovarci faccia a faccia nell'altro mondo, ti ripeterò quello che ti ho detto all'alba, mentre il mare taceva come per ascoltare, e avevo la bava alla bocca per la rabbia, ti ripeterò che è stato comodo prenderti il bene senza chiederti da dove venisse. Altro che mostro: prima ero quello che ce l'aveva fatta. Quello che da solo, con le mani e con la fatica e con un cervello di prim'ordine, sí, di prim'ordine, aveva creato un piccolo impero che certo non mi farò sottrarre da dei merdosi funzionari di banca e da un mediatore indiano disonesto.

E io sarei il mostro? E loro sarebbero le vittime? Be', sappi che le vittime mi ringraziano e mi ringrazieranno sempre, maledetta puttana vigliacca, cosí ti ho chiamata, maledetta puttana vigliacca, che hai mangiato per piú di vent'anni anni dalle mie mani.

Questo ti ripeterò, se nell'altro mondo ci ritroveremo faccia a faccia. E se c'è un Dio mi darà ragione, perché se c'è un Dio non ha i pregiudizi infami che hai avuto tu sul ponte della mia barca, quando hai detto che sono un mostro.

E ti farò ingoiare le tue parole, quelle parole che stanotte mi fanno il cuore nero, vuoto e nero, spezzato e nero, vuoto e pieno di paure per un futuro che tu, proprio tu, hai sgretolato tra le mani.

Perché il vuoto nero è pieno di morte.

XLV.

La mattina dopo era inverno. Il vento aveva spazzato via l'umidità e la nuvolaglia che proteggeva l'ultimo frammento di autunno. Ora l'aria della città di mare sapeva quasi di neve.

Il quartiere che si sviluppava articolato e incolto dietro il corso appariva assai diverso rispetto alla sera in cui Martini e Lojacono erano andati a cercare Caporosso. Somigliava a una qualsiasi periferia urbana, con uomini e donne che si recavano al lavoro e bambini assonnati trascinati a scuola da madri di fretta. Anche il lussuoso bar dove si erano seduti col ragazzo, in un'atmosfera surreale e sospesa, si era trasformato in un posto allegro e rumoroso, inondato di luce e di calore, affollato di persone di ogni età determinate a strappare una colazione decente alla quotidiana corsa contro il tempo.

Elsa teneva la tazza con due mani, per scaldarsi.

– Non credevo davvero potesse fare cosí freddo, qua. Hai notato il barista? Finge di non riconoscerci.

Lojacono bevve un sorso di caffè.

– Magari non ci ha visti.

La donna scosse piano il capo. Indossava il solito berretto di lana, calcato fino alle sopracciglia, e il cappotto informe; l'ispettore era ormai convinto che quel mascheramento costituisse una specie di corazza.

– Ci ha visti, invece. E ha anche sussurrato una mezza parola alla cameriera, che si è allontanata per due minuti. Scommettiamo che tutta la malavita del quartiere sa che siamo qui?

– Be', il motivo per cui siamo tornati è noto. Caporosso intendeva avvertire le due famiglie della nostra visita, altrimenti non saremmo riusciti nemmeno ad avvicinarle. Piuttosto, ricordi le sue parole? «Una ha detto sí, l'altra ha detto no». Chissà a cosa.

Elsa si strinse nelle spalle, posando la tazza ormai vuota.

– Lo scopriremo presto, se è vero che il ragazzo ha un minimo di autorità. Soprattutto mi interessa il collegamento con l'attività di Baffi. Ma possiamo fidarci di quei due, Romano e Aragona? Non era meglio se passavamo noi anche dagli altri?

Lojacono la fissò.

– Romano e Aragona sono tra i colleghi piú in gamba che io abbia mai incontrato. Certo Aragona sembra strano, ma ti posso garantire che ha delle intuizioni geniali. D'altronde sono stati loro a rinvenire il foulard insanguinato che era sfuggito sia a Baffi, che di sicuro avrà ripulito il ponte dopo ciò che è successo con la moglie, sia al marinaio addetto alla cura della barca. Inoltre abbiamo dialogato a lungo, stamattina. Sanno benissimo che strategia seguire.

La donna fece una smorfia. Non era del tutto convinta.

– Sarà come dici tu. Andiamo, adesso.

Il palazzo in cui abitava la famiglia Pirro era sorprendente.

Vi si accedeva tramite un cancello elettrico in fondo a una lunga traversa buia e ingombra di rottami e spazzatura, ma l'edificio era all'altezza di zone assai piú residenziali della città.

Il citofono era di quelli moderni. Cercarono il nome sulle targhette, suonarono, si qualificarono e in risposta udirono il sommesso ronzio dell'apriporta. Poi una voce di donna disse:

– Secondo piano.

Furono accolti da una giovane di corporatura parecchio robusta, le grosse braccia che spuntavano da una maglietta troppo stretta, piú piccola di almeno due taglie. Il trucco pesante rendeva impossibile determinarne l'età, e l'atteggiamento denotava aperta diffidenza. Restò per un attimo a osservarli, poi urlò:

– Papà!

Li raggiunse un uomo smilzo, il volto segnato da rughe profonde, come se avesse trascorso gran parte della vita esposto al sole. Anche lui avrebbe potuto avere qualsiasi età tra i quaranta e i settanta.

Li apostrofò senza salutarli:

– Io a voi non vi devo dire proprio niente. Non ci sta niente da chiedere e niente da rispondere, quindi se mi fate il piacere di andarvene prima possibile…

La Martini l'interruppe, secca:

– Siamo noi a non aver tempo da perdere. E tutti sappiamo che ci avete ricevuti perché qualcuno vi ha imposto di farlo; quindi il suo atteggiamento è fuori luogo. Lei è il signor Pirro, giusto?

L'uomo aveva occhi piccoli e sfuggenti. Sospirò.

– Sono Raffaele Pirro, sí. La porta ve l'ha aperta mia figlia Rosanna. Poi io vorrei capire da quando in qua un delinquente, di una famiglia di delinquenti, obbliga la gente a parlare con gli sbirri. L'ho sempre sostenuto che state tutti dalla stessa parte, e che...

Elsa non gli lasciò completare la frase. Gli assestò una manata in pieno petto, che gli tolse il fiato, e lo costrinse ad arretrare di un metro.

– Stia molto attento, «signor» Pirro Raffaele: i delinquenti sono delinquenti e i poliziotti rimangono poliziotti. Esistono diversi gradi di delinquenza, però. Lei dove si colloca?

Sul viso di Pirro comparve un lampo di paura.

– Io... io sono una persona perbene, e se ho avuto una fortuna non è mica colpa mia.

Lojacono, dopo aver rivolto a Elsa uno sguardo tagliente, domandò:

– Allora ci spieghi di che fortuna si tratta. Forza.

– Io con la gente con cui vi siete accordati non ci voglio avere a che fare; ho accettato di incontrarvi, ma dev'essere chiaro che le cose che vi dirò non le ripeterò a nessun altro, d'accordo? Se no ve ne potete andare ora.

Lojacono, senza consultarsi con la Martini, acconsentí.

– Va bene. Sono fatti suoi. Noi ci stiamo occupando di una vicenda per la quale abbiamo bisogno di comprendere che sta succedendo, tutto qui.

Elsa mormorò:

– Ma è ovvio che se c'è un reato...

Lojacono era esasperato.

– Senti, collega: se non riesci a stare in silenzio, mi aspetti fuori.

La Martini lo fronteggiò a muso duro.

– Devo ricordarti i nostri gradi? Io posso…

Lojacono non cambiò espressione.

– Me ne fotto, dei gradi. O te ne stai buona e quando il signor Pirro ha terminato vieni via con me e fai come se non ci avesse riferito nulla, o togli il disturbo.

Elsa lo fissò immobile, ma alla fine annuí.

Lojacono si rivolse di nuovo al padrone di casa:

– Lei ha mai avuto a che fare con Marcello Baffi o con la sua azienda?

L'uomo si massaggiava lo sterno e lanciava occhiate timorose a Elsa. Esitò, poi mosse bruscamente la testa: sí, ci aveva avuto a che fare.

Lojacono, con un gesto, lo invitò a proseguire. Quello tossí e riprese:

– Io sono vedovo. Mia moglie, la mamma di Rosanna, è morta molto tempo fa. Ho perso il lavoro che avevo, poi ne ho perso un altro… Mi arrangio, insomma. La gente di Caporosso mi ha piazzato un po' qua e un po' là: parcheggiatore abusivo, bagarino allo stadio… roba piccola, dotto'. Niente di grave. Dieci anni fa ho avuto una relazione con una rumena, una bella donna… io sempre maschio sono… Ed è nato Florian. Che poi, come dice Rosanna, chissà pure se è figlio mio, perché non è che io con quella ci vivevo insieme… Insomma, la madre un giorno sparisce e mi molla il piccolo.

A quel punto Elsa subí una metamorfosi. L'espressione si irrigidí, il corpo si tese come la corda di un violino. Lojacono se ne accorse e le si avvicinò per prevenire eventuali scatti.

– Dotto', non potevamo campare. Eravamo in condizioni terribili, io non sto bene in salute, soffro di intestino, non posso rimanere in piedi troppo a lungo. Vivevamo di carità, ma le persone ti aiutano una volta, mica basta. Quindi la beneficenza di Baffi per noi era una salvezza.

Elsa chiese, a bassa voce:

– Il bambino dov'è, adesso?

Pirro seguitò a raccontare, come se non avesse sentito.

– Per questo, quando una signora con gli occhiali si presentò da parte di Baffi io le diedi ascolto. Mi parlò di Florian, disse che potevano procurargli una sistemazione al Nord.

Lojacono ipotizzò:

– Una famiglia? Un affido, un'adozione…

Alle loro spalle scoppiò una risata. Rosanna, che fumava appoggiata a uno stipite, sentenziò:

– Un ragazzino di dieci anni, in affido? E chi se lo piglia? Con quello che costa poi, il bastardo: c'ha sempre fame.

Pirro le intimò:

– Rosa', chiudi quella fogna e vattene in camera tua. Subito.

La ragazza soffiò il fumo verso il padre e obbedí, ancheggiando con l'enorme sedere.

Pirro scrutava il vuoto.

– Io non me ne sono interessato, dotto'. Non avevo la forza. L'accordo era che ci davano uno stipendio mensile. Formalmente risulto operaio della fabbrica, ma non so nemmeno dove sta. E abbiamo potuto prendere questo appartamento, che rispetto al tugurio in cui abitavamo prima è una reggia. Non ci siamo voluti allontanare dal quartiere come hanno fatto altri, perché Rosanna tiene il fidanzato qua e…

Elsa aveva un muscolo che le guizzava sulla guancia. Lo incalzò:

– Altri? Perché ci sono altri che hanno venduto i figli?

Pirro replicò, stridulo:

– Signo', io non ho venduto niente, vi ho confessato che nemmeno sono sicuro di essere il padre! E l'ho fatto per il suo bene, no? Almeno mangia! Se poi per mangiare deve… Io comunque non lo so dove sta, e nemmeno lo voglio sapere. Ve l'ho detto, io sono malato.

Elsa mosse un passo verso di lui, Lojacono la bloccò afferrandole un braccio.

– Ferma, Martini. Ferma. Dobbiamo risolvere questa storia. Una piazzata adesso non serve a niente.

Quindi si rivolse a Pirro, con voce fredda:

– Noi adesso ce ne andiamo. Però non posso e non voglio promettere che finisce qua.

Uscirono, lasciando l'uomo a piagnucolare nella sua bella casa nuova.

XLVI.

Alex Di Nardo percorse gli ultimi duecento metri che la separavano dalla caserma in cui aveva sede la polizia scientifica in un crescente stato d'angoscia.

Aveva voluto camminare e ora un po' se ne pentiva. Il freddo le aveva arrossato il naso e le aveva fatto perdere sensibilità ai piedi e alle mani. In compenso quell'intorpidimento l'aveva costretta a rallentare l'andatura, consentendole di procrastinare il momento in cui avrebbe potuto incontrare Rosaria Martone.

Chissà per quale motivo Palma aveva incaricato proprio lei di recarsi a verificare se c'erano novità in merito al sangue sul foulard. Certo, tutti sapevano che la ragazza aveva stretto un rapporto di amicizia con la dirigente, eppure Alex era sicura che nessuno avesse intuito nulla di piú.

Rabbrividendo sollevò il bavero del cappotto e maledisse sé stessa. Ancora si nascondeva, ancora si premurava di celare la propria natura agli occhi degli altri, ancora temeva i giudizi e i pregiudizi. Si domandò se avrebbe mai trovato la forza di venirne fuori. Non le era bastato mettere su casa, andare a vivere da sola, creare un nuovo equilibrio. Dentro era rimasta uguale: una ragazzina tremante, sospesa tra i sogni e la realtà.

Tre notti senza sonno l'avevano ridotta in uno stato di totale confusione. La sua mente non riusciva a scacciare l'immagine della disperazione che aveva visto impressa sul volto di Rosaria mentre scappava via; il dolore per quella donna cosí bella, distrutta dalla sofferenza, superava di gran lunga, nel suo cuore, lo smarrimento che aveva provato di fronte alla perplessità attonita del generale quando, sulla soglia della cucina, il cucchiaio di legno in mano, le aveva chiesto ragione di ciò che aveva udito.

Tra i Bastardi, lei era stata la prima a cogliere nella voce e nelle parole della Costanzo una vera preoccupazione, e di conseguenza la prima a ritenere che il caso della Fimiani meritasse la massima attenzione; ma ora, a causa dei problemi personali che l'avevano sopraffatta, seguiva l'indagine con scarso interesse. Ciò le provocava ulteriore dispiacere, un vago rimorso che aumentava il suo già profondo malessere.

Varcò il portone e salí la scalinata che conduceva agli uffici; nei corridoi c'era la consueta, fervente attività: personale in camice che si muoveva rapido, poliziotti in divisa e in borghese dei vari commissariati che entravano e uscivano dalle stanze. L'importanza della scientifica aumentava ogni giorno di piú, Rosaria l'aveva spesso sottolineato con una punta d'orgoglio. Nessuna indagine, ormai, poteva prescindere da loro.

Alex ripensò alle mille volte che aveva preso il telefono in mano nelle ultime ore, senza mai premere il pulsante di invio. Nessun messaggio, nessuna chiamata: se la compagna non voleva, non era giusto cercarla. E poi, cosa avrebbe potuto dirle?

Che continuava a tenere nascosto a suo padre chi fosse e con chi voleva stare? Che le aveva mentito quando le aveva promesso che, se le fosse capitata l'occasione di parlare col generale, non gli avrebbe taciuto piú niente?

Quando Palma aveva annunciato che Rosaria era indisposta, Alex si era sentita morire. Conosceva il senso del dovere della donna, sapeva che non c'era nulla che potesse tenerla lontana dall'ufficio, nemmeno i problemi di salute: avevano scherzato molte volte sulla possibilità di organizzare una gita fuori porta in un giorno feriale, e l'avevano sempre considerato un desiderio irrealizzabile. Invece, dopo l'incidente di quella sera non si era piú presentata al lavoro. Per ben due giorni. L'avrebbe trovata, adesso?

Attraversò il corridoio e scambiò un cenno di saluto con l'agente che fungeva da segretaria; era abituata alle visite di Alex, e la lasciò passare. Col cuore in gola, la ragazza bussò alla porta. Non ricevette risposta ed entrò.

Seduto al posto di Rosaria, ma sarebbe piú corretto dire stravaccato, perché aveva le gambe distese e i piedi che sbucavano da sotto la scrivania, c'era Gianluca Bistrocchi, il primo assistente della Martone e suo sostituto nell'eventualità, assai improbabile, che il capo fosse assente. Rosaria lo sopportava a fatica, essendole stato imposto addirittura dal ministero in virtú di una raccomandazione di ferro; lo riteneva un buffone borioso, anche se doveva ammettere che era abbastanza capace.

Alex provò un moto di fastidio vedendogli occupare quella sedia. Lui, che stava chiacchierando al telefono sorridendo, appena la scorse perse il buonumore. Concluse in fretta la conversazione e l'apostrofò:

– Oh, agente Di Nardo. Non hai l'abitudine di farti annunciare dalla segretaria, vedo. Dimmi in fretta per favore: l'assenza di Martone mi raddoppia il lavoro.

La ragazza aprí e richiuse la bocca, contando fino a dieci per evitare di rispondere in modo troppo tagliente.

– Scusa, Bistrocchi, credevo ci fosse Rosaria: lei sa che la disturbo solo se si tratta di qualcosa di urgente. Ma se hai troppo da fare passo dopo, magari prendo un appuntamento.

Bistrocchi si alzò. Era magro e allampanato, stempiato e con un lungo naso sul quale stazionavano occhiali da miope, mentre ne portava un altro paio per la lettura appeso al collo, legato a un laccetto di caucciú. Cedendo alla vanità di somigliare a uno scienziato eccentrico, indossava sempre una cravatta a farfalla; gli pareva un tocco di allegria sotto il camice.

Rispose con tono ironico:

– Ma certo, figurati, l'urgenza. Non esiste nulla che arrivi qui e che non sia urgente. Pure in pizzeria si aspetta il turno, ci si mette in fila: qui no. Qui tutto serve all'istante, qualsiasi cosa esige una risposta immediata. Che palle.

Alex sospirò.

– Hai ragione, Bistrocchi. Facciamo cosí, torno in commissariato ed eventualmente faccio intervenire Palma, ok?

L'uomo si infastidí.

– Come se non sapessi che voi Bastardi di Pizzofalcone siete all'improvviso gli unici poliziotti della città. Eravate il peggio del peggio; poi sono stati sufficienti un paio di casi risolti e siete diventati i cocchi del questore. Bah.

Alex non raccolse la provocazione, ma non riuscí a trattenersi dal commentare:

– Eh, essere raccomandati è cosí comodo, no?

Bistrocchi accusò il colpo, e dopo aver serrato la mascella per la rabbia, si sforzò di sorridere.

– Mica parlavo di raccomandazioni, io. Alludevo al fatto che magari, con l'impegno e con la competenza, si guadagnano dei privilegi –. Poi con una smorfia feroce aggiunse: – Ma basta un attimo, una cazzata, per perderli di nuovo e precipitare nella condizione precedente.

L'agente si figurò che sarebbe stato divertente tirargli il cravattino e mollarglielo sulla faccia.

– Hai ragione anche stavolta, Bistrocchi. Rosaria mi ricorda sempre che tutti corriamo questo rischio. A proposito, dov'è? Come mai non è in ufficio?

Lasciò cadere la domanda cosí che sembrasse casuale, mantenendo un'aria distaccata e ostentando un interesse superficiale, senza grande partecipazione.

Bistrocchi spalancò gli occhi con finta sorpresa.

– Ah, perché, non vi siete sentite? Ero convinto di sí. Pare si sia beccata l'influenza. Finalmente, direi: significa che anche la Martone è umana. Io non ci ho parlato, però la segretaria sostiene che aveva una voce da paura. Simile a quella di un uomo.

Alex lo fissò, impassibile, cercando di capire a cosa, quel repellente individuo, volesse alludere con tali parole. Lui resse lo sguardo, conservando sul volto un'espressione insolente. La ragazza l'avrebbe preso a ginocchiate nelle parti basse, per vedere come si trasformava la sua, di voce.

– Comunque, dimmi, Di Nardo: come posso rendermi utile ai prediletti del questore?

– Abbiamo un foulard di seta macchiato di sangue e dei capelli su una spazzola. Stiamo aspettando il confronto del Dna.

Bistrocchi annuí, fingendo di ignorare a che cosa Alex si riferisse. Poi parve illuminarsi.

– Ah, sí, ho sentito che ne discutevano in laboratorio. Ma li avete appena portati. È una cosa recentissima. Lo sai che abbiamo i nostri tempi, le nostre precedenze e...

Alex si avviò verso la porta.

– D'accordo, ciao ciao, Bistrocchi, ti ringrazio. Riferirò al vicequestore; magari ci avvisi tu quando sei pronto. D'altra parte non si può pretendere di piú, in assenza della Martone.

L'incarnato di Bistrocchi assunse una nuance rosso scuro.

– Non è detto però che, in segno di massima collaborazione e senza accelerare i tempi della verbalizzazione del rapporto, io non possa anticiparti qualcosa a voce. Che non si sappia negli altri commissariati, però, altrimenti qua si scatena l'inferno. D'accordo?

Alex, ancora con la mano sulla maniglia, si voltò radiosa.

– Davvero? Io, Palma e il questore te ne saremmo grati, Bistrocchi. Molto grati.

E fu cosí che i Bastardi di Pizzofalcone appresero che il sangue rinvenuto sul foulard apparteneva, come temuto, a Chiara Fimiani.

XLVII.

Aragona si fermò all'ingresso del vicolo buio ed esclamò:

– Sei impazzito! Io là dentro non ci vado, non con delle scarpe che costano un patrimonio. Senti che puzza…

Romano scrutava nella semioscurità. Il vento in quel punto sembrava ancora piú gelido.

– Ascolta, Arago': il nostro lavoro è questo. O credi che consista nel giocare a Sherlock Holmes sul ponte di una barca? Che poi me lo svelerai dove lo pigli tutto quel culo!

Il giovane replicò con un sorriso beffardo che, per via della faccia mezzo paralizzata dal freddo, gli venne un po' storto.

– Io mi rendo conto che l'invidia ti mangia vivo, mio caro Hulk; tu sei solo forza bruta e occhi iniettati di sangue, perciò non perdo tempo a spiegarti concetti troppo complessi per te. Ma questa, – e indicò la stradina angusta, – questa è un'altra cosa. Qua si tratta di parlare con gente di chissà che tipo, perché vivere qui non è umano, quindi saranno dei selvaggi. E io dai selvaggi voglio stare lontano.

Romano lo squadrò.

– D'accordo, allora ci vado io. E tu mi aspetti qui e non ti muovi, altrimenti dico a Palma che non sei venuto. Però, fossi in te, ci penserei: lo sai che fanno da queste parti a uno vestito come te?

Aragona si guardò il giubbotto e si tolse gli occhiali con un ampio gesto perplesso.

– Niente, proprio non ci arrivi. L'eleganza maschile per te non è altro che grigio e blu. Sei vecchio, Hulk: sei vecchio. Lo sai quanto ho speso per questo capo? E come si chiama lo stilista che l'ha creato?

– No, ma conosco la sindrome da cui è affetto. Be', io vado. Tu fai come vuoi.

Marco esitò un istante, poi si affrettò dietro l'assistente capo.

– Non posso lasciarti senza copertura; rischi di subire un agguato appena entri, è un classico; e poi io mi devo buttare sotto una macchina per il conflitto a fuoco. Rotolarmi per terra con questi vestiti mi costerebbe troppo.

Romano brontolò:

– Tu vedi troppi film. Comunque ricordati: non possiamo pretendere risposte, non siamo qui con un mandato del pubblico ministero o per un'indagine ufficiale; non sono dei sospettati e ci riveleranno giusto quello che gli è stato suggerito di dirci. E non abbiamo neanche idea di cosa domandare: Caporosso ha semplicemente fatto un nome. Infine, non sappiamo se loro sono quelli che hanno detto sí o quelli che hanno detto no, e a quale richiesta. È chiaro?

Aragona replicò:

– Pare il quiz della settimana. Secondo me state diventando tutti scemi, e se andiamo avanti cosí ci chiameranno i Cretini di Pizzofalcone. Va be', facciamo 'sta commedia surreale e ce ne torniamo a casa.

L'indirizzo corrispondeva a una minuscola porta che si apriva su una sconnessa e buia rampa di scale in discesa, al termine della quale c'era un unico vano suddiviso mediante un sudicio lenzuolo appeso a una corda. Non c'erano finestre; l'odore di cibo rancido e di sudore era soffocante.

Una ragazzina di circa dieci anni, che stava imboccando due bambini di quattro o cinque, guardò i poliziotti di traverso senza smettere la cantilena con cui accompagnava i piccoli nel loro pasto; si interruppe un attimo solo per gridare *Mammà!* Da dietro al lenzuolo emerse una donna magra, bionda come la bambina, con un maschietto di nemmeno un anno attaccato al seno. Dimostrava trent'anni, ma poteva anche essere piú giovane.

– Chi cercate?

Francesco, con tono gentile, si qualificò:

– Siamo Romano e Aragona, credo vi abbia parlato di noi Caporosso. Dovremmo farvi qualche domanda, se siete la signora Manna.

In un lampo la donna comprese.

– Sí, sono Luisa Manna. E ho capito chi siete voi, venite di là. Robe', stanno mangiando?

La figlia annuí. Romano si attardò a osservarla: era davvero bellissima. I lineamenti sottili, gli intelligenti occhi azzurri, il naso minuscolo e impertinente. Tra le labbra sbucava la punta della lingua, e lei sembrava felice per ogni cucchiaiata che quei due, un maschio e una femmina con i suoi stessi colori, inghiottivano svogliatamente. Il poliziotto pensò che la piccola Giorgia gli aveva fatto scoprire una nuova sensibilità e a essa attribuí il disagio che avvertiva nel constatare le condizioni di scarsissima igiene in cui quelle persone erano costrette a vivere.

Oltrepassarono il lenzuolo, che celava un letto sfatto e due sedie traballanti. Alcuni indumenti erano appesi a un espositore del tipo che si usa nei negozi di abbigliamento.

La donna si sedette sul bordo del materasso, indicando le due sedie. Romano si accomodò, Aragona si aggirava nello spazio angusto, ben attento a non sfiorare i pochi oggetti che lo arredavano.

Cullando il bimbo che aveva in braccio, Luisa sussurrò:

– Gerardo mi ha avvisato, sí. E vi ricevo proprio perché me l'ha chiesto lui, perché io solitamente mi faccio i fatti miei. Devo badare ai figli, che sono quattro perché uno è morto sei mesi fa di febbre.

Romano si scusò:

– Perdonate il disturbo... Vostro marito non c'è?

La Manna fece una smorfia

– Io il marito non ce l'ho. Ho un uomo, sí, che è il loro padre: di tutti. Un uomo solo, perché io non faccio la puttana come pensano nel quartiere. Ma l'uomo mio tiene una famiglia, con una moglie e sei figli suoi, e mi dà quello che può. Fate presto, che vi serve?

L'atteggiamento era decisamente aggressivo, ma Romano se lo aspettava. Aragona, alle sue spalle, commentò:

– Tsk. E già, perché i poliziotti sono sempre i cattivi, è vero? Invece i buoni sono quelli che vi portano qualcosa di soldi per fare la guardia e avvertire quando arriva una volante, cosí nascondono la roba che vendono. Magari proprio ai figli suoi, appena saranno piú grandi.

La donna gli rivolse uno sguardo malevolo.

– Io non le faccio quelle cose là, e nemmeno i figli miei le faranno. Io vado a servizio, quando trovo, ma solo la mattina, perché poi mi metto paura: avete visto come è facile entrare qua sotto, le creature non le lascio.

Romano lanciò un'occhiata al collega, sperando che bastasse e non fosse necessario tirargli il collo come a una gallina. Quindi proseguí:

– E di giorno? Chi se ne occupa?

La donna sorrise amara. E il sorriso la rese ancora piú somigliante alla figlia.

– Roberta, ci pensa. Prima andava a scuola, peccato perché era pure brava, ma adesso non può piú perché deve tenere i fratelli quando io sono al lavoro.

Romano sospirò.

– Cercheremo di fare presto, signo'. Avete mai avuto rapporti con un certo Marcello Baffi, o con una società che si chiama Baffi s.p.a.? Qualcosa che ha a che fare con la beneficenza.

La donna lo fissò. L'espressione era assai strana, tra la derisione e lo sgomento. Alla fine accennò di sí col capo.

– È tanto buono, il signor Baffi. Manda pacchi di roba da mangiare, vestiti per i bambini. Perfino la stufetta: la vedete là? Fortuna che ci sta gente come lui. Se no chissà che ne sarebbe di quelli come noi. Peccato che la beneficenza del signor Baffi qua non arriva piú. E mai piú arriverà.

Aragona si era avvicinato alla stufetta.

– Com'è che ne siete tanto sicura, signora? Natale è tra un mese.

Luisa divenne triste. Il bambino che aveva allattato dormiva. A Romano l'aria sembrava sempre piú soffocante.

– Già la volta scorsa mi avevano cancellato dalla lista; sono venuti qua attorno e da me no. Ma non è stata una sorpresa.

Romano insistette:

– E fateci capire pure a noi, signo'. Caporosso ci ha assicurato che voi ci avreste risposto. Nessuno saprà che ci avete fornito informazioni.

Luisa lo squadrò in silenzio per un paio di minuti. Poi, mentre dall'altro lato del lenzuolo giungeva la nenia sommessa della ragazzina, iniziò a raccontare:

– Venne una signora con gli occhiali, tanto gentile. Parlò un sacco, spiegò che bisognava fare il meglio per i figli, che mi avrebbero dato uno stipendio senza bisogno di faticare. Che Roberta si sarebbe trasferita al Nord e l'avrebbero ospitata in un posto che è pure una scuola, dove sarebbe stata benissimo ma che io non la dovevo disturbare, perché doveva studiare. Ma io lo so che le sarebbe successo. Lo so cosa l'avrebbero costretta a fare. È capitato pure a me, a tredici anni, ma era il mio primo uomo ed è rimasto l'unico.

Restarono zitti, per un tempo che parve infinito. Aragona si spostò nella parte antistante della camera. Romano sentiva dentro una rabbia nuova, che non assomigliava a quel velo rosso che gli faceva perdere la ragione, che lo portava in un'altra dimensione e gli toglieva la percezione della realtà circostante.

Stavolta percepiva la fredda, lucida e quasi razionale determinazione di andare subito a prendere Baffi e la sua segretaria apparentemente anonima e grigia, e spaccare le loro luride teste per far evaporare il male, le terribili atrocità che si deducevano dalle parole serene di quella donna, povera di tutto e cosí ricca di forza.

– Signora, mi dispiace. Vi garantisco che faremo qualcosa per voi e per i vostri figli. Ma voi promettetemi che se qualcuno, chiunque, venisse a minacciarvi, mi chiamerete subito. Non cercatemi come poliziotto; io per voi sono Romano Francesco. Vi scrivo il numero qua –. E scarabocchiò velocemente su un foglietto di carta strappato da un blocco, che posò sul ripiano dell'unico, malandato mobile presente nella stanza.

La donna fece cenno di sí, gli occhi asciutti e fermi in quelli arrossati dell'uomo.

Romano si alzò e scostò il lenzuolo. La ragazzina continuava a imboccare la sorellina, mentre il fratellino si era assopito in braccio ad Aragona. Marco sorrise a Romano e depose il piccolo sulla brandina nell'angolo.

– Si è addormentato, hai visto, Roma'? Io ci so fare coi bambini.

La sua voce era un po' spezzata, e per una volta non si tolse gli occhiali azzurrati: non voleva mostrare le lacrime.

Sul giubbotto *camouflage* viola spiccava un'ampia macchia di bava e brodino. Proprio sul cuore. Come una medaglia.

XLVIII.

Nessuno al mondo, nemmeno sua madre, avrebbe definito il sostituto procuratore della Repubblica addetto all'antimafia Diego Buffardi un sentimentale. Anzi, sua madre meno di chiunque, visto che aveva ormai smesso di chiamarlo dal paese per sollecitare una sua visita.

Era da tanto tempo che non tornava lassú, in effetti: non se ne domandava il motivo, ma probabilmente era perché non rammentava volentieri la prima, anonima fase della propria esistenza. Gli uffici dei colleghi erano ricolmi di fotografie: mogli, figli, vacanze sulla neve o a New York, vecchie coppe di tornei amatoriali di tennis. Uno esponeva addirittura dei pesci imbalsamati, souvenir di gloriose battute di pesca fluviale.

Lui no. Nel suo ufficio non c'era niente di personale. O forse, a pensarci bene, qualsiasi cosa attorno a lui lo era, perché, per Buffardi, di personale c'era solo il lavoro.

Fece una panoramica sulla sua scrivania, che poteva sembrare la rappresentazione del caos e che invece ai suoi occhi, e per la sua speciale intelligenza, era in perfetto ordine. In fondo, ammise, sono questi i miei ricordi: le indagini. Le battaglie portate a termine e la guerra senza sosta contro il Mostro.

Non commetteva e non aveva mai commesso l'errore di considerare la criminalità organizzata come un'unica entità consolidata. Era una creazione umana, e anche se aveva le caratteristiche invasive di una malattia cancerosa, era pur sempre una struttura nata e cresciuta con un solo scopo: l'interesse. Come un'industria, come un franchising. Un marchio attribuito, spesso dall'esterno, magari dai media, a gruppi di persone accomunate dai medesimi obiettivi, pronte a tutto, senza codici né regole.

Era convinto che per combattere i criminali ci volesse un cervello criminale, qualcuno in grado di ragionare, e talvolta anche di agire, esattamente come loro. Forse la bravura che gli veniva riconosciuta, la sua ascesa vertiginosa nella stima dei superiori che gli affidavano le indagini piú complesse derivava proprio dall'attitudine a riflettere con freddezza, senza lasciarsi sviare da alcuna emozione.

Era carrierista, certo: se non hai altro che il lavoro, è normale che tu voglia trarne il massimo. E siccome non escludeva, anzi, era sicuro che la schiera dei colleghi che avrebbero goduto di un suo scivolone era già vasta e si andava ingrossando ogni giorno di piú, teneva sempre a mente di poter contare solo su sé stesso.

Il telefonino sulla scrivania ronzò piano, due volte. L'uomo lesse il messaggio che gli era appena giunto. Corrugò la fronte.

Niente sentimenti: un principio che gli era congeniale, e a forza di applicarlo alla sfera professionale aveva finito per estenderlo anche agli altri ambiti dell'esistenza.

La sequenza ininterrotta di successi, l'indiscutibile fascino un po' maledetto e una spiccata fotogenia avevano fatto di Diego Buffardi la punta di diamante mediatica della procura. Non c'era trasmissione televisiva, convegno nazionale, incontro con i parenti delle vittime in cui non risultasse protagonista, con il microfono in mano e l'atteggiamento fiero, le dita che passavano lente nella folta, lunga chioma un po' brizzolata mentre lo sguardo vagava lontano, inseguendo elevatissimi pensieri. Non temete, proclamava la sua immagine: dei cattivi che si nascondono e che mettono in pericolo le vostre vite me ne occupo io.

Per i fruitori del piccolo schermo era un supereroe. Nessuno si sarebbe sorpreso se si fosse librato in volo, per scoprire nuovi crimini occulti da smascherare. I politici lo temevano, anche quelli onesti. Aveva estratto dal cilindro numerose connessioni che apparivano inconcepibili, e di cui aveva dimostrato l'esistenza. Quando Buffardi cominciava a scavare nella melma, qualcosa veniva fuori. Sempre.

Si alzò dalla scrivania, gettando un'occhiata all'orologio. Buffardi il supereroe, disse fra sé. Buffardi l'acuto osservatore, Buffardi l'infallibile. Buffardi l'uomo che non ha un cuore.

Girando per televisioni e teatri poteva ridurre al minimo il corteggiamento. Era esigente, di gusti difficilissimi. Non aveva legami, non aveva tempo. Sceglieva signore e signorine belle e disponibili, desiderose come lui di un po' di calore casuale e divertente, avventure improntate al disimpegno. Accadeva che i giornali lo pizzicassero all'uscita di qualche hotel, o in macchina dopo il ristorante. Era assai raro che uscisse per piú di tre sere con la stessa donna. Di solito, dopo una notte, passava oltre. Una volta, tra le lacrime di frustrazione, una delle sue conquiste gli aveva rimproverato di essere solo a caccia di trofei. Non era cosí, le aveva risposto andandosene: semplicemente, dopo che l'ho capita, una donna non mi interessa piú.

Si avvicinò all'attaccapanni, recuperò la giacca e la indossò. Buffardi che non ha un cuore, d'accordo. Buffardi che colleziona trofei. Ma sí.

E allora perché in questo caso sto male?, si chiese.

Se c'era una cosa per cui Diego non poteva biasimare sé stesso era la mancanza di onestà nell'autoanalisi. Dall'esterno sembrava un presuntuoso figlio di puttana, pieno di sé e arrogante, ma la verità era che conosceva il mondo, ed era in grado di comprendere che era piú intelligente della maggior parte delle persone. Non era colpa sua se aveva sinapsi piú rapide, se era piú piacente, se il suo sorriso abbagliava. Quindi, nel lavoro e nel poco spazio che dedicava al resto della vita, prendeva il meglio da chi incrociava e lasciava indietro il peggio. Nessun problema.

Almeno cosí era stato, fino a Laura Piras.

Non spense le luci, tanto sarebbe tornato presto; e anche se doveva uscire all'aperto, esposto al vento gelido, non prese il soprabito. Chissà perché, nello squallido, moderno posto in cui avevano collocato il palazzo di Giustizia, era come se gli agenti atmosferici si inferocissero: il caldo estivo era piú divorante e il freddo piú pungente.

Laura era l'elemento di disturbo. La pietra del

suo personale scandalo, il suo segreto inconfessabile. Per certi versi una sua piccola nemesi, la vendicatrice di tutte le lacrime che aveva fatto versare nell'interminabile sequenza di abbandoni che era stata la sua vita fino ad allora.

Se quel termine era utilizzabile anche per lui, se gli si poteva attribuire un'emozione, una giornalista di rotocalchi alla ricerca di scoop avrebbe scritto che si era innamorato.

La loro era stata una relazione improvvisa e fugace. Dall'esterno era identica ad altre sue mille esperienze. Eppure quell'unica notte gli aveva proposto una realtà nuova, e non gli costava ammetterlo. Laura, con il suo cervello brillante, con la sua forza e la sua consapevolezza, e con quella zona oscura in cui si agitava qualcosa di inquietante e misterioso, lo aveva messo al tappeto.

Nel disorientamento che il loro incontro aveva generato in lui e che non accennava a svanire, Buffardi aveva sperato di potersi spiegare l'ossessione verso la donna come la conseguenza del fatto che questa gli si negava. Ma, sebbene gli fosse successo assai di rado, nessun rifiuto aveva mai sortito un simile effetto. Non era quindi perché lei gli aveva voltato le spalle, non c'entrava che non lo volesse piú. Certo, rifletté mentre aspettava l'ascensore, che i suoi tentativi di ottenere un nuovo appuntamento fossero risultati vani assestava una bella spallata alla sua autostima, ma purtroppo non era quello il problema.

La cabina scese lentamente, offrendo attraverso la parete di vetro lo spettacolo della strada deserta che si avvicinava.

Il punto era proprio che, con ogni probabilità, pur essendo privo del muscolo cardiaco, Buffardi si era innamorato.

I sintomi erano chiari: era il suo primo pensiero appena sveglio, l'ultimo prima di addormentarsi. Il luogo di destinazione della sua mente quando si concedeva una pausa, e un sottofondo continuo anche durante il lavoro. Inoltre Buffardi inventava scuse di ogni tipo per vederla e la chiamava una volta su cento rispetto a quanto avrebbe voluto. Sí, era innamorato.

Brutta faccenda, si ripeté ancora. È la peggiore delle debolezze, e tu non te la puoi permettere. Perché non sei un debole e non devi diventarlo.

Sbucò dal palazzo indirizzando un brusco cenno ai due uomini della scorta che erano balzati fuori dalla macchina scura. Non li voleva con sé. Non ce n'era bisogno. I due erano incerti sul da farsi: dovevano accompagnarlo, ma sapevano che era facile all'ira e temevano i suoi leggendari cazziatoni. Meglio evitare. Lo avrebbero sorvegliato da lontano, a piedi, pronti a intervenire ma attenti a non farsi notare.

Le mani in tasca e i fluenti capelli scompigliati dal vento, si avviò camminando rasente il muro dei palazzi. Tirò fuori il cellulare e rilesse il messaggio che aveva ricevuto. Piras, Piras, mi hai spezzato il cuore che non ho.

Superò il bar dove si concedeva qualche saltuario caffè e dove portava Laura quando riusciva a farsi regalare da lei pochi minuti. Per carità, lei era sempre gradevole, e talvolta gli domandava come stesse con un'ombra indecifrabile nei magnifici occhi, un'ombra che lui avrebbe voluto fosse rimpianto e invece, forse, era semplice preoccupazione. Ma se provava anche solo a invitarla cena, Laura sorrideva e scuoteva il capo. Non posso, diceva. Non vuoi?, ribatteva lui. Non posso, ripeteva lei sorridendogli. Era diventato un dannato gioco che non lo divertiva neanche un po'.

Uscí dal centro direzionale, moderno e cupo, e si infilò nel dedalo di viuzze del quartiere, antico e ugualmente cupo. Alle sue spalle, i due poliziotti addetti a proteggerlo si guardarono avviliti e, rabbrividendo, lo seguirono.

Percorse un altro centinaio di metri senza sollevare la testa. Che vuoi fare di me, Laura? Non puoi non sapere ciò che provo. Non ti rendi conto che siamo uguali, che apparteniamo alla stessa rarissima specie e che siamo destinati a stare insieme, perché nessuno dei due troverà mai un altro cosí compatibile? Perciò il confronto era inevitabile. Inevitabile.

In fondo alla strada intravide l'insegna di un locale fatiscente. Ricontrollò il messaggio. Era quello.

Entrò e, senza un saluto, si sedette al tavolo dell'unico avventore.

Gli agenti della scorta, fermi all'angolo a pochi metri di distanza dalla porta a vetri, si interrogarono su chi fosse quell'uomo dai tratti orientali.

XLIX.

Non appena Romano e Martini ebbero finito di parlare, nella stanza scese un silenzio da mettere i brividi.

C'erano tutti, compresa la Piras, arrivata di corsa dal palazzo di Giustizia. Se Lojacono aveva integrato con alcune precisazioni il resoconto di Elsa, Aragona era stato taciturno, in piedi vicino alla porta con un'indecifrabile espressione sul volto. Naturalmente nessuno si era stupito quando Alex aveva riferito a proposito delle risultanze ottenute in via informale da Bistrocchi, alla scientifica.

Il quadro, piú o meno, corrispondeva a quello immaginato nel momento in cui avevano deciso di imbarcarsi nell'indagine, eppure l'enormità di quanto era nascosto sotto il tombino che avevano scoperchiato li agghiacciava, e suscitava una tale paura che adesso temevano quasi di procedere. Ciascuno pareva augurarsi che la ricostruzione cui erano arrivati fosse smentita, che spuntasse qualcosa a dimostrare loro di essersi sbagliati.

Laura diede un colpo di tosse ed esordí:

– Quindi, se ho capito, la beneficenza è in realtà un censimento della disperazione. Un modo con cui Baffi, o chi per lui, cerca famiglie talmente in miseria da essere disposte a barattare i figli con un minimo di tranquillità economica.

Lojacono, come rivolto a sé stesso, mormorò:

– Bambini. Due su due sono bambini. Magari gli altri saranno piú grandi e Caporosso ha voluto mostrarci i casi peggiori: ma questi due sono bambini.

Romano si inserí, la voce tremante per la rabbia:

– Ecco cosa intendeva Caporosso. Pirro ha detto sí e ha avuto una casa nuova, Manna ha detto no e marcisce nello scantinato: uno ha detto sí, l'altra ha detto no. Il quartiere lo ha scelto lontano dalla fabbrica e da casa, un luogo con cui non avesse nulla da spartire.

Elsa scrutava il vuoto con i suoi magnifici occhi verdi.

– Le zone povere di questa città sono parecchie; sulla carta il numero dei bambini che possono essere stati mandati al Nord, o all'estero, per far divertire dei ricchi è grosso. Per altro può darsi che peschi anche fuori regione: Calabria, Sicilia. Sempre usando la finta assunzione come facciata.

Palma si grattò il mento, su cui si notava un velo di barba incolta.

– Già, una bella industria che dà lavoro a un sacco di gente. I costi del personale in crescita costante rappresentano un problema, ma i soldi vengono recuperati con gli interessi attraverso l'attività parallela, che funziona da zecca privata.

Ottavia intervenne:

– Però questo ci facilita il lavoro. Basterà controllare i registri dei dipendenti, sottrarre quelli che effettivamente operano nello stabilimento e otterremo i nomi di chi ha... Dio mio, non riesco neanche a dirlo...

– Venduto i figli, – concluse cupo Aragona.

Che fosse stato proprio lui a pronunciare quelle parole, lui che in genere, con i suoi commenti, ispirava battute e sfottò, rese l'atmosfera ancora piú drammatica.

Dopo qualche secondo Alex disse:

– E Chiara, la moglie, ha scoperto tutto grazie a Caporosso, un ex allievo che le è rimasto affezionato...

Elsa confermò:

– Tanto da partecipare perfino al corso con Maggioni...

Di Nardo continuò:

– Il ragazzo deve averle raccontato ciò che aveva appreso proprio in qualità di piccolo boss rionale. E questo era imprevedibile: uno come Caporosso non dovrebbe interessarsi a vicende del genere.

Lojacono aggiunse:

– Invece, come ci ha detto lo scrittore, il ragazzo ha una sua sensibilità, un'etica. E quando ha saputo che dietro simili atrocità c'era il marito della sua amata professoressa, si è presentato da lei e l'ha informata.

Laura proseguí:

– E a quel punto la Fimiani ha cominciato a indagare.

Palma sospirò.

– Senza confidarsi con nessuno... Dev'essere stato terribile accorgersi di aver vissuto tanti anni accanto a un mostro.

Aragona domandò:

– Quello che non comprendo è perché, una volta verificata la faccenda, non è venuta qui a denunciarla. O almeno perché non si è confidata con la Costanzo o con qualcuno a scuola.

Gli rispose Lojacono:

– Perché non aveva prove. Le famiglie avranno parlato pochissimo con lei. Anche a noi, se ci riflettete, non hanno rivelato granché: nulla che reggerebbe in un processo. Inoltre, forse…

Fu Ottavia a terminare la frase.

– Forse sperava che non fosse vero. Si augurava, come ha scritto alla Costanzo, che esistesse una spiegazione, che fosse solo un brutto sogno dal quale si sarebbe svegliata per ritornare alla vita di sempre.

Aragona chiosò:

– E invece l'ha persa, la vita. Perché lui, come si è trovato spalle al muro sul ponte del suo yacht all'alba, dopo averla trascinata via dal circolo…

Romano completò:

– L'ha ammazzata. Ripulendo le tracce e inscenando un allontanamento volontario della donna…

Alex era d'accordo.

– Per questo ha fatto sparire i gioielli, perché si pensasse che Chiara li aveva portati via per pagarsi la fuga. La cassaforte l'ha lasciata aperta apposta, in maniera che la trovassimo.

La Piras pareva assorta in un ragionamento.

– Ma il foulard gli è sfuggito. Senza non avremmo avuto nulla in mano e se la sarebbe cavata. Certo, lo avremmo tenuto sotto controllo, gli avremmo dato il tormento, eppure su quanto era già accaduto non saremmo potuti intervenire. Ci avrebbe fregati.

Elsa ribatté:

– Però il foulard ce l'abbiamo, ed è una prova a conforto della ricostruzione. Possiamo utilizzarla per passare al setaccio la sua esistenza e la sua industria di merda. E possiamo torchiare la segretaria, ovvero la famosa signora con gli occhiali che andava dalle famiglie per concordare il prezzo. Abbiamo la concreta ipotesi di un omicidio, giusto dottoressa?

Laura annuí. La risolutezza della Martini la inquietava, tuttavia doveva ammettere che la donna possedeva una lucidità di analisi interessante.

– Sí, Martini. Abbiamo questa ipotesi, non c'è dubbio. Parlerò subito col procuratore per ottenere le necessarie autorizzazioni a procedere, anche per il sequestro della documentazione. Dagli uffici della Baffi s.p.a. non deve sparire nulla. Chiederemo anche la collaborazione della Guardia di Finanza per controllare la contabilità. Sono sicura che il marcio verrà a galla.

Romano sibilò:

– Sí, però dopo, dottore'. Prima lo andiamo a prendere noi. Siamo stati noi a lavorare su questa storia, è addosso a noi che è arrivata questa valanga di merda. Se non lo andiamo a prendere noi, restiamo sporchi.

Palma si associò, duro.

– Ha ragione Romano, dottoressa. Questa è una cosa nostra. Siamo stati noi a iniziarla e dobbiamo essere noi a finirla.

La Piras si alzò.

– Va bene. Ma pretendo due cose. Primo: non voglio correre il rischio che qualcosa di rilevante venga distrutto, quindi agirete in forze per bloccare ogni iniziativa in tal senso. Secondo, – e fissò la Martini e Romano, – nessuno osi sfiorare quell'uomo. Nessuno. Se gli fate un graffio, vi mando in galera: giuro su Dio.

L.

Partirono in cinque con la stessa macchina, priva di contrassegni. Al volante si mise Aragona, la cui guida a strappi per una volta non provocò le lamentele di Lojacono, che gli sedeva accanto.

Lungo il tragitto regnò un silenzio irreale. Nessuno parlò della meta, nessuno commentò gli accadimenti. Anche Ottavia e Palma non avevano detto nulla quando li avevano congedati.

Era stato uno strano, incredibile momento. La Piras aveva firmato i documenti che la procura aveva inviato via mail e aveva lasciato il commissariato con la raccomandazione che la contattassero immediatamente per ogni necessità. Aragona si era avvicinato alla scrivania di Pisanelli e si era fermato a guardare la poltrona consunta e un po' sgangherata dell'anziano vicecommissario. Ottavia lo aveva affiancato e subito dopo Alex l'aveva imitata. Romano si era alzato, era avanzato di qualche passo e si era unito agli altri; Lojacono e Palma lo avevano seguito. Si erano disposti in cerchio, come nel rituale di una squadra che si accinge a giocare la finale di campionato. Poi si erano scambiati un'occhiata d'intesa. Nessuno aveva profferito parola. Elsa li aveva osservati impressionata da un metro di distanza.

Adesso ognuno fronteggiava assorto i propri fantasmi, in testa l'immagine di quei bambini che si trovavano chissà dove e a fare chissà cosa, sacrificati dai genitori per evadere dalla miseria.

Attesero che il cancello si aprisse per consentire l'uscita di un autotreno e si introdussero nello stabilimento; Aragona con uno spettacolare testacoda parcheggiò la macchina in maniera da bloccarne l'accesso.

Entrarono nella palazzina; l'assistente capo Francesco Romano ordinò alla ragazza addetta all'accoglienza di seguirli di sopra dalla Ricciuti, la segretaria.

Quest'ultima non batté ciglio quando Elsa le illustrò formalmente il motivo per cui erano là, esibendo i mandati che la Piras aveva emesso per autorizzare la perquisizione e l'eventuale sequestro di prove e documenti.

Una signora con gli occhiali, tanto gentile: cosí aveva detto Luisa Manna. E durante il racconto della povera donna Francesco aveva visualizzato proprio il volto della persona che ora aveva di fronte, e gli era parso di sentire la sua voce suadente, da annunciatrice radiofonica, mentre provava a convincere quella madre a vendere la bambina bionda che dava da mangiare ai fratellini dietro un lenzuolo sudicio. Concedimi il dono di mantenere la calma, pregò, rivolto a qualsiasi entità superiore volesse e potesse ascoltarlo. Ti prego, dammi la forza di non usare la forza.

Elsa era livida; ogni fibra della vicecommissaria tradiva la rabbia che le vibrava in corpo. Come Alex si era affiancata a Romano per controllarne l'eventuale ira, Lojacono aveva fatto lo stesso con lei. Il valore di una squadra si misura anche dalla difesa, ripeteva sempre Palma.

La Ricciuti, impassibile quasi li stesse aspettando, si dichiarò a loro disposizione, quindi alzò la cornetta per avvertire Baffi. La mano di Elsa scattò a impedire la chiamata. Grazie, ma preferivano presentarsi al capo senza preavviso.

Romano, Alex e Aragona rimasero a sorvegliare la donna e la ragazza della ricezione perché non prendessero alcuna iniziativa; la Martini e Lojacono entrarono. Era la strategia che avevano stabilito, e vi si stavano attenendo alla perfezione.

Baffi era dietro la scrivania, al telefono. Appena li vide esclamò:

– Sono qui, vieni subito.

Elsa gli domandò, a bruciapelo:

– Con chi stava parlando? Chi è che deve venire subito?

Il viso dell'industriale recava i segni di numerose notti insonni. L'uomo sembrava stazzonato, insicuro. Diverso dal primo incontro.

Tentò di replicare, ma dalla sua bocca non uscí alcun suono. Recuperò le forze e mormorò:

– Il mio avvocato. Non è un mio diritto convocarlo?

La Martini non smetteva di scrutarlo. Quei due fanali verdi, il muscolo che le guizzava sulla guancia, i bellissimi lineamenti induriti da un'immensa furia la rendevano simile a una dea vendicatrice. Lojacono le si accostò ancor di piú per precauzione. In lui il dolore superava la collera: ciò che gli premeva era metter fine a quella storia.

– Perché ritiene di aver bisogno dell'avvocato? Da cosa deve difendersi?

L'uomo aveva gli occhi cerchiati e rossi.

– Fate irruzione nella mia azienda, – e indicò il monitor che trasmetteva le riprese della videocamera a circuito chiuso che inquadrava il cancello con l'auto messa di traverso, – trattate il mio ufficio come se fosse uno di quei posti dove si spaccia la droga, sventolando mandati, e io non dovrei avvisare il mio avvocato?

Lojacono non si scompose.

– Ha avuto notizie di sua moglie, dottor Baffi? È stato contattato da lei o da qualcuno per conto suo? Ha scoperto dov'è andata?

– N-no... non l'ho sentita. E sono anche molto preoccupato, perché...

Elsa, sputandogli le parole in faccia, lo incalzò:

– Preoccupato. Lei è preoccupato. E ci dica, è a conoscenza del fatto che sul ponte della sua barca, dietro un divano, è stato rinvenuto il foulard che sua moglie indossava durante la festa al circolo, e che questo è macchiato del suo sangue?

Lojacono mascherò la sorpresa. Ignoravano se la Fimiani avesse con sé quell'indumento il sabato sera; sperò che l'uomo si tradisse.

– Io... no, non lo sapevo e non... Il foulard di mia moglie? Sí, al circolo l'aveva, però... Non ricordo che le mancasse, quando siamo tornati a casa e... Ma che significa? Voi credete che...

Spostò lo sguardo da Elsa a Lojacono; la sua bocca si muoveva come se stesse cercando le parole.

La vicecommissaria non gli diede il tempo di trovarle.

– Noi non crediamo niente. Ma le converrebbe parlare, e farlo in fretta.

Baffi ribatté, stridulo:

– Io non dirò nulla in assenza del mio avvocato.

Lojacono annuí.

– È un suo diritto. Nel frattempo non le dispiacerà se diamo seguito al mandato del pubblico ministero ed effettuiamo una perquisizione tra i documenti che riguardano la sua attività di beneficenza e i registri del personale. Controlleremo anche le presenze, in modo da riscontrare quali operai sono in servizio.

Baffi assunse un pallore mortale che, pure in assenza di ulteriori riscontri, sarebbe bastato ai due poliziotti per avere una conferma della sua colpevolezza.

Stavano rovistando negli archivi quando arrivò trafelato un uomo calvo e con le orecchie a sventola, e con una pancia prominente che gli tendeva il gilet sotto la giacca.

Si qualificò come Carlo del Monaco, legale del dottor Baffi. Esaminò con attenzione i mandati della procura, ingiunse al suo cliente di rimanere in silenzio e lo stesso fece con la Ricciuti; la segretaria era entrata nella stanza insieme ad Aragona e se ne stava immobile in un angolo, simile a una statua di cera. L'avvocato asserí che non coglieva il collegamento tra la presunta scomparsa della signora Fimiani e i controlli sugli operai della ditta.

La faccenda del foulard insanguinato provocò in lui soltanto una reazione di fastidio.

– Chi può affermare con certezza che il foulard sia di Chiara? Come fate a sostenere che è stato smarrito proprio quella sera? E in che modo vi siete procurati queste evidenze? Neanche andiamo in tribunale con questa roba: smonto tutto prima, in mezz'ora. Qui stiamo perdendo tempo.

Lojacono gli sorrise, soave.

– E chi lo sa, avvocato. Magari no. Noi eseguiamo gli ordini. E dopo che avremo completato il nostro lavoro, lei svolgerà il suo.

Alla fine risultarono quarantuno assenti, tra impiegati e operai. Una veloce indagine fra i dipendenti rivelò che nessuno in fabbrica conosceva quei nominativi; costoro, in compenso, figuravano negli elenchi di quanti avevano goduto della famosa beneficenza aziendale. Baffi piangeva, nonostante il legale continuasse a ripetergli che non doveva lasciarsi andare. Del Monaco minacciò i poliziotti: avrebbe imputato a loro le conseguenze dello stress al quale stavano sottoponendo il suo cliente.

Tra le carte emersero fatture di quattro residence esclusivi situati vicino Milano, nella provincia di Torino e perfino a Lione. In tali strutture erano occupate in via permanente dalle sei alle dieci stanze, tutte a nome dei falsi operai le cui famiglie, si deduceva dalle famose liste della beneficenza, comprendevano bambini di età tra i dieci e i dodici anni.

Il muro difensivo si frantumò di colpo, nello stupore generale, quando Aragona, quasi soprappensiero, suggerí alla tetragona Ricciuti che i falsi operai avrebbero di certo riconosciuto la signora che era passata a offrirgli posti di lavoro senza lavoro: e allora la colpa sarebbe ricaduta interamente sulle sue spalle.

L'agente pronunciò quella frase togliendosi gli

occhiali azzurrati col solito gesto, e con un sorriso che voleva comunicare astuzia e che invece ai piú sembrò ebete.

Eppure a qualcosa i lunghi allenamenti davanti allo specchio erano serviti, evidentemente, perché la donna iniziò a sbattere le palpebre. Poi le tremarono le labbra. Infine, sebbene l'avvocato le urlasse di tacere, cominciò a parlare.

E non si fermò piú.

LI.

C'è una cosa che dovete sapere del vuoto.

Dovete sapere che, quando ci si appresta al fine settimana, cambia consistenza, cambia suono. Diventa acuto, da sordo che era; un rumore pesante, insopprimibile, al quale si deve prestare per forza ascolto.

Il vuoto, nel fine settimana, va affrontato. Per forza.

Il vicequestore Luigi Palma aveva gettato la giacca su una poltrona, si era tolto le scarpe e, allentandosi la cravatta, si era semisdraiato sul divano, i piedi allungati sul tavolino.

Il suo appartamento, dopo mesi che lo occupava, pareva ancora l'esposizione di un negozio di mobili; non mancavano nemmeno l'odore di vernice e l'aria viziata. Adesso, pensò, mi tiro su e nonostante il freddo e l'umidità apro la finestra. Ma si sentiva stanco, e rimandò il proposito a quando avesse avuto la forza di muoversi da quella comoda seppur provvisoria posizione.

I giorni della settimana successiva sarebbero stati faticosi. Certi successi professionali assomigliano agli insuccessi, per l'amarezza che lasciano dentro. Che mestiere di merda, rifletté. Se ti va bene, ma proprio bene, scopri una nuova, inimmaginabile atrocità. L'ennesima esibizione della cattiveria umana.

Una quarantina di bambini strappati a un'esistenza povera, miserabile, incerta, ma almeno con piccoli quanto importanti punti di riferimento – i genitori, i fratelli, gli amici – e gettati in un abisso di perversione.

La scomparsa della Fimiani, la sua probabile morte, per terribile che fosse, aveva se non altro permesso di portare alla luce la fogna sulla quale Baffi aveva costruito potere e influenza. La stampa si sarebbe lanciata sopra la succulenta preda e i Bastardi di Pizzofalcone sarebbero stati di nuovo sulle prime pagine per aver risolto un caso di vasta eco.

Però Palma non riusciva a gioire di quel trionfo: come tanti, in quella storia, avrebbe preferito essersi sbagliato. Inoltre da pochi minuti era sabato, e lo aspettava il tradizionale fine settimana di solitudine.

Valutò l'ipotesi di prepararsi un caffè, e vaffanculo al sonno. Si alzò, spalancò la finestra e si avviò in cucina. Quando il liquido scuro cominciò a salire borbottando, il campanello suonò.

Spense il fuoco e andò alla porta, preoccupato. Un poliziotto impara ad aver paura delle chiamate impreviste, e ancor piú delle visite inattese.

In piedi sul pianerottolo c'era Ottavia. Per un lungo attimo il vicequestore restò a fissarla, a bocca aperta, incerto se si trattasse di un sogno di quelli che la stanchezza induce incrociando i desideri con le immagini della mente. La donna aveva le guance arrossate dal freddo, il cappotto chiuso fino alla gola e gli occhi luccicanti di una bambina che sta compiendo una marachella.

– Ho raccontato che avevo il turno di notte, – disse piano.

Lui non serrò la mandibola, né si fece di lato per lasciarla passare. Rimase lí, scalzo e piú stropicciato che mai. Poi un vento gelido, dovuto alla corrente che si era formata tra porta e finestra, gli colpí la schiena rassicurandolo che non stava viaggiando con la fantasia appisolato sul divano, come gli capitava spesso.

Ottavia annusò l'aria.

– È caffè, questo? Posso averne un po'? Vorrei rimanere sveglia, stanotte. Tutta la notte.

Palma finalmente si riscosse, e si scostò per farla entrare.

Nel fine settimana il vuoto smette di essere subdolo e vigliacco, e si fa forte del tanto tempo a disposizione. È nel suo ambiente, il vuoto, nel fine settimana.

Smette di fare da sottofondo, di aspettare nel buio che ci si guardi attorno alla ricerca di qualcosa per riempire la vita, ed esce allo scoperto pronto a ghermirti.

Il vuoto, nel fine settimana, diventa feroce.

Da alcune settimane Aragona attendeva il venerdí sera con un'elettrica eccitazione. Per l'esattezza ciò avveniva da quando frequentava Irina.

Era il giorno libero della ragazza, il venerdí. Il giorno in cui lei cessava di essere la sorridente cameriera dell'hotel *Mediterraneo* che gli serviva la colazione sul roof-garden, con la città che si stendeva splendida e pericolosa sotto di loro, e lui smetteva i panni del cliente stabile che per quella sistemazione pagava, grazie all'aiuto di mammà, il doppio di quanto guadagnava da agente scelto. Il venerdí era il momento di farsi belli – chi piú chi meno a essere onesti – e di partire alla conquista del mondo. Cena al lume di candela, magari cinema, con film ovviamente poliziesco, discoteca.

E questo, rifletteva provandosi camicie a fiori davanti allo specchio, sarebbe stato un signor venerdí sera, perché anche (soprattutto) grazie alla sua abilità erano venuti a capo di un'indagine complicatissima.

Eppure c'era qualcosa che non andava, che rendeva l'incombente fine settimana simile a una montagna troppo alta da scalare.

Quel bambino.

Era ossessionato da quel bambino con la bocca sporca di un brodo troppo leggero per essere nutriente. Ne ricordava il peso: un uccellino. Ne ricordava il respiro contro il torace attraverso il suo bel giubbotto, che costava piú di ciò che c'era in quel sottoscala suddiviso da un lenzuolo appeso a una corda.

Da quando lo aveva tenuto in braccio avvertiva qualcosa che non era in grado di definire. Una sensazione fisica dietro lo sterno. Come un languore, un malessere sottile che stentava a venire in superficie ma non se ne andava. Una mancanza, un appetito non saziabile. In realtà era un senso di vuoto, ma non avendolo mai sperimentato prima non lo sapeva.

Era quasi pronto. Doveva andare a prendere Irina nel quartiere popolare a prevalenza di immigrati dove la ragazza abitava. Se gli amici d'infanzia, a cui erano noti i suoi pregiudizi, lo avessero visto, lo avrebbero sfottuto a morte. Lui, proprio lui, Marco Aragona, che passava tra neri e gente dell'Est salutando allegro a destra e a manca e abbracciava con passione una ragazza del Montenegro; una che ancora non padroneggiava alla perfezione l'italiano, ma che, con quella bocca, avesse grugnito sarebbe stata un incanto lo stesso.

Era quasi pronto, sí, però non aveva voglia di uscire. Quel bambino. Pisanelli nel suo letto d'ospedale. Tutto il male del mondo gli veniva addosso insieme con il fine settimana: un treno ad alta velocità che emetteva un frastuono assordante.

Una vibrazione lo avvertí di un messaggio sul cellulare. Lo lesse con un vago senso di angoscia.

Non è che dedicheresti la serata a fare compagnia a un vecchio infermo, che ha appena spedito a quel paese il figlio e che avrebbe tanto piacere di ascoltare le novità del commissariato?

Con un imprevisto sorriso sulla faccia prese due decisioni. La prima, piú facile, fu che la famiglia Manna si sarebbe vista recapitare anonimamente, ogni mese, la metà di uno stipendio da agente scelto. La seconda, piú difficile, fu di informare Irina che quel venerdí sera avrebbe dovuto accontentarsi delle amiche.

La belva, però, è astuta. Capisce quando e se è il caso di arretrare nell'ombra e attendere. Perché il fine settimana è uno strano, misterioso territorio in cui sopravvive chi ne comprende i pericoli e le insidie: per gli altri, tutti gli altri, non c'è scampo.

E può accadere, sebbene di rado, che il vuoto di due vite decida di implodere all'interno di un incontro.

Il vuoto, nel fine settimana, può anche riempirsi.

All'improvviso Alex credette di morire soffocata.

Si era coricata presto, con il fardello di una sconfortante, dolorosa stanchezza addosso. Tre notti senza dormire, cinque giorni di lavoro in cui un immenso incubo si era concretizzato sotto i suoi occhi: la segnalazione di una scomparsa, un evento brutto ma quotidiano in ogni distretto, aveva spalancato la porta su un mondo di degenerazione, di orribile sfruttamento. Finalmente, pensava, si sarebbe addormentata per svegliarsi in pieno sabato quando, secondo il programma di distensione concordato con il padre, sarebbe andata a pranzo dai genitori. La cosa le procurava disagio, ma forse una semplice visita l'avrebbe aiutata a sbarcare definitivamente in un presente che prometteva un futuro diverso. Forse.

A un certo punto della notte, mentre stava sognando di nuotare in un mare nero, si sentí mancare il respiro e si svegliò madida di sudore, seduta al centro del letto. Si alzò di scatto, indossò un maglione e il soprabito e infilò le scarpe. Percepiva un febbrile, insopprimibile bisogno di strada. Voleva respirare umido e gas di scarico, voleva sentire freddo. Il vuoto le inghiottiva l'anima e i pensieri, e i sensi urlavano di privazione.

Si ritrovò nella luce dei lampioni, in una via

che era tanto abituata a vedere invasa da un flusso interminabile di gente che cosí deserta le appariva un luogo alieno.

Non fu sorpresa di trovarsela davanti. Non fu sorpresa ed era incredibile non esserlo, perché era una cosa assurda. Non fu sorpresa e le parve di continuare il sogno, perché nuotava ancora in un mare nero.

Avanzò fino a fronteggiarla, occhi rossi contro occhi rossi, viso segnato contro viso segnato, disperazione contro disperazione.

Rosaria mormorò:

– Solo stanotte. Stanotte non ce la faccio. Ti prego, solo stanotte.

Alex sentí un fremito sulle labbra.

– Era mio padre, – disse, – mio padre. E tu non sei mai solo una notte. Tu sei quello che voglio da una vita intera.

Le porse la mano.

Altre volte il vuoto governa la situazione, perché è tanto forte e consolidato da potersi aggirare senza paura come un leone nella savana.

Il vuoto, volendo immaginarlo animale, è un felino. Felpato e silenzioso, affamato e abile nella caccia, caldo e liscio da accarezzare e letale nel morso.

Il vuoto, nel fine settimana, ti salta alla gola.

Vittoria prese sonno, e come ogni notte Elsa restò a guardarla per un po'.

Avevano rispettato la tradizione delle due storie: non se ne parlava di dormire prima che la bambina raccontasse la sua e la madre almeno ne cominciasse una, che risultava sempre piú noiosa e meno brillante di quella della figlia.

I capelli rossi sparsi sul guanciale riverberavano la luce dell'abat-jour. I lineamenti delicatissimi, un mezzo sorriso sulla faccia. Dio quanto ti amo, Vicky. Dio quanto ti amo.

Con un sospiro la donna spense la lampada e accostò la porta. Recuperò il pacchetto di sigarette e l'accendino e si avviò sul balcone, per dedicarsi alla sua piccola trasgressione e affrontare l'ennesima solitudine.

Fumando iniziò a scrutare la città. La casa che aveva trovato grazie all'aiuto di un collega della questura conosciuto a un corso di aggiornamento consentiva una vista mozzafiato sul labirinto di strade e sulla montagna che sovrastava il mare. Di giorno faceva da padrone l'azzurro, che catturava occhi e attenzione: un paesaggio estraneo per lei, abituata alle montagne e alla neve, agli alberi e ai prati.

Di notte, invece, il mare diventava una massa oscura che pareva ritrarsi per lasciare il campo alle luci dei palazzi, alle file interminabili delle auto, alle insegne dei negozi.

Elsa si chiese cosa le riservasse il futuro, quanto sarebbe durata quella situazione, e se fosse giusto aver portato la bambina: se fosse giusto ciò che aveva fatto. Le consuete domande, tutte nel vuoto. Tutte senza risposta.

Mentre gli occhi vagavano senza meta, i suoi pensieri si fermarono su Pizzofalcone e sul nuovo lavoro. La sorte aveva voluto che il primo caso fosse una storia che aveva dei bambini per vittime. Proprio a lei doveva capitare.

Le era piaciuto lo stile pratico e irrituale di Palma e dei suoi uomini. I Bastardi, come li chiamavano, andavano diritti alla soluzione. Senza fare sconti.

Con un certo divertimento considerò che quella squadra scalcinata e poco ortodossa era la piú adatta a lei in cui avesse mai operato. Significherà pur qualcosa, rifletté.

Fra tutti, l'aveva colpita in particolare quell'ispettore dai lineamenti orientali. Silenzioso al limite del mutismo, impassibile e osservatore. Tagliente come una lama, intelligente e sottile. Affascinante, a modo suo: ma qui si toccava un ambito pericoloso in cui non intendeva avventurarsi. Mai piú.

Stava ragionando proprio su questo quando scorse Lojacono in strada, sotto un lampione. Guardava verso di lei, le mani affondate nel soprabito. Elsa credette a un'allucinazione, a una proiezione dei pensieri. O dei desideri.

Controllò meglio e si accorse che era davvero lui. Allora afferrò il cappotto, si assicurò che Vittoria dormisse tranquilla, prese le chiavi e scese.

Giunta di fronte al collega, aspettò.

Lui disse:

– Tu hai capito, vero?

Elsa indugiò un istante. I suoi occhi verdi brillavano nella penombra come quelli di un gatto.

Quindi rispose:

– Sí. Ho capito.

Lojacono sembrò distendersi, sebbene non avesse mosso un muscolo. La fissò.

– Ce l'hai un giorno di ferie?

Il vuoto, nel fine settimana, a volte si riempie.

LII.

Non ebbero bisogno di inerpicarsi per la salita che portava alla casetta. Li trovarono su una panchina del belvedere, seduti di fronte al mare che, aizzato dal vento, sbatteva sulla scogliera alzando ventagli di spuma bianca.

Mentre si avvicinavano, quella che era una macchia scura assunse a poco a poco i contorni di una coppia: le mani intrecciate, la testa di lei sulla spalla di lui, gli occhi puntati sull'infinito, tra passato e futuro. Percorsero gli ultimi metri a passo svelto, maschio e femmina della stessa specie, magri, alti e determinati.

Li vide lui per primo, e li riconobbe subito, come se in fondo li stesse aspettando. D'altra parte non si era nascosto né alla partenza né all'arrivo. Avevano rintracciato addirittura l'indirizzo preciso: il nome della via con il numero civico del luogo sperduto dove si era trasferito. Era stato facile, e il resto era venuto di conseguenza.

Li vide lui per primo, e si alzò, i capelli candidi, scompigliati, l'espressione quasi disperata di chi è deciso a difendere il proprio territorio e la promessa di un avvenire.

– Non ha colpa, lei. Non ha colpa. Sono io che l'ho costretta, che le ho detto di farlo e...

La donna era rimasta sulla panchina, stretta nel cappotto che la difendeva dalla furia di dicembre. Lo interruppe con dolcezza.

– Amore, no. No. Non ti agitare. Va tutto bene.

Lojacono disse:

– Sí, stia tranquillo. Ci saremmo mossi diversamente se... Può stare tranquillo, insomma.

La donna studiò Elsa, che non aveva ancora parlato. In qualche strana maniera quelle pupille verdi sotto il berretto di lana le apparvero rassicuranti.

Si rivolse a Maggioni:

– Ti prego, lasciaci soli per un po'. Solo per un po'.

Lui la scrutò, dubbioso. Poi spostò lo sguardo sui due poliziotti; nei suoi occhi non c'era traccia dell'ironia acuta sfoggiata la volta precedente, solo paura, diffidenza, incertezza. Tornò a fissare la donna.

– Sei sicura? Magari insieme...

Lei allungò il braccio per accarezzargli la mano; dalla manica del soprabito spuntarono solo le dita, bianche e affusolate. Il gesto aveva qualcosa di struggente. Il poeta recuperò il bastone e si avviò zoppicando verso la scaletta che conduceva alla piccola spiaggia riparata dagli scogli.

Lojacono ed Elsa presero posto ai lati della donna, che mormorò:

– Il dottore è ottimista. La malattia non guarisce, ma si può tenere sotto controllo, e sarà come non averla. Può vivere molto, sapete? Dieci, vent'anni. E qui è bello. C'è questo mare immenso. E il vento.

Lojacono esaminò il suo profilo. Aveva visto le fotografie, ma dal vero sembrava diversa. Gli occhi erano sereni e restituivano una luce che negli scatti mancava. Era bella, di una bellezza poco appariscente che nulla aveva di artefatto. Non era il tipo che ti mozzava il fiato e ti faceva girare la testa: era il tipo che ti riempiva la vita.

Elsa intervenne, piano:

– Il mare di queste parti non è come il golfo, dove siete usciti in barca quella notte.

L'altra pareva concentrata sui capelli bianchi di Maggioni che si agitavano nell'aria. Annuí, calma.

– Io non sono la donna che cercate. E, se vogliamo proseguire la conversazione, su questo dobbiamo essere d'accordo: che io non sono lei. Dopodiché potrete chiedermi ciò che volete, io risponderò provando a immaginare come vi risponderebbe lei. Che cosa vi racconterebbe. Mettiamola cosí: sarà una chiacchiera tra connazionali all'estero basata sulla fantasia.

Lojacono ribatté:

– Signora, lei sa chi siamo. Se da quanto ci dirà dovesse emergere qualcosa che...

Lei si voltò, le labbra appena tese.

– No che non so chi siete, e voi noi sapete chi sono io: il patto è questo. Del resto lo ha ammesso lei stesso che siete qui per capire, se no vi sareste «mossi diversamente».

Lojacono inspirò. La donna riprese, gli occhi di nuovo sulla spiaggia:

– La premessa è che io lo amo. Mi sono innamorata di lui alla presentazione di un suo libro, ricevendo la conferma di quanto avevo intuito leggendo ciò che scriveva. Dopo che l'ho incontrato ho capito che nulla sarebbe stato piú come prima. Che dovevo cambiare, che tutto doveva cambiare.

Per qualche motivo a Lojacono venne in mente Aragona e il suo convincimento che alla fine si trattasse di una banale relazione fuori dal matrimonio. Il giovane collega aveva avuto ragione, come spesso accadeva, ma anche torto, perché non c'era nulla di banale in quella storia.

– Non mi spiego come ho potuto essere cosí cieca. Mi sono chiesta mille volte come fosse possibile quel flusso di denaro, cosa fossero quelle telefonate in piena notte... Però io e Marcello siamo cresciuti insieme, credevo di conoscere ogni anfratto della sua vita. Non vedevo perché non guardavo.

Maggioni, a una trentina di metri di distanza, si accomodò con cautela su una grossa roccia; appoggiò entrambe le mani sul bastone e rivolse il viso verso l'orizzonte.

– In un certo senso è stato proprio Davide ad aprirmi gli occhi. Rivelandomi come il contatto fra due anime e due corpi possa spingersi tanto lontano, approfondirsi al punto da rendere impossibile che qualcosa rimanga nascosto. Io, prima di Davide, ero vergine. Lo capite questo?

Elsa, meravigliando Lojacono, replicò d'istinto:

– Sí, signora. Lo capisco.

Lei sorrise.

– Dunque dovrei narrarvi di quella donna, del suo progressivo separarsi da sé stessa, del momento in cui ha iniziato a osservare le cose dalla giusta distanza. Dovrei dirvi di come abbia cominciato a porsi domande, aspettandosi delle risposte. Di come abbia realizzato quanto fosse incomprensibile il fatto di essersi ritenuta felice, giacché aveva vissuto una vita a due sole dimensioni.

Lojacono si inserí, con discrezione:

– E quando è stato che questa donna ha deciso di sparire, di andarsene in quel modo?

– Quasi subito. Era l'unica soluzione. Indagò, doveva essere sicura. E man mano che acquisiva informazioni si sentiva morire; l'abisso era senza fine. Fu Gerardo Caporosso a illuminarla: dopo Davide, lui. Il destino aveva deciso di muovere le sue pedine tutte insieme e tutte nella stessa direzione.

Elsa chiese:

– È stato il ragazzo a svelarle quello che succedeva?

– Sí. Non è un giovane facile, Gerardo: i condizionamenti dell'ambiente in cui è cresciuto, la famiglia cui appartiene… Sia io sia Davide abbiamo cercato di convincerlo che nessuno ha il destino segnato, che ciascuno di noi ha la facoltà di scegliere. Non so se ce la farà, però vi assicuro che possiede gli strumenti per diventare un altro. Come me, no? Come me.

Il vento rinforzò; la donna ebbe un piccolo brivido.

– Venne perché io avevo mostrato nei suoi confronti una fiducia che nessuno gli aveva mai concesso. E si sentiva in dovere di esserne all'altezza, anche se era cosciente di procurarmi dolore. Mi riferí quello che la Ricciuti faceva per conto di Marcello. Il trucco con cui pagavano i disgraziati che accettavano e dove finivano i bambini, in quei residence nei quali fingevano pure di farli studiare quando… Dio mio…

Lojacono la tolse dall'imbarazzo di concludere la frase.

– Perché non denunciare? Perché non venire da noi?

La donna sospirò.

– Lei non conosce Marcello. Lo ha incontrato un paio di volte e ha visto quello che lui ha voluto far vedere di sé. Lui però ha tante personalità diverse, e soprattutto ha contatti importantissimi. Io poi non avevo prove, solo quello che mi aveva detto Gerardo, che nessuno sarebbe mai stato disposto a confermare. Senza offesa, ma voi nei quartieri dove per sopravvivere ci si deve arrangiare ogni giorno rappresentate il nemico.

Elsa commentò, in tono sorprendentemente comprensivo:

– Quindi l'unico modo era...

– Sparire. E far sí che quel gesto fosse l'innesco del processo a catena che avrebbe portato la sporcizia a galla. Si trattava di seminare le tracce giuste. Le visite di Gerardo a scuola, le chiacchiere con Gloria, la lettera affidata a Martina...

Lojacono aggiunse:

– Il litigio plateale al circolo, fingendosi ubriaca. E il foulard sporco di sangue.

La donna sollevò una manica esibendo un cerotto sull'avambraccio.

– Quella è stata un'idea dell'ultimo minuto. Avrebbe accelerato le cose, se lo aveste scoperto. Non ci contavo, a essere sincera... Siete stati abili, al di là delle mie aspettative.

Elsa ridacchiò.

– Detto da una professoressa coscienziosa è un bel complimento. Senza l'indagine sulla sua scomparsa niente sarebbe venuto fuori, questo è vero. Ma adesso? Adesso che vorrebbe fare quella donna?

Ci fu un lungo silenzio. Maggioni, come se avesse udito chiamare il proprio nome, si voltò. La donna lo salutò agitando la mano. Va bene, tutto bene, gli comunicò con gli occhi. Va tutto bene.

– Voglio stare con lui. La considero la mia ricompensa per aver messo a posto le cose. Tardi, lo so: e dovrò convivere con il rimorso per il dolore che la mia inerzia ha causato. Ma adesso è finita, e l'unica cosa che chiedo è di occuparmi di Davide. È cosí fragile. E cosí straordinario. Mi fa sentire una regina in ogni istante. È la mia unica possibilità di essere felice.

Il vento aveva rinforzato. Chiara si girò verso Elsa. Occhi negli occhi, le disse:

– È chiedere troppo, una possibilità di essere felice?

Elsa si alzò, lenta. Quindi si rivolse a Lojacono:

– Collega, io dico che possiamo andare. Abbiamo fatto una bellissima, inutile gita. Sei d'accordo?

Lojacono si mise in piedi a sua volta e indicò Maggioni.

– Dica al maestro da parte nostra di avere cura di sé, perché ha un compito da svolgere.

Si avviarono nel vento, senza salutare: d'altronde non potevano salutare chi non esisteva.

L'uomo dai capelli candidi rientrò dalla spiaggia, reggendosi al suo bastone.

Il mare festeggiò con un formidabile ventaglio di spuma.

Questo libro è stampato su carta contenente fibre certificate FSC®
e con fibre provenienti da altre fonti controllate.

MISTO
Carta da fonti gestite
in maniera responsabile
FSC® C115118

Stampato per conto della Casa editrice Einaudi
presso ELCOGRAF S.p.A. - Stabilimento di Cles (Tn)
nel mese di marzo 2020

C.L. 24526

Edizione — Anno

1 2 3 4 5 6 7 — 2020 2021 2022 2023